Inside the O'Briens

拥抱时间的人

〔美〕莉萨·吉诺瓦 Lisa Genova 著　解晓丽 译

百花洲文艺出版社
BAIHUAZHOU LITERATURE AND ART PRESS

图书在版编目（CIP）数据

拥抱时间的人 /（美）莉萨·吉诺瓦著；解晓丽译
.— 南昌：百花洲文艺出版社，2020.1（2020.5 重印）
ISBN 978-7-5500-3409-9

Ⅰ.①拥… Ⅱ.①莉… ②解… Ⅲ.①长篇小说—美
国—现代 Ⅳ.① I712.45

中国版本图书馆 CIP 数据核字（2019）第 260909 号

江西省版权局著作权合同登记号：14-2019-0167

拥抱时间的人 YONGBAO SHIJIAN DE REN

〔美〕莉萨·吉诺瓦 著 解晓丽 译

出 品 人	李国靖
特约监制	何亚娟 夏 童
责任编辑	刘 云 李 瑶
特约策划	李青尘
特约编辑	秦 姣 李青尘
封面设计	小茜设计
版式设计	王雨晨
封面绘图	Dola Sun
版权支持	韩东芳 安 妮
出版发行	百花洲文艺出版社
社 址	南昌市红谷滩世贸路 898 号博能中心 I 期 A 座 20 楼
邮 编	330038
经 销	全国新华书店
印 刷	三河市兴博印务有限公司
开 本	880mm × 1230mm 1/32
印 张	10.25
字 数	240 千字
版 次	2020 年 1 月第 1 版
印 次	2020 年 5 月第 2 次印刷
书 号	ISBN 978-7-5500-3409-9
定 价	45.00 元

赣版权登字：05-2019-330

发行电话 0791-86895108 网 址 http://www.bhzwy.com

献给斯特拉

深切怀念梅根

如果你们在自己内心生出了它，你们将因拥有它而得救。如果你们自己内心没有，你们所没有的会杀了你们。

——《多马福音》，第七十段

一旦你能够想象这些东西，你就无法做到不去想。

——乔·奥布莱恩

第一部分

亨廷顿舞蹈症（HD）是一种可遗传的神经退行性疾病，其特征是逐渐丧失对自主运动的控制，非自主运动会增加。刚发病时的身体症状包括失去平衡、灵敏度降低、跌倒、不自主的舞蹈样动作、口齿不清和吞咽困难。基于这些运动失常的症状，医生可以通过神经系统检查来进行诊断。由于这种病是单基因遗传病，其遗传规律符合孟德尔定律，所以也可以通过基因检测来预测发病年龄。

虽然这种疾病需要经由身体症状来诊断，但患者体内已潜藏的“HD的前兆”，可能早在运动失常前的十五年就会显现。“HD的前兆”包括抑郁、冷漠、偏执、强迫症、易冲动、脾气暴躁、认知的速度和灵敏性降低、记忆受损等。

亨廷顿舞蹈症一般在三十五到四十五岁之间确诊，其发展是不可逆的，患者会在十到二十年后死去。目前没有办法可以阻止这种病的发展，也没有办法可以治愈。

亨廷顿舞蹈症被称为“人类历史上已知最残忍的疾病”。

1

这该死的女人总是乱动他的东西。他不能把靴子脱到起居室，也不能把太阳镜扔到咖啡桌上，否则她就会把它们放到“该放的地方”去。是谁说她在家最大的？如果他在餐桌正中央拉一泡大便，那就应该一直留在那儿，除非他自己清理掉。

天哪，我的枪到底在哪儿？

“罗茜！”乔在卧室里大喊。

他看了一下时间，现在是早上7:05，如果他不快点儿出发的话就赶不上点名了，但是没有枪他哪儿也去不了。

好好想想。最近他总是一着急就什么也想不起来。何况现在的温度比炼狱还要热1000℃。六月初就热成这样，每天都是36℃左右，直到晚上才稍微凉快点儿。真是可怕的天气，让人昏昏欲睡不说，房间里的空气潮湿得跟沼泽一样，昨天的闷热还没有散去，今天的又涌了进来。窗户是开着的，但是没有半点儿用。他马甲下面的白色Hanes牌T恤黏到了背上，让他恼火不已。刚冲过澡，现在又得换一件了。

再想想。他冲完澡开始穿衣服——裤子、T恤、凯夫拉马甲、袜子、靴子、枪带。当时他把枪从保险柜里拿出来，松掉了扳机，然后呢？他扭头看自己的右臀部，没在那儿。他不用看也知道没在，因为感觉不到枪的重量。他的弹药袋、手铐、警笛、无线对讲机和警棍都在，但就是没有枪。

不在保险柜里，不在梳妆台上，不在梳妆台最上层的抽屉里，也不在乱糟糟的床上。他看过罗茜的书桌，除了放在象牙色桌布上的圣母玛利亚画像，里面什么都没有。圣母玛利亚当然也帮不了他。

伟大的圣安东尼，这该死的枪到底在哪儿？

他很累。他昨晚在花园那边指挥交通，该死的贾老板的演唱会结束得太晚，把他累坏了。那又怎样呢？这么多年他一直很累，但他想不到自己会累到不小心把上了子弹的枪放错了地方。很多像乔一样带了多年枪的家伙对自己的武器满不在乎，但是他从来没有这样。

他“噔噔噔”走过大厅，经过另外两间卧室，把头伸进唯一的一间洗手间里——没有。他把手放在臀部冲进厨房，右手的指尖习惯性地去寻找枪的把手。

他那四个头发蓬乱、睡眼惺忪、刚起床还没洗澡的半大孩子围坐在厨房的小桌子前吃早餐——几盘没有煎熟的培根、炒得很嫩的鸡蛋，还有烤焦的白面包。天天都是这些。乔的目光扫过厨房，在水槽边芥末黄的福米卡橱柜上发现了他的枪，他上了子弹的枪。

“早上好，爸爸。”最小的女儿凯蒂害羞地笑着说，但她隐隐感觉到什么地方不对劲儿。

他没理会凯蒂，拿起自己的格洛克手枪，装进枪套里，然后开始对着罗茜发火。

“你怎么把我的枪放这儿了？”

“你说什么呢？”罗茜说，她穿着一件粉红色背心站在炉子前，没穿内衣，短裤下面还光着脚。

“你总是乱动我的东西！”乔说。

“我从来没动过你的枪！”罗茜反击说。

罗茜身材娇小，只有五英尺[①]高，体重也只有一百磅。乔也没有很高大，穿着巡逻靴也不过比罗茜高九英寸，但是大家都认为他不止这么高，这可能是他胸膛宽大，手臂健壮，而且声音低沉沙哑的缘故。虽然有一些啤酒肚，但他已经三十六岁了，以他的年龄来说，这样的身材已经算保持得很不错的了，想想他这一辈子在巡逻车里待了多长时间吧。他平常爱开玩笑，很好相处，可以说是和蔼可亲。但即使是在微笑的时候，他的蓝眼睛里也会有光在闪烁，让人一看就知道他是那种老派硬汉，所以谁也不敢惹他，除了罗茜。

她说的是真的。她从来不碰他的枪。他配枪这么多年了，她还是不适应家里有枪，即使这把枪总是扳机锁死，被放在保险箱或梳妆台最上层的抽屉里，或是被挂在他的屁股后面。但是今天不一样。

“那这枪怎么在这儿？”乔指着水槽边问。

“你说话注意点儿！”罗茜说。

他看向四个孩子，他们都不吃饭了，正在看戏。他盯住帕特里克。上帝保佑，这孩子都十六岁了，怎么还是这么蠢。尽管他之前和这些孩子们说过不准动他的枪，但像帕特里克这种笨蛋就是会做这样的事。

“那是你们谁干的？”

孩子们眨着眼睛一言不发。查尔斯镇的缄默法则[②]，是吧？

“谁把我的枪放到水槽边上的？”他大声问道。孩子们没办法再保持沉默了。

“不是我干的，爸爸。”梅根说。

“也不是我。”凯蒂说。

---

① 1英尺=12英寸=0.3048米，五英尺大约一米五二。

② 缄默法则：曾是意大利黑手党之间的规矩，不管是谁都不能向警察告密，又叫乌默它（Omerta）。

“不是我。”吉杰说。

“我没动。”帕特里克说。

他抓到的每个犯人都这么说。每个人都是圣人。孩子们都看着他，眨巴着眼睛等待着。帕特里克拿起一片橡胶一样的培根放进嘴里嚼着。

“吃点儿饭再走吧，乔。”罗茜说。

太晚了，他不能吃早饭了。太晚了是因为他在找这把该死的枪，有人拿走了它然后把它放到了厨房的柜子上。要迟到了，他感觉自己要失去控制了，而且很热，太热了。这间小屋子里的空气太浓稠了，让人没办法呼吸。炉子、六个身体和天气散发的热量就快要引爆他体内马上要沸腾的东西了。

他可能赶不上点名了，比他还小五岁的队长里克·麦克多诺会跟他谈一谈，甚至还可能会把他的名字记上。一想到会这么丢脸，他就觉得无法再忍受了，好像体内有什么东西爆炸了一样。

他抓住炉子上铸铁平底锅的把手，往旁边一甩，在离凯蒂脑袋不远的石膏板墙上砸了个大洞。平底锅咣啷啷响着落在油漆地板上，棕褐色的培根油从有着雏菊图案的墙纸上滴下来，像是从伤口渗出的血一样。

孩子们瞪大了眼睛，谁也不敢说话。罗茜一言不发，站在那里没动。乔冲出厨房，冲过狭窄的走廊，冲进浴室。他的心脏在狂跳，他的头很热，太热了。他往头发上泼了一些冷水，然后用毛巾擦干。

现在他需要离开这里，马上离开。但是他觉得镜子里的自己有点不对劲儿，这个想法让他无法挪动脚步。

是他的眼睛。

肾上腺素让他的瞳孔变得又黑又大，就好像鲨鱼的眼睛一样。但不是因为这个，吸引他的是他的眼神——狂热、涣散，充满愤怒……像极了他过世的母亲。

他小时候就经常被这样狂乱的眼神吓到。他盯着镜子里的自己，明明就要赶不上点名了，但他却无法动弹，只是盯着镜子里那和他妈妈一样可怜的眼神——那时她躺在州立医院精神科的病床上，奄奄一息，沉默憔悴，像个疯子一样瞪着他，等待死亡的到来。

他母亲眼睛里的魔鬼，死了二十五年了，现在又出现在了浴室的镜子中，死死地盯着他。

2

七年后。

这是个凉爽的周日的早晨，乔在遛狗，罗茜去了教堂。以前他只要一有空就会和罗茜带着孩子们一起去教堂，但那已经是在凯蒂接受坚信礼[①]之前的事情了，现在只有罗茜一个人去。她讨厌他们这些可怜的上帝的罪人。乔其实对传统很狂热，但他每七周半才能休一个完整的周末，作为一个已经有六年没有和家人一起度过圣诞节早晨的人来说，这种狂热是种很不幸的特质。只要时间允许，他都会坚持参加圣诞夜和复活节的弥撒，但这每周一次的圣礼还是算了。

他相信上帝，也相信天堂和地狱、善恶与是非。羞耻心至今依然左右着他在日常生活中的抉择。*上帝可以看到你，也可以听到你的心声。上帝爱你，但如果你肆意妄为，就只能在地狱里被烧死。*在他年轻的时候，修女们都拿着那些近乎偏执的信条敲击着他厚厚的头骨，把它们从眉心里打进去。直到现在，那些信条还在他的脑袋里打转，就像找不到出口一般。

上帝一定知道乔是个好人。如果他不知道的话，那么即使乔每周去一次圣弗朗西斯教堂，花一个小时的时间跪着、坐着，或者站着，也不

---

① 坚信礼：是一种基督教仪式。根据基督教教义，孩子在一个月时受洗礼，十三岁时受坚信礼。孩子只有被施坚信礼后，才能成为教会正式教徒。

可能让自己的灵魂不朽。

他虽然相信上帝，但他对天主教堂已经失去了信任。有那么多神父欺骗了那么多小男孩儿，而那些主教、红衣主教甚至是教皇都只是在掩盖这不光彩的一切。乔不是女权主义者，但如果你问他的话，他认为这些人是在藐视女性权益。首先就是他们反对控制生育。这真是耶稣的要求吗？如果罗茜不吃避孕药的话，他们估计已经有一打孩子了，罗茜也可能有一只脚已经踏进了坟墓。上帝保佑，幸亏有这些新式避孕药。

这也是他们养狗的原因。凯蒂出生后，他告诉罗茜不要再生了，四个已经够了。罗茜是在他们高中毕业后的那个暑假怀上吉杰的（他们很幸运，用很不成熟的方式进行避孕也一直管用，直到那时），因此他们奉子成婚，还不到十九岁就有了第一个孩子。吉杰和帕特里克年龄只差十一个月。帕特里克十五个月大的时候梅根出生了，梅根十八个月大的时候凯蒂哭着来到了这个世界上。

孩子们长大上学之后，生活轻松了许多，但前几年的情况真是惨不忍睹。他已经记不清有多少次上班前吻别罗茜却得不到她的回应了。他每天把她一个人丢在家里，带着四个都不到五岁的孩子，有三个还穿着纸尿裤。他很感激能有个合理的理由离开乱糟糟的家，但他每天都很担心，担心她会撑不到他换班回家。他甚至会想象她会不会做出什么可怕的事情来，他的工作经验和同事们的所见所闻激起了他最深的恐惧，因为普通人被逼急了就可能会做出疯狂的事情。十年来，罗茜晚上几乎都没有睡过一个好觉，因为孩子们都很调皮。他们能活到现在真是个奇迹。

起初罗茜不同意这个"内野[①]计划"（这是乔起的名字），更疯狂的是，她还想再生几个孩子，她想再给奥布莱恩家至少再添一个投球手和一个接球手。她是她们家里唯一的女孩儿，上面有七个哥哥，虽然现

① 内野：棒球场本垒、一垒、二垒、三垒围绕的菱形区域。

在她几乎见不到那几个哥哥，但她还是喜欢大家庭。

但是乔下定了决心就不会退让。他打定了主意，拒绝和罗茜亲热，除非她答应节育，这可是他有生以来第一次这样做。那三个月气氛很紧张，他都是洗澡时自己动手解决一下生理需求，而且已经做好了持久战的准备。直到他在枕头上看到了一个圆形的小扁盒。打开后，他看到有一圈的药丸，七颗的量已经空了。罗茜决定违背上帝的旨意，冷战结束了。他迫不及待地脱下了罗茜的衣服。

但是如果不能再生孩子的话，她想养一条狗。很公平。她从动物收容所收养一只西施[①]。乔直到现在都觉得罗茜这样做是在故意惹恼他，是为了显示她才有最终决定权。天哪，乔可是波士顿的一名警察，要是让他养条拉布拉多或伯尔尼兹山地犬或秋田犬，他会很骄傲的。他同意养一只狗，但是应该是一只真正的狗，而不是一只神经兮兮的小老鼠！他很不高兴。

罗茜给这条狗起名叫亚兹，这名字至少还能让人多忍受这只小笨狗一点儿。乔一开始非常讨厌一个人去遛亚兹，他不想和它一起出现在公共场合，因为这会让他感觉自己像个娘娘腔一样。但后来他就放宽心了。亚兹很乖，而且乔也足够有男子气概，这使得查尔斯镇的人们即便看到他在遛一只西施也觉得无关紧要。当然，只要罗茜别给它穿那件愚蠢的毛衣就行。

他休息时喜欢在镇子里穿行。即使这里每个人都知道他是警察，他也会把枪放在没有别到裤子里的衬衫下藏起来。当他把制服、警徽等让他成为显眼目标的物件卸下时，也一并卸下了硬汉警察的标签，就像卸下什么重担一般。他一直是名警察，但下班后他也可以是一个在家附近遛狗的普通人，这让他感觉很棒。

---

① 西施：一种小型长毛犬，也叫狮子犬，性格活泼热情。

尽管这里的每个人都管这片地方叫“镇”，但是查尔斯镇实际上不是一个真正意义的镇子。它也不是一个城市，只是波士顿的一片街区，不大，方圆不到一平方英里，挤在查尔斯河和神秘河之间。这就像很多爱尔兰人总会告诉你他多么有男子气概一样，他们个头矮人一截，所以得在性格上补回来。

乔长大的查尔斯镇被非正式地分成两个区：山麓区是贫穷的爱尔兰人居住的地方，而在圣弗朗西斯教堂旁边的山顶区，住的是比较有钱的爱尔兰人。虽然山顶区的人们在大多数情况下可能和山麓区的“可怜虫”们一样穷，但他们总是自认为自己更加富有。直到现在，这儿的人们还是会这样想。

也有一些黑人和一些从北角来的意大利人住在这里，但除此之外查尔斯镇就是一个居住着同类人——工人阶层的爱尔兰人和他们的家人——的小山包。他们住在一排排密密麻麻的殖民地风格的三层小楼里。如果乔小时候做了什么出格的事——他经常做——他就会听到有人从门廊里或开着的窗户喊：“乔瑟夫·奥布莱恩！我看见你了！我认识你妈妈！”那会儿根本不需要警察，父母比警察还让孩子们害怕。乔最怕他的母亲了。

二十年前查尔斯镇住的都是本地人，但是近些年这个地方变化很大。乔和亚兹慢慢走上山，走向科尔迪斯大街，拐过街角后就仿佛进入了另外一个区。这条街上的住宅都已经全部重新整修，要不就是砖房，要不就是被涂上了带有历史气息、获准使用的颜色。门是新的，窗户都换过了，一排排整洁的花朵在窗边铜制的箱子里绽放，人行道上点缀着漂亮的玻璃路灯。他一边沿着斜坡向上走，一边查看着路边停放的车的牌子——奔驰、宝马、沃尔沃。这里根本就像是该死的贝肯山[①]了。

---

① 贝肯山：波士顿一个历史悠久的住宅区，以欧式风格闻名。

欢迎来到外地人侵占的地盘。他不怪他们来这儿。查尔斯镇的地理位置非常好，飞驰过邦克山桥就可以直达波士顿市中心，穿过托宾桥就可以到达城市北部，穿过隧道就可以到达南海岸，乘坐一种奇怪的小船可以到达法尼尔厅。所以外地人开始涌进这里，带着他们让人艳羡的高阶白领工作和鼓囊囊的钱包，买下房产，让这里有了阶层之分。

但是外地人一般不会久留。他们刚到时大部分都是丁克一族——双收入，无子女。然后过上几年，他们可能会生一个孩子，也可能为了平衡再生一个。如果大孩子该上幼儿园了，他们就会搬到郊区去住。

因此这种情况从一开始就只是暂时的，和那些要在一个地方住到死的人不同，他们不怎么关心自己住在哪儿。他们既不去基督教青年会做志愿者，也不去指导少年棒球联合会。他们大部分都是长老会教徒、一神论者、素食主义者或是和这些类似的怪身份，因此他们不支持这里的天主教堂，这也是圣凯瑟琳大教堂关掉的原因。他们不会真正融入这片社区。

但更大的问题是外地人让查尔斯镇变得更有吸引力了，他们抬高了房地产市场的价格，现在要住在查尔斯镇你得有钱才行。本地人在很多方面都挺了不起的，但是除非他们抢劫银行，否则没一个有钱人。

乔是查尔斯镇的第三代爱尔兰移民。他的祖父——帕特里克·泽维尔·奥布莱恩在1936年从爱尔兰来到了这里，在海军工厂做码头装卸工，用一周40块钱的收入养活了这个十口人的大家庭。乔的父亲弗朗西斯也在海军工厂工作，他干的是修船的活儿，虽然很苦但是受人尊敬。乔警察的薪水也不至于让家里家徒四壁，他们的日子还过得去。在这里他们从来没有感觉自己贫穷。但是，对于本地人的下一代来说，不管靠什么谋生，大部分人永远都没有能力在这里生活下去。这可真丢人。

他经过一栋独立式殖民风格的建筑，门前挂着一个“出售”的牌子。

这栋房子很罕见地有个庭院，所以乔试着猜测开出的价格会有多高。他们的房子是一栋三层小楼，位于山麓区，是乔的父亲在 1963 年花一万美元买下的。距离他们房子两条街开外的地方有一栋类似的房子，上周足足卖了一百万美元。每次想到这些，他都特别兴奋。

每次他和罗茜提起要卖掉他们的房子，都会有一段让人头晕目眩、异想天开的谈话，就好比在想象要是中了彩票该怎么办一样。

乔会买一辆新车——一辆黑色的保时捷。罗茜不开车，但她可以买新衣服和鞋子，还可以买些真正的珠宝。

但是他们住哪儿呢？他们才不要搬到郊区某栋带有一大片田地的大房子里。要是那样的话他得买台割草机。罗茜的哥哥们都住在距波士顿四十分钟车程以外的乡下，听说每个周末都在拔草，护根，或是做其他跟草有关的高强度劳动。谁想干这些呀？而且要是搬到郊区住的话，他得离开波士顿警察局，这是不可能的。从现实的角度看，要是住在这儿他也不可能开保时捷，不然他可就真成了被贼惦记的目标了。他不可能真的买那样的车，罗茜有那些假钻石就够了，谁想整天担心珠宝丢了或被偷了呀？因此尽管这种谈话一开始会令人陶醉，但总会绕一个大圈后，回到现实里。他们都喜欢这里，就算把世界上的钱都给他们，他们也不会搬走，哪怕是南部他们也不去。

他们很幸运能继承这栋三层小楼。乔的父亲九年前去世时把这栋房子留给了乔和乔唯一的姐姐麦琪。找到麦琪颇费了一番功夫。和乔相反，麦琪不喜欢这里，她高中一毕业就下定决心离开了查尔斯镇，之后就再也没有回来过。他后来发现她生活在南加利福尼亚州，离了婚，没有孩子，也不想和这栋房子扯上半点关系。乔也理解。

他和罗茜住在一楼，帕特里克二十三岁了，还和他们住在一起。另一个儿子吉杰和妻子科琳住在二楼。凯蒂和梅根两人住在三楼的房间。

除帕特里克外每个人都会付乔和罗茜房租，但是没多少，比市场价格要低，这样做只是想让孩子们都负起责任来。不过这也帮助他们还清了贷款。以前为了供四个孩子上教会学校，有几次他们不得不去筹钱。那时确实很艰难，但不管怎样都不能让他的孩子们坐公交车去大老远的多尔切斯特和洛克斯伯里上学。

乔转过拐角，决定抄近路穿过多尔蒂公园。星期天早上这个时刻，还在沉睡中的查尔斯镇很安静。克勒赫蒂泳池还没有开门，篮球场上空无一人。孩子们要么在教堂里，要么还没起床。除了偶尔驶过的一辆汽车外，唯一的声音就来自亚兹脖子上的狗牌和乔口袋里的零钱，叮叮当当的，就像一首歌。

不出所料，八十三岁的迈克尔·墨菲一如既往地坐在阴凉处的一个长椅上。他拄着拐杖，棕色的袋子里装满了不新鲜的面包，那是用来喂鸟的。他整天坐在那儿，好像在监督一切，每天都这样，除非天气特别糟糕。什么都逃不过他的眼睛。

“你好吗，市长？”乔问。

每个人都叫墨菲“市长”。

“好到大部分女人都配不上。”墨菲说。

“太对了。”乔咯咯笑着说，乔问他同样问题时有三分之一的时候他都这样回答。

“‘第一夫人’好吗？”墨菲问。

墨菲管乔叫“总统”。他在好多年前就因为“老肯尼迪”夫妇的小名音似乔和罗茜，便把乔叫作“肯尼迪先生”。接着不知道什么时候开始，他藐视美国政治史，把儿子的头衔安到了父亲头上，乔瑟夫·肯尼迪先生[①]变成了总统先生。所以罗茜也就成了第一夫人。

---

① 乔瑟夫·肯尼迪是美国著名的商人、金融实业家、外交官，他的父亲是贫困的爱尔兰移民。他和妻子被称为“老肯尼迪夫妇”，他们的次子约翰·肯尼迪是美国第35任总统。

“很好，她正在教堂里为我祈祷呢！”

“那时间可短不了。”

“对。市长，祝您今天过得愉快。”

乔继续沿着小路走，从这座小山能远远地看到神秘河对岸的工业粮仓和埃弗雷特造船厂。大部分人会认为这景色没什么特别的，甚至可以说很难看，可能永远也看不到一位画家拿着画架停在这儿作画，但乔能看到一种城市之美。

他沿着陡峭的山坡向下走，走的是台阶而非起伏不平的斜坡，然后不知怎么脚下一滑，眼前就突然只剩下蓝天了。他躺着一连下滑了三级台阶才想到可以用手撑住不让自己继续下滑。

他小心翼翼地坐起来，他已经能感觉到脊柱的突起上布满了可恶的伤痕。他扭头去看台阶，以为可以归咎于什么障碍物，例如一根棍子、一块石头或一级坏了的台阶，但什么也没有。他抬头看向台阶的顶端，看向周围的停车场，又看向下面的平台，还好，至少没人看到他。

亚兹喘着气摇着尾巴，急着往前走。

“等一下，亚兹。”

乔抬起两条胳膊查看肘部，两个胳膊肘都擦破了，流着血。他清理掉砂石，擦掉血，慢慢站起来。

他怎么会摔倒？一定是因为这破膝盖。他几年前沿着沃伦大街追一个非法闯入嫌疑犯时右膝盖扭伤了。砖铺的人行道可能看上去好看，但崎岖不平，跑在上面很危险，尤其是晚上。打那以后他的右膝盖就一直没有恢复，时不时会毫无先兆地出现问题。他当时应该去检查一下，可惜他没有去。

剩下的台阶他走得格外小心，一直走到了梅德福街。他决定拐进去，从高中那里出来。罗茜应该就快结束了，他现在每走一步都感觉背部靠下的地方像针扎一样疼。他想回家。

就在他沿着波克大街向前走时，一辆车停在了他身边。是唐尼·凯利，乔从小一起长大的好朋友。唐尼还住在这里，他是内科急救专家，所以乔不管上班还是休息都很少见到他。

“你昨晚上喝多了吗？”唐尼摇下庞蒂克汽车的车窗玻璃，笑着问他。

“什么？”乔笑着说。

“你怎么走路一瘸一拐的？”

“哦，是，我的背扭伤了。”

“老家伙，要不要坐我的车上山？”

“不用，我没事。”

“来吧，上车吧！”

“我需要运动，”乔拍着肚子说，“玛蒂好吗？”

“很好。”

“劳瑞呢？”

“好着呢！每个人都很好！喂，你确定不用我开车送你？”

“不用，真的，谢谢。”

“好吧，我得走了。见到你很高兴，奥伯[①]。”

“我也是，唐尼。”

乔在还能看到唐尼的车的时候尽量像正常人一样平稳地走路，但是一看到唐尼的车在山顶消失了，乔马上停止了伪装。他一瘸一拐地向前走，脊柱里好像有一颗无形的螺丝钉，每迈一步就拧得更深一些，他后悔没有搭唐尼的车。

他回想起唐尼说他喝多了。他知道这只是个没有任何恶意的玩笑，

---

① 乔的昵称。

但是乔对自己的名誉和喝酒的事情一向敏感。他从来最多只喝两杯啤酒。好吧，有时还会就着啤酒来杯威士忌，这只是为了证明他是个男人，仅此而已。

他的妈妈是个酒鬼，甚至进了精神病院，这事儿大家都知道。虽然已经过去很久了,但是这件事的阴影仍然没有散去。人们的记忆力好着呢，你的父母是谁和你是谁一样重要。如果你的妈妈是喝酒喝死的，那么每个人都或多或少相信你也会成为一个怒气冲冲的酒鬼。

露丝·奥布莱恩喝酒喝死了。

每个人都这么说，这是他的家庭传奇和“遗产”。不论什么时候，只要这句话一出现，就会带来一连串的记忆。一提起这件事很快就会让乔感到不舒服，这时他会马上改变话题，这样就可以避开了。比如，红袜队[①]怎么样了?

但是今天，他不知道是因为更勇敢更成熟了，还是因为好奇，他在脑海里反复想着这句话，不知不觉就走到了山顶。*露丝·奥布莱恩喝酒把自己给喝死了*。

这不合理。是的，她喝酒。简单说就是，她喝得太多了，走路摇摇晃晃，话也说不清楚。她会胡言乱语，还会做出疯狂的事，都是些粗暴的事情。她完全失去了控制，后来他父亲也没有办法了，就把她送到了州立医院。她去世时乔只有十二岁。

露丝·奥布莱恩喝酒喝死了。他有生以来第一次意识到，虽然这句话他一直当真，觉得和他的生日一样是真实可信的，但这句话从字面意思上看不可能是真的。他妈妈在医院里那个像四轮马车一样的病床上住了五年，没动过地方，死之前已经瘦得皮包骨头了。可能她的大脑和肝脏已经在酒精里浸泡了太多年，都腐烂了。所以可能已经太晚了，损坏

---

① 美国职棒大联盟棒球队。

已经发生了，没有办法恢复。她那长期浸泡在酒精里的大脑和肝脏最终辜负了她，她的死因是：长期酗酒。

他走到了山顶，如释重负，准备走一条平坦些的街道，同时打算换个轻松的事情想想，但是母亲的死仍然挥之不去。这个新的推测有些不对劲儿。他直觉上感到有些怀疑，就好像他去接电话，但没有人告诉他到底发生了什么。他听力很好，真的，因此事实不是这样的。如果她不是死于饮酒过度，那死因是什么？

他边走边想有没有更好的答案，但走过了三个街区还没有想出来。这有什么重要的吗？她都死了。她死了很长时间了。露丝·奥布莱恩喝酒喝死了。算了，不想了。

他到达圣弗朗西斯教堂时，钟声正好响了起来。他一眼就看到了罗茜站在最高一级台阶上等他，他笑了。他想起他们十六岁开始约会的时候，她可真漂亮，实际上他认为她年龄越大越漂亮。她今年四十三岁，皮肤红润光滑，上面点缀着一些雀斑，头发是褐色的（虽然现在不得不染发了），碧绿的眼睛现在仍能让他两膝发软。她是个了不起的母亲，而且能容忍他，堪比圣人。他很幸运。

“你为我祈祷了吗？”乔问。

“祈祷了很多次。”她边说边用手指往他身上洒圣水。

“不错，你知道的，我需要所有能得到的帮助。”

“你流血了？”她注意到了他的手臂。

“对，在台阶上跌倒了，没事儿。”

她抓起他另外一只手，举起他的胳膊，看到了肘部血淋淋的擦伤。

“你确定没事儿？”她问道，目光中流露出关切。

“我没事儿，”他说着用手紧握住她的手，“来吧，我的新娘子，我们回家吧！”

3

快四点半了，一家人都围坐在厨房的餐桌前。餐桌上铺着一块绿色絮棉餐垫，这是凯蒂很多年前在家政课上做的，已经磨破了，餐垫上摆着空的果冻杯、盘子、银制餐具。他们都在等帕特里克。从昨天下午开始就没有人见过他。帕特里克晚上在铁甲军酒吧当服务生，因此他应该会在那儿待到酒吧关门，但是他昨晚整晚都没有回来。他们都不知道他在哪儿。梅根一直给他发短信，但毫不意外的是，他没有任何回复。

乔今天早上去卫生间的时候，就注意到了帕特里克空荡荡的双人床铺得整整齐齐的。他下楼前停顿了一下，注意力从帕特里克的头应该在的地方，转移到了墙上贴的棕熊队中锋帕特里斯·伯杰龙的海报上。乔冲“伯杰龙”摇了摇头，叹了一口气。他有点儿想进去把毯子和床单弄乱，制造出帕特里克昨晚回来过，只是早上又出去了的假象，这样罗茜就不会担心了。不过这种诡计没有什么用，因为帕特里克要是晚上回家了的话，他会至少待到中午才出去。

还是让罗茜知道事实，而且能够表达担心比较好。这样的话，乔便可以只是倾听、点头、一言不发，在沉默中隐瞒自己心中更坏的预想。乔想到的，比罗茜想到的还要糟糕。这小子很爱喝酒，但他才二十三岁，还这么年轻。虽然乔和罗茜都注意着他喝酒的事情，但让他们真正担心的并不是这个问题。

罗茜担心他会让女孩儿怀孕。这个非常虔诚的女人时不时会往儿子的钱包里偷偷塞避孕套，一次塞一个。可怜的罗茜每次检查儿子的钱包时，都会发现里面只剩下一些钞票，避孕套没了，这让她感到十分窘迫。这种事情经常一周发生好几次，但她还是会再帮儿子补充，有时也放一点现金进去。然后她会在胸前画个十字，什么也不说。

乔可以容忍帕特里克花心，虽然他也希望帕特里克能有个固定的女朋友，某个家境良好、面貌清秀、笑容漂亮，可以让帕特里克足够在乎，还能在周日带回家来吃晚餐的女孩儿。该死的是，在某种程度上乔还有些羡慕这家伙。乔也可以原谅他晚上不回家，可以原谅他曾“借”走唐尼的车子而且把车给毁了，但乔绝对不能容忍他吸毒。

乔从来没有怀疑过其他三个孩子会吸毒，他也没有直接的证据可以证明帕特里克在吸毒。还没而已。他每次在想这件事的时候，总会忍不住加上最后的“还没而已”，所以才会非常担心。乔上夜班的时候，只要被电话叫去蒙特哥湾勘查船舶下水，或去其他隐蔽的停车场逮捕那些持有毒品的小流氓，就总会先在那些年轻的脸庞中寻找帕特里克。他向上帝祈求自己是错的，这些偏执的想法是没有必要的，但是这些孩子表现出的那种态度让他觉得很熟悉：除了年轻人正常的那种青春无敌的感觉外，还有一种冷漠和轻率，这种态度总让他想起帕特里克。这点让乔非常担心，虽然他不愿承认。

他也不是没逮捕过家人，但这一点也不好玩。他曾当场抓住他的大舅子肖恩，肖恩从头到脚溅满了红色染料，连帽衫的口袋里塞了厚厚一沓新钞票，两张五十元的中间夹着一沓一元的——就在几分钟前城市广场的一家银行被抢劫了。另外一个大舅子里奇，上世纪末走私毒品被抓，现在还在坐牢。乔还记得从后视镜看到里奇的情景，他戴着手铐，坐在警车后座上盯着窗外。乔觉得很丢人，好像犯罪的是他一样。罗茜的心都碎了。他再也不想让家人坐到警车后座上了，尤其是自己的儿子。

“梅根，给他发短信。”罗茜双手抱肩说。

“我刚才发了，妈妈。”梅根回答。

“那就再发一次。”

罗茜的担忧渐渐变成了愤怒。孩子们必须得参加周日的晚餐，这没什么好商量的，特别是乔能够在家的周日，迟到这么久就快接近不可原谅的程度了。同时，罗茜不停地热着半个小时前就做好的饭菜。这样一来烤牛肉就会又干又硬，像块没味的皮子，土豆泥就会变成一碗灰色的浆糊，罐装四季豆也会被煮烂。但是乔还是会照吃，像过去的二十五年来一样吃着过咸的晚餐，配两杯啤酒，毫不抱怨。

但女孩儿们的周日晚餐就没有这么顺利了。凯蒂吃素。每周她都会热情地给他们讲人类对待动物的残忍行为，以及屠宰行业凶暴而令人作呕的做法，但除了梅根以外的其他人并不会听她的，只会大口吃着加了很多盐而且煮得过了头的血肠。

梅根拒绝大部分肉食是因为里面含有大量脂肪和卡路里。她是波士顿芭蕾舞团的一位舞蹈演员，据乔所知，她只吃沙拉。在除凯蒂以外的其他人都把肚子填满肉和土豆的时候，她一般只吃一点点罐头蔬菜。梅根并不是很瘦，但她的眼睛看上去总是特别饥饿。她盯着他们动刀叉时的眼神，就好像一只关在笼子里的狮子在追踪一群小羚羊。要分清并且记住这两个女孩儿的饮食规则和禁忌，你得有个大学学位才够用。

而吉杰和他的妻子科琳则会有礼貌地吃掉罗茜放在他们面前的所有食物。上帝保佑他们，这样做可得需要非常有技巧的礼貌。

乔和吉杰很像。他们名字一样，身材也都一样矮壮结实，都长着同样无神的蓝眼睛。他们皮肤都很苍白，只有在激动（红袜队赢了）或愤怒（红袜队输了）时脸上才会浮现出不大好看的康乃馨粉红色。即便是在傍晚时的阴凉里，他们的皮肤也会被晒伤。他们幽默感也一模一样，虽然大多数时候罗茜觉得一点也不好笑。而且他们娶的女人都比自己好很多。

不过吉杰是消防员，这是他们父子之间最大的区别。大部分时候，波士顿的消防员和警察都认为他们是兄弟姐妹，他们的任务都是要保护这座伟大的城市，服务人民，但每次荣誉都会被消防员拿去，这点把乔气得够呛。消防员总是被当成大英雄，他们出现在人家房子前时，每个人都欢呼并感谢他们，还有些消防员会获得拥抱。可警察一出现人们都躲起来了。

此外，消防员事情少，工资却很高。发生小事故的时候，明明不需要他们出勤却非要出勤，然后把交通搞得一团糟。最让乔抓狂的是，他们有时候也会挡到救护车的和警察。乔认为他们很无聊，所以才想装出忙碌的样子。让我们来吧，哥们儿。你们回屋里再去睡一觉吧。

老实说，吉杰没有当警察，乔很感激。乔很自豪自己是个警察，但他不希望任何一个孩子也过这样的生活。不过，有时候乔仍会对吉杰的职业选择感到一种莫名的背叛，这感觉就好像一个红袜队球员的儿子长大后却去为纽约洋基队效力了一样。乔一方面替儿子感到骄傲，但另一方面却在想儿子是不是走错路了。

“怎么了，爸爸？”凯蒂问。

“你说什么？”乔问。

“你今天非常安静。”

“我只是在想事情，亲爱的。”

“她们俩在这儿可真倒霉。”吉杰开玩笑说。

乔笑了。

“现在我在想你应该去给我拿一罐啤酒。”乔对吉杰说。

“我也要。”凯蒂说。

“还有我。”科琳说。

“吃晚饭时再喝。”罗茜说，阻止了要去开冰箱的吉杰。

罗茜抬头看了看厨房里的钟表，现在是五点钟。她盯着钟表看了差不多一分钟的时间，然后突然把手中的木头勺子扔到了橱柜上。她解开围裙挂到钩子上。就这样吧，不等帕特里克了。吉杰打开冰箱拿出了六罐百威啤酒。

罗茜将那些曾经是烤牛肉的东西——乔喜欢戏称其为“味觉提取机”——从炉子里抽出来，梅根帮她将整道菜端到小小的圆桌上。到处都太挤了——胳膊挨着胳膊，脚尖碰着脚尖，碗挨着盘子，盘子挤着杯子。

罗茜坐下来，做了餐前祷告，接着大家都机械式地说了“阿门”之后，就开始传递食物了。

“哦，乔，不要踢我了。”罗茜说着按了按肩膀。

“对不起，亲爱的，实在是没有地方。”

“地方大着呢，别那么坐立不安。”

他也控制不住自己。今天上午他喝了三杯咖啡，比平常多了一杯，而且因为不知道帕特里克到底在哪儿，所以觉得焦躁不安。

“盐呢？”乔问。

“在我这儿。”吉杰说，他正在往盘子里的食物上撒盐，撒完后把盐瓶递给了父亲。

“你就吃这么点儿？”罗茜问凯蒂，因为她的大白盘子上夸张地只放了一口就可以吃掉的烂豆子。

“对，我够了。”

“来点儿土豆怎么样？”

“你往里面放奶油了。”

“就吃一点儿。”

凯蒂翻了个白眼儿，“妈，我不只是‘一点儿’素食主义者，我是完完全全的素食主义者，我不吃奶制品。”

“那你的理由呢？”罗茜指着梅根同样空荡荡的盘子问。

“有沙拉吗？”梅根问。

“耶，我也想吃沙拉。”凯蒂说。

“冰箱里还有生菜和一根黄瓜，自己去做个沙拉吧。”罗茜叹着气冲她们摆摆手，“女儿可真难养。”

梅根跳起来，打开冰箱，找到生菜和黄瓜，别的什么也没拿，就站到橱柜前开始做沙拉。

“来点儿牛肉怎么样？”吉杰把一盘牛肉伸到妹妹鼻子前。

“拿开！真讨厌。”凯蒂说着把盘子推开。

梅根回到餐桌上把沙拉分了一半给凯蒂，然后把空碗放到了水槽里。这会儿，乔正在以伐木工人锯一棵大树的力气切他的牛排。他终于切下了一块儿，一边嚼着这“有咸味的屋顶瓦片”，一边看两个女儿快乐地吃着沙拉。

“你们知道吗？农民在种生菜和黄瓜时可能施了肥。”乔一本正经地说。

凯蒂和梅根不理他，但是吉杰笑了，他知道下面要发生什么。

“我不是农民，但是我猜他们会用牛粪当肥料，是不是呀，吉杰？”

“对，肯定的。”吉杰说，其实他这辈子都没有踏进过花园或农场一步。

“别说了。”梅根说。

“生菜和黄瓜的种子需要牛粪中的养料才能生长。所以，如果你懂一点数学的话，就会知道你们吃的沙拉就是牛粪做成的。”

“真恶心，爸爸！太恶心了。”凯蒂说。

“我宁可吃牛也不吃牛粪。你会吃吗，吉杰？”

吉杰和乔哈哈大笑。但屋里的女士们可是有充分的理由觉得这一点也不好笑。

“好了，够了。”罗茜说，如果在平时她可能会觉得乔的玩笑至少是好意的，因为她也不懂为什么要吃素食。但是现在她还在为帕特里克的不知去向而生气，人在心烦意乱的时候觉得什么都没趣。“我们能不能别再说什么粪啊屎啊的？”

“《葛蓓莉娅》的表演日期定了，”梅根岔开话题说，“从 8 月 10 日到 24 日。”

“那我和科琳在第一个周五去看。”吉杰说。

“这样啊，”罗茜说，“我也有空，凯蒂呢？”

“嗯，我还不确定。我可能会有事儿。”

“你有什么事儿？”梅根不屑一顾地说，乔知道她这样会惹恼凯蒂。

“不关你的事。”凯蒂说。

“让我猜猜看。你要和安德里亚还有米凯拉去铁甲军酒吧。”

“我的周五晚上和你的一样重要。这个世界并不是围着你转的。”

“好啦。”罗茜警告道。

在姐妹俩的成长过程中，凯蒂就好像梅根的影子一样。乔记得以前他和罗茜总是把这姐妹俩当成一个人。乔和罗茜总是把姐妹俩的名字挂在一起，除了在提到跳舞的时候，仿佛她们俩的名字合成了一组绰号——梅根凯蒂。*梅根凯蒂，过来。梅根凯蒂要去参加巡游。梅根凯蒂该吃晚饭了。*

自从上了高中，姐妹俩就疏远了。乔也不知道具体原因。紧张的芭蕾舞训练日程搞得梅根疲惫不堪，即便她们俩还住在一起，她也经常不在家。凯蒂可能会觉得自己不被他们重视，又或是有些嫉妒。他们都很偏爱梅根。每当其他父母炫耀自己的女儿在图书馆或海港局工作，又或者结婚了的时候，乔总是礼貌地倾听。他们说完轮到他的时候，他会微笑着说，*我的女儿是波士顿芭蕾舞团的舞者*。这一点在当地没有哪个家长可以比得过。然而就在刚刚，他意识到自己从没提过另一个女儿。

凯蒂是个瑜伽老师，乔承认他对此一无所知，只知道这和尊巴舞[①]、跆搏[②]或混合健身操一样是当今最热门的健身方式之一。她们穿着新时代嬉皮士风格的衣服，还像邪教一样有一群狂热的追随者。乔觉得女儿做自己喜欢的事情很棒，但是他看得出来她并不满意。他不确定是因为瑜伽，还是因为他们太关注梅根了，又或是与某个她偷偷交的男朋友有关，凯蒂的声音里总有一种焦虑感，而且似乎一周比一周严重，忿忿不平的时候越来越多了。他的宝贝女儿小时候脾气很随和的啊。但不管发生了什么事情，他都觉得这只是暂时的，她会走出来的。

“爸爸，你会来吗？”梅根问。

乔很喜欢看梅根跳舞，而且总会感动到落泪，对此他并不羞于承认。大部分小女孩儿都会说想当芭蕾舞演员，但是就像想当童话里的公主一样，都只是想想而已，她们只会把它当成一个异想天开的白日梦，而不是一个真正的职业目标。但是当四岁的梅根说自己想当芭蕾舞演员时，他们都相信她能够做到。

她开始在当地的舞蹈工作室上课，三年级的时候获选参与免费的城市舞蹈计划。她从一开始就非常专注并且坚持不懈。十三岁时她拿到了波士顿芭蕾学校的奖学金，高中毕业后就和芭蕾舞团签订了合约。

---

① 尊巴舞是南美的一种健身舞蹈。

② 跆搏（Tae-Bo）是欧美流行的一种健身操，它集跆拳道、空手道、拳击、自由搏击、舞蹈韵律操为一体，是一种具有减肥、娱乐、健美、强身作用的新型有氧操。

梅根很努力，大概是全家人里最努力的，但乔也相信她生来就有舞蹈天赋。那些美丽的旋转（随便它们叫什么名字吧）魅力非凡，她能做到只用一个大脚趾就让身体保持平衡，同时另一条腿还能高举在空中，这让人觉得几乎不可思议。他碰都碰不到自己的大脚趾。梅根遗传了乔的眼睛，但是谢天谢地只是遗传了眼睛，她其余的部分都遗传自罗茜，这可以说是上帝的礼物。

他错过了今年的《胡桃夹子》。虽然他已经看过很多次她跳《胡桃夹子》了，但是梅根觉得他还是应该来，因为他没有看过她在波士顿舞团表演的这个角色。四月份他本来应该去看《睡美人》的，但是被一通电话叫去上夜班了。他知道这让她很失望。他的工作最糟糕的地方之一就是会错过圣诞节早晨、生日、孩子们小时候的少年棒球联合会冠军赛、7 月 4 日国庆日，还有太多次梅根的舞蹈彩排。

“我会去的。”乔说。

他会有办法的。梅根笑了。上帝保佑，她还是相信他。

“水呢？”罗茜问。

乔看到了橱柜上的水罐。

“我来拿。”他说。

水罐是水晶玻璃的，很重，要乔来猜的话，这可能是他们家最贵重的东西之一了。这是罗茜的父母送给他们的结婚礼物，她每个礼拜天都会根据当天的情况来用它盛水、啤酒或冰茶。

乔在水槽边给水罐里接满了水，然后回到桌子前，站着往每个人的果冻杯里倒水，女士优先。就在他给凯蒂的杯子倒水时，不知怎么突然松开了水罐把手，水罐掉了下来，把他另一只手里拿着的凯蒂的杯子砸脱了手。水罐和水杯都掉到了桌子上，变成了无数细小的玻璃碎片。梅根尖叫出来，罗茜倒吸了一口气，一只手捂住了嘴。

“没事儿，大家都没事儿。”吉杰说。

乔的右手僵在那里，仿佛手中还抓着水罐一样，他审视着眼前的破坏程度——水罐已经碎得看不出形状了，桌子上的每样东西都被浸湿了，还夹杂着玻璃碴子。他终于回过神来，用手指揉着掌心，想知道是不是因为手指上有油或有水才让他手滑了。但是他的手指既干净又干燥。他盯着那只手，它好像不属于他似的，他不知道刚才到底发生了什么。

“对不起，罗茜。”乔说。

“没事儿。”她不怎么开心但是接受了这个事实。

“我的食物里有玻璃。”凯蒂说。

“我的也有。”科琳说。

乔低头看了看他的盘子，他的土豆泥里也有玻璃碴子。真是一团糟。

“好啦，大家都不要吃了，”乔说，“就算看不到玻璃也不值得去冒那个险。”

凯蒂用扫帚和簸箕清理地板，罗茜和梅根清理盘子里被毁掉的周日晚餐。这时帕特里克走进来了，身上还穿着昨天的衣服，衣服皱巴巴地挂在他瘦骨嶙峋的身上，散发着陈腐的啤酒味、香烟味和薄荷味，他腋下还夹着一盒邓金牌甜甜圈。

“你回来晚了。”罗茜说，她的眼睛射出两道激光一样可怕的光束，像是要在帕特里克的额头中央烧出一个洞来。

“我知道，妈。我很抱歉。”帕特里克说。

他吻了吻妈妈的脸颊，然后坐到桌子前。

“我都不想知道你昨晚去哪儿了。”罗茜说。

帕特里克沉默着。

“不管有什么借口都不能不回来吃周日晚餐。”

“我知道，妈。我没有不回来，我不是在这儿了吗？”

“你回来晚了。”吉杰说。

凯蒂拍了一下帕特里克的肩膀，让他抬起胳膊肘以便她用海绵擦桌子。

“饭在哪儿？”帕特里克问。

“爸爸认为晚饭需要加点水和玻璃。”梅根说。

“谢天谢地你不像爸爸一样笨手笨脚。”乔说。

帕特里克骄傲地把那盒邓金牌甜甜圈放到桌子上。今天奥布莱恩家的晚饭就吃这个了。吉杰第一个把手伸进去拿了一个波士顿鲜奶油甜甜圈。凯蒂朝盒子里看了一眼，本以为会失望，但脸上却现出欣喜之色。

“你给我买了一个花生酱贝果。”

“当然，”帕特里克说，“我还给梅根买了一个蛋白素食扁面包。”

“谢谢你，帕特。”梅根说。

罗茜的态度松懈了一些，乔知道她已经原谅帕特里克了。乔挑了个果冻甜甜圈和一个油炸饼。甜甜圈配啤酒，他拍了拍自己的啤酒肚叹了口气。如果想长寿的话，他得开始注意身材了。

他看着小餐桌上这幅平常的画面，看着长大成人的孩子与爱妻快乐又健康的样子——尽管彼此可能有一些怪癖或是缺点，但大家还是在周日的午后相聚在一起——一股感恩之情从心底油然而生。他还没做好准备，那股深刻的感受就全力压到了他的胸膛里，他得咬紧牙关、深深吐气才能释放一些压力。他坚强的硬汉警察外表之下，其实像果冻甜甜圈一样柔软。他转过头，趁大家不注意的时候，用手掌根悄悄地擦了擦潮湿的眼角。他为自己拥有的这一切而真心地感谢上帝，他明白，自己真的很幸福。

4

乔一个人开着警车，在查尔斯镇起伏的街道上已经巡逻了几个小时。这是一次平常的日间巡逻。其实这是很矛盾的一种说法，乔很清楚这一点，因为根本就没有什么平常的巡逻，巡逻中总会有事情发生。这正是这份工作让他又爱又恨的地方。

他喜欢这份工作，因为他从来都不无聊，但并不是工作时的每一分钟他都喜欢。大部分上班的时间都单调乏味，令人心烦。一开始是点名，然后是每天都可笑地跑着跳着，在一排排一模一样的巡逻车中找到分配给他的那四个数字（车牌号），在同样的街道上巡逻，什么事也不会发生。但是在这之后，往往会发生一些什么。

一定会有一个电话打进来。格林大街有人入室盗窃了；某个男人家暴自己的老婆了；一辆拖着喷气燃料的油罐车在向北的高速路上撞车了；又一家银行被抢劫了；施拉夫特中心一家办公室内有人的钱包被偷了；沃伦酒馆外面有酒鬼在闹事；高中外面有人打群架；港口发现了一辆沉到水里的汽车，里面有一具尸体；有人从托宾桥上跳下来了……什么事都可能发生，每次都不重样。每一起盗窃，每一次打斗，每一件家暴都不同，不同就意味着永远不会无聊，就代表着只要有电话进来，乔就可能要用得上他的一项或所有专业技能。

执行勤务也给了他难得的机会，让他可以体验工作中他最喜欢的部分，比如当他真的帮到别人时，当他迅速果断的行为让好人占了上风时，当他们把坏人从街上带走，让地球的这个角落更安全了的时候，他会感到由衷的快乐。这听上去就像是无聊的课后特别节目，但事实就是这样。这也是乔为什么总是参加点名的原因，他敢拿芬威球场本垒板后的最佳位置打赌，每个称职的警察都是这么想的。

但这是一把双刃剑，因为每个报警电话都有可能会让他面对工作中最讨厌的一面。每天警察都会目睹丑陋难看的人性弱点，最堕落最邪恶的坏蛋才犯得下（幸好普通人无法想象得到）的恶行。一个电话打进来了。罗克斯伯利一个男人勒死了他的妻子，把尸体塞到一个垃圾袋里，然后从屋顶扔了下来。多尔切斯特一位母亲在浴缸里溺死了自己三岁的双胞胎儿子。周一马拉松[①]的比赛现场发现了两颗炸弹。

不管遇到什么事情，他都训练有素、从容应对。和他所有的同事一样，乔为了不让自己经历过的那些无耻的杀戮影响到他，练就了讲低级笑话或是表现得麻木不仁来进行自我保护的机制。但是没用。这些事情改变了他，也改变了所有警察。

他千方百计地不影响到罗茜和孩子们。他记得在唐人街的大垃圾箱里见到的那个十几岁女孩儿的尸体，她的头部中了两枪，已经开始腐烂。虽然这个女孩儿已经没有了生命，面目全非，一群苍蝇围着她的尸体乱飞，但她看上去太像梅根了。乔下不去手去触碰她。他用尽全身力气才控制住没在大家面前呕吐。然而他还是做了自己必须要做的事情，强忍着厌恶，机械地把尸体拼凑到一起，像自动驾驶系统一样履行了自己的职责。几个小时后，他独自坐在巡逻车里的时候，发现自己紧抓方向盘的手在剧烈地颤抖，以至于整辆车都在跟着抖动。

---

① 波士顿每年四月的第三个周一举行马拉松比赛。

那天晚上到家后，罗茜问他："亲爱的，你今天过得怎么样？"在大部分婚姻中，这可能是最平淡无奇的一个话题了，但是对乔而言，这就像一个该死的装满毒蛇的罐子一样，他没法打开。那天晚上，和往常大部分时候一样，他吻了吻罗茜，含含糊糊地说了句"很好"就上床睡觉了。

有几个月的时间他一直在做噩梦，梦到垃圾桶里发现的那个女孩儿，但是他没跟罗茜提起过一个字。她常常抱怨乔太沉默，希望他能多跟她聊聊天。他知道良好的沟通对于健康的婚姻关系非常重要，而且本来警察的离婚率也比正常人要高，但是他从来不给罗茜讲自己见过的那些恐怖场面，以免给她带来压力。因为一旦你能想象这些事情，你就无法做到不去想。

因此，没有哪次上班是平平常常的，也没有哪个报警电话是普普通通的，但是今天到现在为止什么也没有发生。他在库克街上自家的房子前放慢了速度，但家里连个人影都看不见。虽然已经快中午了，但帕特里克可能还在睡觉。而梅根比乔起床早，出门也比他早。乔看了一眼时间，凯蒂几分钟后要去汤恩瑜伽中心教瑜伽，说不准他一会儿会开着车经过她身边。吉杰现在可能在上班，也可能没有，乔记不清了。科琳在上班，她在斯波尔丁医院工作，是一位理疗师。罗茜今天也去工作了，她在施拉夫特一家皮肤科诊所担任兼职接待员。乔想象着家人此刻正在做的事情，笑了。一切都很好。

从今天早上起他在这儿就没有见到过别的巡逻车。平常只有四名警察在查尔斯镇巡逻——他们开着一辆双人汽车（快速车）和两辆单人服务车。乔很庆幸今天没有分配给自己快速车，可以单独开一辆服务车。他没心情跟人说话，尤其是跟那些新来的年轻人。他们真的很爱说话，从来没有闭上嘴的时候。可能他已经变成一个四十三岁的怪老头了。乔发现自己越来越喜欢单人服务车，因为一个人很安静，快速车实在是太吵了。

乔驶过邦克山纪念碑时，放慢了车速，他仔细看了看上周那个被枪杀的十九岁男孩儿的临时纪念碑——一个木质的十字架，红、白、蓝三色气球，一副棒球手套，一个泰迪熊，还有他在学校的照片。乔叹了口气，真是可惜。

查尔斯镇相对来说还比较安全。他们平常很少见到暴力犯罪，几乎没有凶杀案。又是这个词，“平常”。根本没有“平常”这回事。

查尔斯镇的犯罪事件中大部分是毒品、盗窃、家暴和酒吧斗殴事件。最近几年，乔在查尔斯镇见到了很多抢劫事件。他小的时候，这种事情根本不会发生，当时人们最多也就偷偷东西。乔认识的每个小孩儿几乎都跟真正犯过罪的人有亲戚关系，盗窃可能是最常见的。盗贼们可能也有自己的道德规范，抢银行或办公大楼的话没什么问题，因为这被认为是“没有受害者”的犯罪，但抢劫某人或某家就不行。

乔还记得，比利·瑞恩因为马克·沙利文从贝尔蒙大街的一户人家偷了五千块钱而训斥了他。要知道，比利可是乔见过的最吓人的暴徒。*那可是凯文·加拉格尔家！你抢劫了凯文的妈妈？你个混蛋，有毛病啊？*如果乔没有记错的话，实际上是因为比利羞辱马克让他还钱，所以马克才去凯文家偷钱的，而比利第二天就抢劫了银行。

乔驶过多尔蒂公园。球场上空荡荡的，游泳池里却挤满了人。今天的气温 36℃左右，雾蒙蒙的，又潮又热。医院的急诊室今天肯定又会挤满中暑和心脏病发作的病人。尽管把空调开到了最大，但乔还是在出汗。他的 T 恤和内衣都湿透了，湿答答的棉布紧贴着皮肤。太阳光无情地通过车窗和挡风玻璃照射进来，再加上他穿的是凯夫拉马甲和海军蓝警察制服，所以他感觉自己就像温室中的一个西红柿，快被蒸干在藤蔓上了一样。这还不是最糟糕的，一会儿他可能还需要步行，在外面黑色的路面上指挥交通。

他拐向缅因街，在汤恩瑜伽馆前停了下来。他想看看凯蒂，但没有窗户能看到里面。他不知道里面在做什么，不过如果让他猜的话，应该是一些女人穿着黑色的紧身裤把自己的身体扭成椒盐饼干的形状吧。凯蒂有一年多的时间一直劝他去上她的瑜伽课，但他总是用开玩笑的方式搪塞凯蒂。我本来想去的，甜心，但是我昨天第三个脉轮[①]拉伤了，医生说“一个月内不要练瑜伽”。我真的很不开心。

他打开金枪鱼罐头，狼吞虎咽地吃着，几乎没尝出是什么味道。他把最后一口塞到嘴里时，电话响了——邦克山街344号31室有人抢劫。乔用手背抹了抹嘴上的蛋黄酱，打开警灯和警笛，发动了车子。

他知道地址，他刚从那儿经过。那儿曾是一座学校，现在是栋时髦的公寓大楼，里面住满了外地人，对面就是公园和游泳池。31室，在三楼。

是在朝街的一面还是在大楼的背面？如果是背面的话，有阳台吗？有消防通道吗？嫌疑犯会从阳台还是从大楼内部逃走？会走楼梯还是电梯？如果嫌疑犯是本地人的话，很可能会厚颜无耻或愚蠢透顶地从正门走出来。大楼后面是停车场，要开车逃走很方便。嫌疑犯也能开车也可能步行，这要看他偷了什么。大楼有个地下车库，是很好的藏身之处。有几个嫌疑犯？是偶然的随机抢劫还是有计划有目标的抢劫？家里有人吗？可能有，但愿没有。现在是中午，这座大楼里的住户主要是年轻的上班族。现在是夏天，住户可能去度假了。但是打电话的人是一个邻居，他在家，因此住户可能也在家。可能是一位上了年纪的退休老人，也可能是一位母亲和孩子或者一个请了病假的人。嫌疑犯有武器吗？

乔关掉警笛，掠过几栋房子，停在这座大楼前。到场的警车只有他

① 脉轮：人体精神集中点，瑜伽用语。

一辆。该死！他不知道会面临什么。理想的情况是，警察在有利的条件下进入现场，亮出武器，这样他们可能都不用真的使用武器就可以迫使对方投降。但是乔不能干坐着等其他警察来，不管什么情形，他都得下车去处理。他的肾上腺素开始飙升。

乔拔出枪，枪口冲下举在身侧，进入了大楼，沿着楼梯走向三楼。他向右拐去，35 室，37 室，方向不对，他转过身急急忙忙向左走去。他站在 31 室的门前，心情高度紧张。这个单元在大楼的后面，门栓旁边的门框已经裂开了，是强行闯入。报警电话是真的。乔不由得心跳加速，他静止不动，侧耳倾听，但只能听到自己沉重的呼吸声。空气从空调的出风口吹出来。有人在说话，是男人的声音。不对，他们是在对话。

他后退几步，尽量用最小的声音，清晰地在无线电中报告了这个消息。

“至少有两个人。这一室靠近大楼后面。我们需要在后面布置人员。”

几秒钟后，乔最亲密的老朋友汤米·瓦伊塔尔全副武装地站在了他身边。与汤米同属快速行动小组的另一位警察一定是在外边，控制了大楼的后面。乔和汤米交换了一下眼神，汤米点了点头，乔转动门把手，他们进了屋子。

他们一进门立即分头行动控制了房间。乔面向斜左方，汤米面向右方，乔背对餐厅的墙，汤米背对着厨房的墙。到目前为止他们没看到人。

这是一套开放式的现代公寓，他们能看到客厅里面。客厅里一团糟，抽屉扣在地下，都被掏空了，地板上到处都是文件和垃圾。客厅那边是一个开着的玻璃拉门，通向外面的阳台。很好，看到那两个嫌疑犯了，是两个十几岁的男孩子。

乔和汤米走上前，用枪指着两个男孩儿的胸膛。

“波士顿警察局！放下包！把手举起来！”乔喊道。

这两个男孩子穿着 T 恤、又长又肥的短裤、运动鞋、棒球帽，还戴着墨镜。两个人都背着黑色的双肩背包。乔一边用枪指着左边那个男孩儿，一边看他是不是有武器。可这个笨蛋决定逃跑，他从栏杆上跳了出去。

三楼的高度已经超过九英尺了。乔不知道这个天才有没有想过落地的后果，但这会儿他的两条腿和后背可能都摔断了吧。男孩儿躺在人行道上，肖恩·华莱士跑过来铐上了他，他的尖叫声变成了痛苦的号叫。

“那么现在轮到你了？”汤米问，脑袋向栏杆歪了一下。

这个孩子识相地丢下包，举起了空空的双手。

“这个至少还有点脑子，”汤米一边给他戴上手铐一边说，“尽管脑子也就豌豆大小，但确实有。”

乔搜查了其他房间，确定再没有别人了。两个卧室，两个浴室，家庭办公室都是空的。卧室看上去不太乱，但是家庭办公室都毁掉了。

乔回到阳台上。

“搜过了，没人。”

汤米正在搜身检查犯人，他想找件武器，但是没找到。这种事他们见多了，尤其是在夏天，学校都放假了，孩子们有的是大把的时间。这些十几岁的孩子闯入别人家，见什么偷什么，然后当掉换钱，用来买毒品。就算乔没有抓到他们在偷东西，也会抓到他们在买毒品；就算抓不到他们在买毒品，也会抓到他们在吸毒，又或是抓到他们在吸毒时做傻事。等他们被保释或假释后，他会再次抓到他们，就这样不停地循环。

那个戴着手铐的年轻人无精打采地耷拉着头。因为他低着头，所以乔看不到他被棒球帽挡住的脸，但是乔认出了他两只胳膊上画的浓重的墨水图案——爱尔兰和美国国旗，一艘海军军舰，一颗心和一个四叶草。是斯科蒂·欧唐奈，帕特里克的发小罗比·欧唐奈的弟弟。罗比读高中时是篮球队的明星球员，从不惹麻烦，斯科蒂的姐姐们也都是优等生。他的妈妈和罗茜总是一起去教堂，他的父亲在邮局工作。那是一个很正派的人家。

“斯科蒂，你在做什么？”乔说。

斯科蒂低头看着自己的运动鞋，耸了耸肩。

“我跟你说话呢，看着我。”

斯科蒂抬起头，汤米把他的墨镜拿了下来。他露出叛逆的神色，一言不发，也丝毫不害怕。

“你真给你可怜的妈妈丢人！她得去警察局把你个蠢蛋保释出来。她不该受这种罪。”

这时救护车到了，急救人员正在把那位“奥运会跨栏运动员”抬上担架。华莱士会跟着这孩子去医院，然后在他拍 X 光以及其他必需的检查时看守他。

“这个人你带走吧？”汤米问。

“好，我带他去警察局。”乔说。

“我留下来等采证的同事。”

乔低头看着那个黑色的背包，然后出乎意料的是，他感到体内的肾上腺素又开始飙升，使他身上的每块肌肉和每根神经都高度紧张起来，抽动着，等待爆发。要使任何一名波士顿警察在看到年轻人背着这种双肩背包，都只会觉得是看到了孩子背着书包，而不是一个潜在的恐怖分子带着大规模杀伤性武器，还需要很长一段时间。

他很担心会突然发出一声巨响。还记得 7 月 4 日国庆日那天，每个警察都被派去执勤了，当时距离马拉松比赛爆炸事件过去还不到三个月。国庆日集会吸引了三十万人去滨河绿化带的草坪上庆祝国家获得自由，公众安全问题迫在眉睫。乔有生之年还没有见过像那次活动那样的全副武装。国庆日夜晚平安过去了，但是每次烟花燃放时的声音都会让乔的心脏一阵收缩，右手忍不住缩回屁股后面准备掏枪。一次、一次又一次。他整个晚上都试图停止这无意识的惊觉反应，试图提前预测并停止这种条件反射，但是他沮丧地发现自己做不到。砰，心揪紧，拔枪。最后的盛大烟火秀更是折磨人，至今他还能回味到活动结束后和汤米以及其他同事一起喝的冰镇啤酒的味道，那可能是他这辈子喝过最好喝的啤酒了。

“你想看一眼吗？”乔问道，点头示意背包。

“请便。”汤米说。

“女士优先。”

“去你的。”

“我还得控制住斯科蒂。”

汤米蹲在背包旁，迅速拉开了拉链，好像在撕开绷带一样。包里的东西他们当然都知道会是什么——一个平板电脑，一些珠宝，一个相机，一些上了色的雕像，并没有装着钉子和滚珠轴承的压力锅。乔呼了一口气，他这才意识到自己一直都屏住气没有呼吸。

汤米拉上背包的拉链，把证物交给乔。他们心照不宣地快速交换了放心的眼神。

“斯科蒂，那些珍珠是要送给你女朋友的吗？”乔问。

斯科蒂一言不发。

“我觉得不是。我们走吧。”

乔把背包甩到左肩上，用左手控制着斯科蒂走出了公寓。乔带着斯科蒂向他的巡逻车走去。他对这次的行动感到很满意：他、汤米和肖恩都做得很好，抓住了两个嫌疑人。这个男孩儿没有带武器，这让他如释重负。他们三个都如释重负地离开了现场。他为公寓的主人感到高兴，虽然屋里乱七八糟需要收拾，但是东西都没丢。他担心的是斯科蒂那可怜的妈妈，他可以想象得到她接到电话时会是什么样的表情。但最重要的是，斯科蒂让他很生气，因为那个背包没来由地吓到了他。乔用手护着斯科蒂的头，以免他撞到，抓着他瘦骨嶙峋的肩膀把他推进了巡逻车。他本来没必要这么粗暴的。

“哎哟。”斯科蒂被弄疼了。

乔用力关上车门，笑了。这感觉不错。

下午一点左右，乔把小犯人送到警局留置室的入口。他对斯科蒂搜了两遍身，脱掉了他的运动鞋、袜子，摘掉了耳环，记下了他的基本信息，包括名字、身高和体重；给他拍了照片，并留了电话，然后把他丢进了专门关押青少年的牢房。现在是下午四点钟，乔该下班了，但他还坐在电脑前写报告。

报告什么的真让人讨厌，可这是工作中必不可少的关键部分。乔知道自己永远也写不出一部伟大的美国小说，但是他的报告写得很准确，这让他感到骄傲。他的叙述总是长而详细。他很重视这些。一个看上去微不足道无关紧要的细节可能会成为法庭上的关键证据，成为战胜坏人的关键，即便过了很多年也是如此。看看白佬巴尔杰案吧，那些检察官用几十年前归档的警方报告中的详细描述起诉了这个卑鄙的家伙。

因此把所有事实都写下来是非常有必要的。如果有所遗漏的话可能会留下足够的空间让巴尔杰这样的人加以利用，从而逍遥法外。这样一来，他们做的所有工作以及耗费的时间与金钱就都会付诸东流，还会波及其他方面。乔在训练年轻警员时也会反复强调这一点，报告需要写得一丝不苟。

即便如此，这样一个简单的非法闯入案的报告也花不了一个小时，但乔到现在还没有写完。他中途被同事打断好几次，他们想知道这起案件的全过程，乔也每次都热烈地给他们讲一遍。和所有爱尔兰人一样，乔喜欢讲好的故事，尤其是这样一个结局皆大欢喜的故事。而且在三十分钟前，肖恩·华莱士才把那个被送进医院的家伙的就医报告拿过来。撇开这些干扰和延误不说，他自己有一会儿也很难集中注意力，不确定自己是不是把事件的正确顺序和每个细节都准确地写了进去。

他得把来自警探、房间照片和报警邻居的信息都写进去。他得破解华莱士鬼画符一样的字来推测医院那个孩子的情况——主治医生的名字、检查情况、诊断情况、治疗情况。他必须有条不紊地抓住每个要素，这样才能正确地指认嫌疑犯，从而证明这次逮捕是合法的。

他盯着电脑屏幕，盯着全部大写没有分段的报告，大脑无法集中。他需要好好想想。发生了什么？后来又发生了什么？他想不起来。他累了。为什么他这么累呢？他看看手表。他五分钟前就可以下班了，但他没办法在很短的时间内写完这份该死的报告。

他头脑里有个细微的声音劝他放弃。*已经够好了。收工回家吧*。但是明白轻重缓急。他训练有素，知道如何忽略这种声音，如何让它屈服让步。他从不放弃，每件事都一样。还有，他知道如果报告写不好的话，上呈之后也不会被审核通过。

他揉了揉眼睛，重新把注意力集中在电脑屏幕上，继续写下去。他列了失窃的物品清单，总价值超过了 250 美元，所以这是一起白天入室行窃案，盗窃罪成立。他放了一些电子照片，显示了厨房、起居室、卧室、浴室和家庭办公室的状况。还放了医院的报告。门栓锁旁边门框上的木头破裂也写了进去，这可以说明这是非法闯入。还写了他们在阳台上发现了两个男孩子。他需要准确描述一下他们穿的衣服和带的东西，还有斯科蒂胳膊上的文身。一个跳下去了，一个直接投降了。接着又写了谁来到了现场以及打电话报警的邻居，写了户主不在家的情况。

这就是一起简单的非法闯入案件。乔盯着电脑屏幕，手指在桌面上敲打着，把报告读了一遍又一遍。他的报告写得很乱。

这就是一起简单的非法闯入案件，那为什么不能简单一点呢？

六点钟了，通常这个时间乔应该在家陪罗茜了。他应该坐在起居室的椅子上，把丑陋的脚放在窗式空调机前的咖啡桌上，手里拿着一杯冰啤酒，准备着看红袜队的比赛。但是他却站在灯塔大街和查尔斯大街的十字路口中央，在波士顿公园和公共花园之间，指挥高峰期的交通。他五点钟的时候终于写完了那份非法闯入案的报告，那会儿距他下班时间已经过去了整整一个小时。后来，可能因为他还没下班，而且值班督导需要人手，就命令乔去公共花园演唱会现场指挥交通，演唱会从下五 5 点半一直开到半夜。

那天气温高达 36 ~ 37℃，又闷又热，他站在黑色的人行道上——穿着海军蓝的制服，外面还有一件漂亮的石灰绿马甲，周围是一辆接一辆的汽车，排放出难闻的尾气和一阵阵热气——这里正是他今天早些时候庆幸自己避开了的地方。该死的墨菲定律，他早敲敲木头就不会这么倒霉了①。

即便没有这场免费的音乐会，每到这个时间，这个十字路口也会十分拥挤。有很多车都会在同一时段离开市区，走路的人也很多，总共有十二个地方可能会有人踏出人行道。男人们穿着西装打着领带，女人们穿着高跟鞋，烦躁的心情写在脸上，因为天气太热了。太多人汗流浃背地拥挤在一起，等着过马路，但等待的时间实在太长了，他们已经上了八个小时的班，只想早点回家。他们也算幸运了，至少已经在回家的路上了，乔都不知道自己什么时候才能回家呢。尽管乔在这儿是来帮他们的，但没人感激他，甚至当他挥手让行人过马路时，大部分人——如果他们会看他的话——都会向他投去厌恶的一瞥，好像马路这么拥挤都

① 西方人的迷信做法，认为接触木头可以祛除厄运。

是他造成的一样。这活儿真是费力不讨好。

而且因为这样，可怜的罗茜今晚又要自己一个人待在家里了。她心里很清楚，身为警察的妻子，生活就是这样。如果乔想计算一下有多少个夜晚罗茜在独守空房的话，他必须要有一个计算器，因为这个数字太大了，而且算出来以后他可能会在这里，在波士顿的街头哭出来。因此他不敢去想，他只想着赶快完成今晚的任务，回家陪她。

至少今天晚上没有什么特别的安排。工作十六个小时后回到孤独或失望的妻子身边，这已经够糟糕了，但是如果他错过了一场婚礼、洗礼仪式或节日，那么他就会面对怨恨，这会更让乔难受。如果他们没有安排，那么乔就可以用真心的拥抱和亲吻来抚慰罗茜的孤独或失望，再给她买些巧克力和酒来逗她开心。罗茜知道他被迫加班不是他的错，因此在他的怀抱里，她也会提醒自己老公能平安归来就应该心怀感激了。但是如果他错过了已经做好的安排，那就只有时间才能消除罗茜的怨恨了。好像上了整整一天班后，他还自愿花七个小时孤零零地站在 36℃至 37℃的大街上，指挥怒气冲冲的行人和差点撞到他的摩托车骑士一样。

现在是八点钟，音乐会还要过两个小时才能结束。那之后，几百人会离开波士顿公园，乔又会忙起来，但是现在他大部分时间都是在无所事事地等着。除了给两群游客指点到切尔斯怎么走之外，他从晚高峰结束后就什么也没做。他已经站了两个半小时了，能精准地感觉到腰间挂着的重达 6 公斤的手枪的每一分重量。他筋疲力尽，后背和脚掌都在疼，他多么希望能到公园垂柳下那张长凳上坐一坐。但是那张长凳好像在加利福尼亚州一样，遥不可及！

他继续站着，准备听听空中传来的音乐。应该是爵士乐吧，距离太远了听不真切。厚重的音符四处飘荡，但乔的耳朵能接收到的音符很少，连贯不起来，判断不出是什么曲子，也没有办法跟着吹口哨，这让他很沮丧。

他注意到，除了爵士乐的声音以外，还有一种震动的声音，听起来像是沙锤在摇动，但这声音和爵士乐的音符是分开的，也不同步，而且离他更近。他把注意力转到这种声音上，然后发现这声音来自他身上。是他在 7-11 便利店买火腿奶酪三明治当午饭时找的零钱（那个三明治已经放了一天了，很难吃），这些硬币正在他裤子的侧兜里叮当作响。他这才发现自己正在前后跳动，就像赤脚站在发烫的煤炭上一样。

他根本没有意识到自己在动，他还以为自己正好好儿地站着呢。

可能他需要去撒泡尿？但他又没有感觉想去。天气这么热，出汗都出得快脱水了。

那肯定是因为突击检查非法闯入时产生的肾上腺素还在发挥作用。虽然，预想中的威胁早就过去了，但是根据经验，乔知道那些激素几个小时后还会让他身体的每个开关蠢蠢欲动。每次他拔枪的时候，肾上腺素就会急速飙升，这种来自内心深处的冲动感很像灌了三瓶红牛，肌肉准备随时战斗的抽动和颤动会持续一整天。一定是因为这个！

他想象着公园里的场景，情侣们用塑料杯喝着酒，孩子们光着脚在草地上跳舞，每个人都在享受现场音乐会。他希望自己和罗茜也在他们中间，坐在一块毯子上，一起放松。芬威球场就在几英里以外，不知道红袜队打得怎么样了。他以自己不安分的脚为支点，从自己既听不清又不能参加的音乐会、不能坐上去的长椅、喜爱的棒球队转向邦克山的方向，罗茜就在那儿附近等着他，他想象着回家陪她的场景。

再过四个小时他就能回家了。再过四个小时。

他背对着公园，注意力从爵士音乐会转移到了城市其他部分。突然一个念头潜入了他的意识，就好像一滴墨水洒到了纸上，最终浸透了整张纸。

剧院!

乔看了一眼手表，心就好像一块沉重的石头掉进了水里，快速下沉。可能就是现在，梅根正在表演她的独舞《葛蓓莉娅》。吉杰、科琳和罗茜坐在观众席上，而罗茜旁边的座位空着。这很不光彩，因为他说过会去的。

该死。

乔站在街上，双腿已经不听使唤，急着想穿过公园，赶到后方的剧院，但他不能走。他在执勤。他错过了梅根的表演。

是的，他得到命令来加班，但他本来可以求上司帮个忙。他本来可以和同事交换一下，让他或她替他上今晚的班，以后再替他们上。本来有人可以帮他解决这个问题的。

他拍了拍胸前的口袋寻找手机，但是手机不在。他看向停在不远处的巡逻车。他确定手机被他落在车座上了。那份该死的非法闯入案的报告搞得他疲惫不堪，以至于他忘了给罗茜打个电话，告诉她自己要加班。他有好几个小时没有看手机了。天哪！罗茜等不到他，肯定给他发了很多条信息，一条比一条生气，而他都没有看到。

他没有按时下班回家，她大概会很担心。但是乔知道如果她在晚间新闻里没看到什么，也没有接到电话，她就不会担心了。她大概会猜到他是接到命令后去加班了，或者是和同事们出去喝酒了。但不管她是怎么猜测的，他没有回复罗茜的短信，还错过了梅根的表演，她现在肯定非常生气。这也是理所应当的。

他擦了一把汗津津的额头，摇摇头，又低头看看靴子，竟然忘了今晚的安排。他恨不得踢自己几脚，叹了口气抬起了头，盯着剧院的方向，想象着他美丽的女儿在舞台上跳舞的样子，默默祈祷自己能得到原谅。

5

红袜队正在参加世界职业棒球大赛，新英格兰[①]的每个人都对它满怀期望。他们已经连胜九局，昨晚以8 ： 1大败圣路易斯红雀队，赢了第一场比赛。事情看上去很顺利，这要放在2004年以前，理智健全的波士顿人想都不敢想。但是贝比·鲁斯魔咒[②]已经被打破，红袜队的球迷们现在是一群疯狂又荒诞的乐观主义者。

今晚红袜队在芬威球场打第二场，为了确保能赢这场比赛，球迷们做了令人眼花缭乱的准备工作——戴上绣着B的棒球帽，在斯涛珀超市买芬威热狗，在商店里买来成箱的瓶装啤酒，胡子也不刮，不成双的袜子拉到膝盖，或者其他的迷信做法，只要听说管用就会去做。乔也在防弹背心下穿上了新的佩卓亚衬衣。有些幸运的混蛋拿到了比赛的门票，一想到这个乔就觉得难以忍受。

乔热爱红袜队，但是对于一名波士顿警察来说，这是一种爱恨交加的复杂关系。和这个城市里的每个孩子一样，乔从小到大一直崇拜这支

① 新英格兰：位于美国本土的东北部地区，包括美国的6个州，由北至南分别为：缅因州、佛蒙特州、新罕布什尔州、马萨诸塞州（麻省）、罗得岛州、康涅狄格州。马萨诸塞州（麻省）首府波士顿是该地区的最大城市以及经济与文化中心。

② 贝比·鲁斯魔咒：指美国职棒球员贝比·鲁斯因1920年被红袜队卖给洋基队，因此诅咒红袜队无法再拿世界大赛冠军的事件。红袜队自1920年后再也没有拿到过世界大赛的冠军，一直到2004年才再度夺魁。

球队。他收集过杰里·雷米和卡尔顿·菲斯克的卡片，把他们的海报贴在卧室的墙上。他也进过少年棒球队，打的是二垒手，他的棒球手套是他最珍贵的财产。他小心呵护棒球手套的程度，甚至超过了呵护他的自行车或牙齿。他现在还能想起棒球手套那美妙的气味——皮子、油、灰尘掺杂在一起的气味。他用亚麻籽油擦手套，染黑了每一寸皮革。他把棒球放到球套里，用绳子系上后，使劲儿敲打直到球像婴儿屁股一样光滑。他记得和父亲还有姐姐麦琪在客厅的电视上观看比赛时，他会戴着手套祈祷好运。在比赛间歇播放广告时，他会从冰箱里给父亲拿施乐兹啤酒。每个人到了第七局都会站起来伸展身体，唱“带我去看棒球赛”。他们很多次穿着睡衣看球赛，到了上床时间也不去睡觉，尤其是红袜队进了季后赛的时候。

不管红袜队是输还是赢，小时候在秋季观看红袜队比赛时的记忆对乔而言都是美好的。长大成人后就没有这样的记忆了，至少观看主场比赛时没有。赛后季的每场主场比赛都意味着要管控观众和加班，意味着赛前要在多尔切斯特接受防暴训练，意味着在比赛进行时和结束后都要站在芬威球场外面，意味着没有啤酒、没有幸运手套，意味着他的孩子们在成长过程中不会再有与乔一样的回忆——在客厅和爸爸一起观看红袜队的赛后季比赛。

红袜队十月份参加主场比赛时，波士顿的所有警察都被调来执勤，白天所有的休班都取消了，这意味着再也看不到比赛了。

乔在最自私最无耻的时刻曾经希望红袜队输，这样赛季就会结束，他就不用像一个被逐出城堡的武士一样站在芬威球场外面，受一阵阵欢呼声的折磨，无法和绿墙另一侧的观众一起经历那些激动时刻了。当然，他不是真的想让红袜队输，每当他发现自己受到这种邪恶想法的诱惑时，他就会马上去敲木头，真是叛徒的想法。

他努力保持乐观的态度。乔总是希望来个全胜，那是最理想的状况。红袜队会赢，然后他也有机会在电视上看他们转播，人人皆赢。但是这么顺利的事情从来没有发生过。

今晚的比赛 8:07 开始，这意味着今天早上乔得去多尔切斯特的老国民警卫队军械库集训。军械库很大，一群警察聚集在中央，周围是一大片空地。建筑物的高度跟宽度一样壮观，延伸整栋建筑的窗户很高，望出去只看得到外面的蓝天，天花板至少有十二英尺高。他看到有两只鸽子停在一根屋椽上。

他站在地板中央，周围是四十九名来自各个区的警察，他一般只在接受检阅或参加葬礼时才能见到这些家伙。乔和他在警校最要好的同学，达瑞尔·琼斯和罗尼·多兰托，聊了几分钟。达瑞尔说他女儿结婚花了他一笔钱，最主要的是他不喜欢那个女婿，否则也不会抱怨了。罗尼期待下周和妻子一起去度过一个期盼已久的假期，去加勒比海乘坐游轮。

乔发现了他最好的朋友汤米·瓦伊塔尔那张熟悉的脸，但是一开始他没有反应过来——因为汤米的嘴唇。乔认识汤米二十四年了，这还是他第一次看到汤米的上嘴唇。

“嘿，大酒瓶子，我们是不是应该给你的毛绒宠物[①]写份失踪报告？”乔问。

汤米用手指摩擦着鼻尖。

“也该换一个造型了。你说呢？”

汤米笑着转过身给乔看他的侧面。

“我觉得你应该选择另外一种方式——留一脸大胡子盖住那张丑陋的脸。”

“艾米喜欢，她说我这样像年轻时的罗伯特·德尼罗。”

---

① 指汤米刮掉的胡子。

“她这么年轻眼睛就瞎了，真可惜。”

汤米大笑。

“不，你现在看上去很棒。年轻了十岁。”

“真的吗？”

“你从来没有对我这么有吸引力过。”

“这感觉很奇怪，我总忍不住去摸它。”

乔发出一阵大笑。汤米迟疑了一下，然后和乔一起像两个十几岁的男孩子那样咯咯笑了。

小队长停止了大家欢乐的聚会。嬉笑和玩乐结束了。接下来是三个小时枯燥的军事训练，这是为今晚比赛后可能会出现的骚乱而进行的拥挤管控训练。

每个人都全副武装排成列，戴着头盔和手套，拿着三足警棍和防毒面具。外面秋高气爽，阳光灿烂，干燥而柔和的微风从大西洋上吹过来，但是这个军械库里却像是佛罗里达州的夏天一样。乔的佩卓亚衬衫已经湿透了，衬衫上的标签让他脖颈处很痒，他后悔没有把标签剪掉。

他们以一臂长的间距站成数列，乔在第 2 列第 13 个，真是个幸运的数字，前面有 12 个比他高的家伙，后面有 4 个比他矮的家伙。中士弗罗里托以前是海军军官，现在正在吼着发令，他粗哑的声音在军械库和乔的头盔里回荡、穿梭。

“第 2 列，排成一列，面向我，齐步走！”

第一个人先走。奇数向前走然后向左移，偶数向右移。警棍和靴子整齐一致地撞击着地面。踏，收，踏，收，踏，就像吓人的鼓声和滚滚的雷声一般。随着越来越多警察的转身，这种声音也越来越密集，他们就像一群受到控制的动物。乔前面的队列像在编麻花辫一样交错着，变换成了一条新的线型。动作很精确，不能有半点差错。这需要高度集中的注意力和密切的合作，这是乔所知的最接近舞蹈的东西，因此他更加佩服梅根了。

轮到乔了，他应该先将右脚向左迈。纵横交错的身体在他前面移动的时候，他一直在重复“奇数人永不向右”。但是轮到他的时候，他的右脚向右迈了出去，好像他是一条拴了绳子的狗，闻到那边有松鼠的味道，忍不住转过去一样。这个举动把后面的队形全弄乱了，因为他们这一列所有人都将错就错，像错置的骨牌一样排成新队形。这使得剩下的第 3 列的那些家伙也把动作搞混了，他们如果向左转（这是正确的做法）就会撞到一队本来不该在那里的人。

“太差劲了，”弗罗里托说，“全部都有，入列。奥布莱恩，你再来一遍。你还要人教你分辨左右吗？”

“不用，警官。”乔说。

“好，那么发发善心把脑袋放回原位吧！”

他们都回到了队列中，弗罗里托中士命令他们原地不动，自己把手背到后面走来走去，一言不发，也不发布命令，嘴角露出一抹邪恶的微笑。同时，乔正在经历地狱一般的煎熬，要保持不动太难了。他的身体就好像一罐摇动的苏打水，随时会向四面八方喷出去。

而且他不停地想着那个该死的标签。那种感觉介于轻微的痒和强烈的痒之间，太让人分心了，还不如捅他的后背一刀好受呢！他想马上把那个该死的标签从衬衣上撕下来。佩卓亚今晚最好真的能打出全垒打。

他不能再想那个标签了。他盯着站在他前面的罗尼·多兰托的后脑勺努力集中精神。他把目光集中到他脖子后面突起的脂肪上，默默数着数，不去想标签，尽力让自己站稳不动。数到 36 了，他紧紧握着拳头，紧紧咬着牙齿，就连屁股都夹紧了，弗罗里托终于大声喊出了命令。

“第 2 列，成一列纵队面向我，齐步走！”

罗尼向右走，乔也该移动了，但是一时的松懈，导致注意力又散掉了。他应该和罗尼走的方向相反，也就是说他应该向左转站到新的一列里，但是他的身体又一次有了自己的意识——乔向右迈出了一步。乔后面的警察又一次面临左右为难的境地——向右（他本来应该向右，只是乔做错了）还是向左（按照规则他应该和前面的人方向相反），他可没有品尝一杯咖啡的时间来做决定。必须要立刻决定，50 双靴子还有警棍打在地板上的声音必须保持一致。他选择了和乔相反的方向，分列又一次搞砸了。

“奥布莱恩！”弗罗里托大喊，“你想在这儿待上一天吗？”

“不想，警官。”

“我觉得你也不想！我们再来一遍！”

在入列的时候，乔和汤米的目光碰到了一起。汤米疑惑地抬了抬眉毛，乔飞快地耸了耸肩算作回答，然后回到了自己的位置。每个人都静静地站着，等着中士下达命令。除了乔。

乔不停地耸肩，就好像肩膀在打嗝一样，这使他的警棍开始很明显地晃动，甚至碰到了后面警察的腿。他尽量伸直手腕，压紧肩胛骨，但是没什么用，他的肩膀还是控制不住地耸动。他停不下来。

别动，该死的！但是不知道怎么回事他的脚也控制不住了，他现在一边耸肩一边来回动脚，就像在原地跳舞一样。他碰到了右边的家伙，然后又碰到了左边的家伙。天呐，如果再没人狠狠地踢他一脚，他就准备自己踢自己一脚了！

“奥布莱恩，你的名字我都说烦了！你裤子里有蚂蚁吗？”

“没有，警官。”乔说。

“那我们就在这儿等着，直到每个人都站好！”

乔绷紧每块肌肉，试图把身体变成一个没有生命的物体，甚至想象自己是块木板。他屏住呼吸，汗水就像是从漏水的水龙头里流出来的一样，滴到了他的鼻尖上。他忍住想用戴着手套的手去擦脸的冲动，但那个标签还是不肯放过他。他向自己发誓回头一定要把它碎尸万段。一块痰堵在喉咙里，喉咙的后壁有些发痒，他想把它弄出来。吞咽了几次口水，嘴巴变干了，可那口痰还在那儿。他也没法咳嗽，乔知道纪律。

但他体内有股来源不明的，强大到足以推动大楼的力量在控制他的身体，让他感觉自己的意识根本不是对手。他不是一块木板，他是个气球，被吹得很鼓之后，口却没有系上，而另外一个人，一个有着病态幽默感的人，正抓着吹气口，威胁要放开，让他漏气。

他又耸了一下肩膀。这是怎么回事？弗罗里托中士就站在队列前面，双脚分开，两只胳膊抱在胸前，用黑色的眼睛紧盯着他。乔感觉所有人的眼睛都盯着自己，即便他知道只有中士和站在他后面的人在看他。

他想不出是什么导致了这可怕的肌肉痉挛。他没有举重物或是搬家具，也没有异常用力的情况。他大部分时间都是站着、坐在巡逻车里、坐在起居室的椅子上，或者睡觉。

也可能和他做了什么没关系。因为他的脚趾有时也会抽筋，尤其是第二和第三个脚趾。在没有任何先兆，也没有受到任何刺激的时候，它们会以一种不自然而且僵硬的姿势扭到一起，变得跟其余几个脚趾都不一样。那种扭曲的姿势会持续很久，不管怎样努力让它们松开也无济于事，痛苦也随之持续好几分钟。但是现在，这种耸肩的感觉更像是打嗝而不是抽筋，是一种突如其来的，不受控制的，夸张的一连串动作。肩膀打嗝？他从来没有听过说肩膀也会打嗝。他的脚又是怎么了？为什么不停地动来动去？

大概是因为他太老了吧，他是这里年龄最大的警察之一。他四十三岁了，尤其是最近，感觉自己确实老了。乔就没有苗条过，他肚子上的肉可能要比别人多 20 磅，持续的背痛可能就是因为凸出的啤酒肚造成的。他早晨起床时、久坐起立时会发出和老人一样难听的呼噜和呻吟。

他一直觉得自己或许还能连做 20 个引体向上，扳手腕时能赢过吉杰，但现在这样他也不敢打赌一定能赢了。

这里大部分家伙都是二十多岁或三十多岁。这是给年轻人做的工作。不对，汤米就没有问题啊，而且乔尼和多兰托年龄更大。他在骗谁呢？这不是年龄或力气的问题。他现在是被要求立正，又不是去做 20 个引体向上。那么到底是怎么回事儿？

他耸肩了。

“拜托，奥布莱恩。”有人小声抱怨。

这间巨大的房子回音效果很可怕，音高和振幅都会被扭曲，每个声音都会有回音，他很确定刚刚是汤米说的。必须要停住了。乔努力想用嘴做个深呼吸，但是他的胸膛就像一堵坚固的墙，他的肺就像两块砖一样，他呼吸起来就像一只惊恐的沙鼠。汗水还在不停地从他的鼻子上流下来，戴着头盔的脑袋热烘烘的。那个该死的标签。

他耸肩了。

乔向自己宣战了。他用力握紧双手，甚至能够感受到小臂上拉紧的血管的长度。他夹紧下巴，收紧屁股和股四头肌，收紧腹部，想象着自己每个肩头各有一个 50 磅重的沙袋。他心跳加速，满头大汗，屏住呼吸。

然而他的肩膀还在耸动，撞到了身旁的家伙。

圣母玛利亚。乔闭上了眼睛。他能听到他的心跳声，听到他后面家伙的呼吸声，听到外面有汽车嗖嗖地开过，听到鸽子在房椽上咕咕叫着。乔松开了牙齿。他听到心脏在耳朵里狂躁地跳动，他想让它慢下来。他放松面部肌肉，腹部，背部和腿。他轻吸了一口气，然后又吸了一口。他倾听着、呼吸着、等待着。他的肩膀松了。他的肩膀不动了。它们一动不动了！拜托不要动，拜托了。

弗罗里托中士终于命令开始下一项演习。

6

煎青椒和洋葱的香味从角落里的香肠车上飘了过来，乔想再来个潜水艇三明治。他不是特别饿，只是觉得很无聊，而且那扑鼻的香气让人无法抗拒。他吸了一口气，唾液开始分泌。吸气时，脑子里每个想法都像被油腻的洋葱浸透了一般。女人们应该扔掉那些昂贵的香水，因为那些香水闻起来就像某个老太婆的花园。她们应该在自己的手腕和脖子处滴上阿蒂家香肠里的油脂，那样男人们肯定会扑过去的。

现在快晚上十点了，乔、汤米和菲特兹从下午四点半开始就在兰士登大街芬威球场中的阴影下站岗，没有地方可以坐，没有东西可以读，什么也干不了，只能站着，想象着球场里的情景，等待比赛结束。这比站在梅西百货的女性内衣专柜，等着罗茜在试衣间试内衣或者其他私密内衣的时候还要糟糕。这任务好像漫长得永远不会结束。

执勤时不允许用手机，但他们都偷偷摸摸地用。菲特兹从胸前的口袋里拿出手机，看了一条短信。

“狗屁。”

“怎么了？”乔问。

“红雀队领先 1 分。”

“打到哪一局了？”汤米问。

“第 4 局刚开始。”

“没事，没事，”汤米说，“时间还多着呢。”

乔点了点头，开始对着他的佩卓亚衬衫祈祷。他的身体前后摇晃着，重心在两只脚上轮流倒换着，还不停地前后踮脚。已经连续站了五个多小时，他的脚也开始抗议了。

“你就像个不倒翁一样，”汤米说，“你就不能站着不动吗？搞得我心烦意乱的。”

“对不住了，我脚疼得要死。”

菲特兹点了点头。毕竟他们从今天早上七点半就开始执勤了。

“我想躺在沙发上。”菲特兹说。

“再来一瓶冰镇啤酒。”

他们都点了点头。乔想象着今晚到家后，可以把筋疲力尽的脚从又紧又重的靴子里解放出来，多么舒服。可以把酸橙汁挤进珂罗娜啤酒里，享受着橙汁的清香，以及又甜又凉又美的口感。然后躺在沙发上，枕一个柔软的枕头，看着电视里正在播放的棒球比赛集锦。

看到汤米脸上尖锐的表情时，乔的幻想被打破了，很明显汤米可没在想沙发或冰镇啤酒。汤米用手指抚摸着鼻尖，审视着乔。

“你和罗茜很快就有时间休假了吧？”汤米问。

“没有，还没计划呢，你和艾米呢？”

“就准备去新罕布什尔看看她的亲戚。”

乔点点头。

“你听到罗尼说他要去坐游轮了吗？”汤米问。

“听到了，听起来真不错！”

“是的，”汤米若有所思地说，“你还好吧，兄弟？”

“我？当然，我只想让这该死的脚休息休息。”

汤米看着乔，什么也没说。乔的脚后跟提起又放下，两只脚轮流踩着地。他知道自己这样动来动去让汤米很烦，但是他没有办法。

啤酒，沙发。快了。

“今天早上防暴训练时你是怎么回事？”汤米问。

“我不知道，”乔摇摇头说，“我太老了，做不来那些事儿了。”

汤米没再继续问下去。“我明白你的意思。我要再去买个三明治。你饿吗？”

“不饿。但我要吃一个。”

汤米刚拐到布鲁克林大街上，就听到球场传来巨大的欢呼声。

“太棒了！”菲特兹对着电话喊道。

“怎么了？”乔问。

“大帕皮打了个两分本垒打！佩卓亚得分了！红袜队现在2：1领先！”

“太棒了！”乔说，感谢自己的佩卓亚衬衫，“第几局了？”

“第6局快结束了。”

乔觉得自己像个孩子一样，大声欢呼着，和菲特兹击掌，也顾不得管自己背上和脚上的疼痛。太棒了！乔希望自己永远不会失去内心深处的那个小男孩儿，那个永远支持红袜队的天真的灵魂，“他”的欢呼总能让乔停止抱怨自己那老人一样的脚。红袜队赢了就是好人赢了，就像超人大败莱克斯·卢瑟，洛基大败阿波罗·克里德一样。

几个世纪过去了，汤米终于拿着三个塞满香肠、青椒和洋葱，冒着热气、滴着热油的三明治回来了，菲特兹激动地把红袜队全垒打的消息告诉了他。乔像个野兽一样狼吞虎咽，很快就吃完了，以至于都没有尝到味道，他有些后悔没有慢点儿吃，他应该仔细品尝的。看到菲特兹的三明治才吃了一半，他深吸了一口气，一股掺杂着嫉妒和消化不良的炙热的剧痛油然而生。

菲特兹舔掉手指上的油，拿出手机。“该死。”

“怎么了？”乔一边问，一边在裤子上擦了擦手。

“班查暴投！红雀队现在4 ∶ 2领先。”

“第几局了？”

“第7局上半场。”

“可恶，”汤米说，“加油啊，再得2分。”

“我的脚一局也撑不住了。”乔说。

如果是在五年前，他或许会说他的“心”而不是他的“脚”。

“我们还在执勤。”汤米说。

那一局再也没有得分。乔听到场馆里传来三万七千人合唱《亲爱的卡洛琳》的声音。歌声时而减弱，时而又随着副歌高亢起来。“太棒了！太棒了！太棒了！”（《亲爱的卡洛琳》中的歌词。）乔跟着他们轻声哼唱着，开心了许多，那种被排除在外的感觉也逐渐消失了。

比赛快结束了。街上除了警察和小贩，一个人也没有。所有的人不是在球场，就是在酒吧，全神贯注地观看紧张的比赛。如果红袜队输了，这个系列赛将打成平局。球迷们会垂头丧气地涌出球场和酒吧，失望中又带着一点心碎，但他们不会做出任何可以登上晚间新闻的事情。波士顿的球迷们热情而忠诚，甚至有一点疯狂，但是让人惊讶的是，他们一点也不暴力。在其他城市，人们喜欢的球队输掉了比赛可能会发生骚乱，但在波士顿看不到，每个人都只会想着走一走散散心，然后回家上床睡觉。系列赛才刚刚开始，只进行了两场比赛，还有很多时间。红袜队的球迷还想活着告诉他们的孙子孙女，他们球队想赢几场就赢几场的精彩故事，所以今天晚上输掉一场也不会像世界末日一样。不会有人把车掀翻，砸人家玻璃窗，更不会有人趁乱抢劫，发生暴动。

如果他们赢了就不一样了。尽管波士顿人输了比赛会安静而无害，但如果赢了一场重要的比赛，他们就不会展露出那优雅、讨喜的一面了。感谢上帝，今晚不是周六。如果周六有比赛的话，人们会喝一整天酒，然后在周日好好睡上一觉。如果红袜队在周六赢了一场季后赛的话，每个人都会酩酊大醉，沾沾自喜，不是想找乐子就是想找麻烦，那就意味着波士顿警察整个晚上都别想休息了。

幸亏今天是周四，大人们明天早上要上班，孩子们要上学。不管今晚是输还是赢，红袜队都会在圣路易斯打第 3 场比赛，所以比赛结束后，大部分人应该都只会想着赶紧回家休息。乔希望如此。

他摇晃着疼痛不堪的脚，做了几个深蹲。又和之前一样开始耸肩了，但这次他没有去克制，而是趁机把胳膊轮流举过头顶进行伸展。他挠了挠头，左右扭动身体。如果能减轻脊椎的垂直压力就好了，哪怕一秒也行。他呻吟了一声，他的背比脚好不到哪儿去。

“嗨，”菲特兹边看手机边说，“第 9 局下半场了。还是 4 ： 2，落后 2 分。”

乔闭上眼睛，向上帝和他的幸运衬衫祷告，还敲了敲他的警棍，祈祷红袜队能赢。街上安静得可怕，好像整个波士顿都屏住了呼吸。

“纳瓦三振出局。”菲特兹说，“比赛结束了。”

他们都低着头一言不发，接着是一阵严肃的沉默，然后他们不得不去工作了。几分钟后，观众从芬威球场蜂拥而出。警察已经用路障封锁了所有方向的街道，只留了一条有警察看守的狭窄通道，目的是为了快速疏散人群，把每个人都赶出去。很快，数以千计的球迷从乔的身边经过，走向同一个方向。这是一条湍急的河流，鱼儿只能在这条河里顺流而下。

一个六岁左右的小男孩儿，骑在爸爸肩上，路过时和乔对上了眼神。

乔微笑着点了点头，但男孩儿却吃惊地瞪大了眼睛，仿佛他没想到乔会动，以为乔是个雕像，突然活了过来。接着，男孩儿垂下肩膀，别过头，靠在爸爸的头顶上。这位父亲一只手抓着孩子的腿，一只手拉着妻子。

一家又一家紧挨着慢慢走过，乔很后悔自己没有像这样在孩子小的时候多陪陪罗茜和孩子们。再过十二年他就要退休了，到那会儿吉杰和科琳应该已经有好几个孩子了。乔敲了三下警棍以祈求好运。到那会儿两个女儿也有可能已经结婚生子了。他又敲了一下警棍，这次是为罗茜祈祷。

让罗茜发愁的是，两个女儿一个忙着跳舞，一个忙着做下犬式，都没有男朋友，更不要提结婚对象了。瑜伽和舞蹈通常都是女性的世界。芭蕾舞团里为数不多的几个男人要么是同性恋，要么来自东欧，罗茜连他们的姓都不会拼，而学瑜伽的男人基本都是小流氓。罗茜一直设想，自己的两个女儿有一天会嫁给住在附近的、信奉爱尔兰天主教的好男孩儿，但是现在她觉得这想法越来越遥不可及，甚至荒谬可笑。她甚至觉得只要她们最后能嫁出去就行，只要不是新教徒就行。

再过十二年，帕特里克应该已经安定下来了，或者至少搬出去住了，但愿帕特里克所有的孩子都是结婚后生的。

年近退休，子孙满堂。到时候他才五十五岁，还有很多时间可以陪小孩子们玩。他会带他们来芬威球场看比赛，他会把他们宠上天。

兰士登大街基本都空了，只有几条麻木的小鱼拒绝随流而下。六个大学生模样的男孩儿还站在街中央。乔根据其中三个人穿的 T 恤和两个人戴的帽子推断他们都是波士顿大学的学生。他们都喝醉了，笑着胡乱吐痰，大声吵闹着，看上去傻乎乎的。他们大概不是大学里最优秀、最聪明的学生。

警察在街上肩并肩站成一排，他们已经站了七个小时了，都急着回家，可这六个白痴就是停在那里不走。乔叹了一口气，他知道那几个学生也没多长时间可以待了，但他还是希望他们马上就滚，免得浪费大家的时间。乔和同事们只会再多留一丁点儿时间给他们庆祝，让他们醒酒。不过街上没有啤酒，也没有厕所，阿蒂家的香肠车现在也已经走了，没什么可以玩儿的了，或许，他们会自己离开。不过，看现在的情形，乔知道他们不准备走。

最后，琼尼斯站出队列，走到街上。是时候清场了。今晚会以三种方式结束——完全配合离开，送回警局，或是叫救护车。

琼尼斯是在罗克斯伯里地区很艰苦的地方长大的，身高六英尺四英寸，就像一头灰熊一样。他慢悠悠地走到街中央，走近那个块头最大的男孩儿。那个男孩儿比琼尼斯矮一头多，穿着学院风的条纹衬衫，牛仔裤和船鞋。

“比赛结束了，小伙子们，”琼尼斯说，“该回家了。”

“只要我们想，我们就有权利待在这儿。”另外一个稍矮一点儿的男孩儿说。

“好啦，”琼尼斯说，“都回家吧，该离开了。”

“这是一个自由的国家。”一个红头发的男孩子说。他看起来是这几个人里喝得最多的。

那孩子和琼尼斯面对面站着，绷紧了身体，直直地盯着琼尼斯的眼睛。他不会退让的。琼尼斯稍微调整了一下姿势，身体前倾，几乎要靠到那个男孩儿的脸上了。

“听着，‘切斯特’，”琼尼斯说，“你和你的同伴需要马上回家。现在就走。”

可能是因为琼尼斯侵犯了那个孩子的私人空间，可能是出于大男子主义的自尊，也可能是因为琼尼斯语气严厉，还可能是因为他管这个孩子叫“切斯特”。乔到最后也没搞清楚是什么点燃了导火索，但是他和其他看到这一幕的警察都知道“切斯特”上钩了。“切斯特”朝琼尼斯猛地一击，琼尼斯轻松躲过，然后抓住“切斯特”的胳膊扭到背后让他趴到了地上，用手铐铐住了他。

乔和其他十名警察以楔形队列走到街上，脸上一副不惜使用武力的样子直接朝剩下的孩子们走去。

“这不是校园里的保安，孩子们，”汤米说，“这是波士顿警察。除非你们也想跟他一起去警察局，否则我建议你们马上回家。”

那几个男孩儿迟疑了半秒钟之后，像一群决定一起飞走的鸟儿一样，没说一句话就抛弃了“切斯特”沿着兰士登大街跑走了。乖孩子。乔笑着看了看表，该回家了。

乔把他的车停靠在库克大街边上时，已经是午夜十二点多了。回味这虽小但挺重要的胜利时，他的心情变得好了一些。在查尔斯镇停车就是个噩梦。“到家”的例行程序可以说就是，先花半个小时找个地方停车，而这个地方一般在山脚下，离家有六个街区那么远，然后还可能会开始下雨。但今天晚上不一样，乔今晚找到的停车位能看到他家房子的全貌。

他下了车，身上的每一块肌肉都在尖叫抗议。不要再站着了！他用手掌根按了按下背，把身体挺直。这费了他很大的力气。他感觉自己好像一夜之间老了三十岁，好像他是《绿野仙踪》里的铁皮人，身体的每个关节都需要润滑剂一样。没有什么可以拯救他可怜的双脚。

他走近前门，吃惊地注意到拉上的窗帘后面，还透着黄褐色的灯光。客厅的灯还亮着。他又看了一眼手表，虽然他知道现在几点。罗茜习惯早起，通常不超过十点就上床睡觉了，不过有时她会失眠。有时乔半夜回来还看见她在熨东西。罗茜什么都熨——衣服，内衣，床单，毛巾，小桌布，有时还会熨蕾丝窗帘。熨衣板永远都摆在客厅，和乔的椅子还有亚兹的窝一样，是客厅摆设的一部分。如果她不熨东西，那么就会躺在长沙发上，舒服地盖着一张毯子，看 QVC 的电视购物节目或奥普拉的脱口秀。罗茜至少在录像带上录了十年的奥普拉脱口秀。有时她看着电视就睡着了，电视屏幕的光在她天使一样的脸上忽明忽暗。但是现在客厅窗户透出的灯光不是闪动的，所以亮着的一定是顶灯。

乔旋开前门冰冷的黄铜把手，推开门。门厅的灯光照亮了通往二楼和三楼的楼梯最底下的几级台阶，前厅黑暗而安静。乔关上门，拉上门闩，把钥匙扔到门左侧的小木头桌子上，钥匙落到了圣母玛利亚像的脚下。

圣母像的上方，一个白色的大理石圣水器固定在墙上，里面盛着圣水。罗茜每次出门或回家时都会为自己和全家人祈祷。她每周日换一次水。乔责怪自己今天早晨出发去参加点名前没有给自己的佩卓亚衬衫上涂油[①]。可能正因为如此红袜队才输了。到第三场比赛，他一定要给自己的奥提兹衬衫上撒一些圣水。

他迈进客厅的门槛后，停住了脚。罗茜还没睡，她没在熨东西，也没有躺在沙发上看 QVC 购物节目或奥普拉脱口秀。电视机是关着的。她像个小孩子一样盘腿坐着，用一块象牙色的针织软毛毯裹着双肩和膝盖，两只手捧着一个空的玻璃酒杯。咖啡桌上放着一个空的夏敦埃酒酒瓶，旁边是满满的一瓶番茄红色指甲油。他注意到她涂得闪亮的红色脚指甲从毯子下面露了出来。

她还没卸眼妆，十字架金项链也没摘，也没穿睡衣。看到乔进来，她笑了一下，但是他看得出来这是强颜欢笑，她沉重的眼神吓得乔腿都软了。

“谁？”他问道。

罗茜深吸了一口气。

---

① 一种宗教仪式。

“艾米来电话了。”

“孩子们在哪儿？”

“孩子们都很好。”

孩子们都很好。可罗茜的脸还是那么陌生，这不对劲儿。艾米打电话了。汤米的妻子。

哦，天啊！

“怎么了？汤米在哪儿？”

“汤米在家，他没事。她打电话来说的是你。”

“我怎么了？”

乔的心在漫无目的地狂奔，好像他在一栋陌生的房间里狂乱地搜寻，但又不知道自己在找什么。

“她说汤米很担心你。他担心你什么地方有问题。”

“担心我？他担心我什么？”

罗茜停顿了一下，举起她的空酒杯。酒杯还没碰到嘴唇她就停住了，意识到酒已经喝完了，她便把酒杯放到了膝盖上。

“他担心你可能因为喝酒出了问题。”

“那不可能。”

她盯着他。

“天哪，罗茜，我没有。你知道我没有。我不是个酒鬼，我不是我妈妈。”

他不由自主地看到了罗茜面前那个空酒瓶，太讽刺了，但是他忍住了摔碎酒瓶、把这个不公平的指控转嫁到她身上的冲动。但同时，他也真的很想来瓶珂罗娜。

“那么是毒品？”她问。

“什么？”他的声音特别响亮，他感觉自己声音中的愤怒让他听上去很心虚，“他怎么会想到这么荒谬的事情？”

他在等她继续说。罗茜也在想。到底发生了什么？

“别生气。”

他并没有消气。她的表情让他刚刚特别担心，以为孩子们出了什么事，汤米也是，竟然抓着他不放，都在没事找事。他的怒气涌上心头，像一波波风暴一样互相碰撞。

“我上了十六个小时的班回到家里，你却指责我吸毒？我要疯了，罗茜。”

“他关心你。他说你最近很奇怪，跟平常不一样。”

“怎么不一样了？”

“对待纪律敷衍了事。他说有一天你从巡逻车里摇摇晃晃地下来，然后跌倒了。”

“那是因为可恶的膝盖。”

“你写的报告被打回来了，你花了好几个小时才改好。”

确实如此。

“他担心你，乔。我也担心你。”

“就因为艾米告诉你的这些？”

“对。”罗茜说，但是她还没说完。她盯着乔的脸看，像是在试探什么。看来她还有更多的话要说。他松开了手，试图缓和自己的态度，让她放心地说出来。他走到沙发旁，坐在她身边，这样就不用居高临下地看着她了。不知道她需不需要再喝一杯，他可是需要那瓶珂罗娜。

“我也看到了一些，”她说，“我也很担心。”

“看到了什么？”

“我不知道。但那些时候就好像你不是你了。你总是烦躁不安，总是迟到。你以前从来不迟到的。还有你的脾气，你的脾气——”

“我没事儿。我就是太累了，有些暴躁。我加班太多了。我们需要去度个假，嗯。去加勒比海好不好？”

罗茜点点头，眼睛盯着咖啡桌。

“我没喝酒，罗茜。我保证，我也绝对不会吸毒的。这一点你得相信我。”

“我知道，我相信你。”

“那还有什么好担心的？”

罗茜用拇指和食指捏住胸前的金十字架来回摩挲，乔知道她这是在祈祷。

“我觉得你应该去看医生。”

罗茜很固执。她是警察的妻子，她知道每次乔出门上班都可能回不来。她知道乔为了以防万一，甚至留了遗嘱，还有一封给她的告别信，粘在警察局他的储物柜内壁上。她知道怎样控制自己像大山一样沉重的焦虑感，让自己站得笔直。但是，她现在这个样子，看上去那么弱小、无助，就像一个因为害怕床底下的大怪物而不敢去睡觉的小女孩儿一样，他需要告诉她这不是真的她才能放心。

“我没事儿，但是，好吧，我会证明给你看。我去看医生，然后做个检查。如果你觉得有必要，我也可以做毒检。”

他抱住她轻轻地摇着，让她不要被这莫须有的威胁所影响，告诉她她想象到的事情都是错的。没事儿，亲爱的，这儿没有怪物。她在他怀里哭了。

“艾米什么时候给你打的电话？”

“大概晚上八点左右。”

上帝啊。罗茜一个人难过了好几个小时了。他摇摇头，很生气汤米居然让她承受这些。

“没事儿，别想了，我很好。但是如果可以让你感觉好一点的话，我会去看医生，没准儿医生能顺便把我的破膝盖修好。”

乔用双手轻轻地抚摸着她的脸，用拇指擦去她的泪水，和脸颊上黑色的睫毛膏痕迹，给了她一个充满爱的温柔的微笑。她也笑了，但是她的笑还在掩盖什么。罗茜知道他讨厌医生。乔都有二十年没去看医生了，她不相信他会去。

“我会去的，罗茜。我不想让你这么担心。我明天就去预约。我保证会去看医生的。”

她点点头，深吸了一口气，但她仍感觉在他的怀抱里很不自在。她很害怕，而且还有些怀疑。她不相信他会真的去看医生。但他会去的，只要能让罗茜有安全感，他什么都可以做。他会搞定这一切。

“我没事儿，亲爱的，我保证。”

她点点头，还是不相信他。

7

就在乔和罗茜等着穿过弗鲁特街时，他听到一阵冰冷而令人恐惧的声音。一辆出租车嗖地开过来，离街边很近，把乔的牛仔裤和运动鞋上溅得都是泥。他看了看罗茜，她身上也被溅上了泥点。乔抓住罗茜空着的那只手，带着她一起冲到了街对面。

他们现在要去麻省总医院的王氏门诊服务中心。乔去过总医院很多次了，但每次去都是以执行公务的警官身份去的，每次都只是跟着医护人员到主楼前，或是到急诊室旁边的救护车通道里。有几次，他会押护犯人到精神科急诊室就诊。在那个发生爆炸的马拉松比赛的周一，他来到这里，把爆炸的受害者——腿上嵌着金属碎片的、遍体鳞伤的、鲜血淋漓的、缺胳膊少腿的——送到医生的手里。他和同事们都没有受过这样的训练，也没有类似经验，不知道如何处理那天目睹的残忍的现场。他执行公务时从来没有去过医院的其他地方，也没有以普通人的身份来过这里。

乔穿着运动鞋、牛仔裤，还有薄外套。就这个季节来说，他的外套远远不够暖和。他看起来和其他进入王氏门诊服务中心，等着手术、化疗、透析或更严重治疗的病人没有什么区别。他跟着这些病人一起进入医院，有些蔑视自己普通的牛仔裤和廉价的外套。他还不如直接裸体算了。

他还抓着罗茜的手，但是现在已经落到了罗茜后面，就像一个不情不愿地被带去校长办公室或教堂的孩子一样。他被罗茜拉着朝电梯走去。作为一个有洁癖而且不为此感到害羞的人，罗茜拉下衣袖盖住手，按下了向上键。电梯下来了，只有他们两个进了电梯。两人一言不发，盯着从左到右闪烁的楼层号码。灯停在了数字7上。叮！电梯门开了，他们到了。

运动紊乱科。

乔十一月份的时候去见过初级护理医生，但那差不多是两个月以前的事情了，而且太仓促了，没有什么结果，医生只是建议他转诊。乔很想把这次预约取消掉。他已经遵守承诺去看了医生，任务完成了，可罗茜还是坚持要他来。她是认真的，他只能服从。因此他们就来到了这里，某个据说很厉害的运动专家的办公室。对一个膝盖受伤又疲惫的人来说，这真的有点小题大做了。

走进候诊室，罗茜让接待员给他们排上号，然后就坐下等待。乔看了一下告示栏上的医生简介，刚刚在人行道上心里掠过的那一抹恐惧现在轻而易举地吞没了他，就好像冰冷的液体瞬间充斥了他全身的血管。

一位上了年纪的女人，青白色的皮肤薄得像纸一样，瘫在一张轮椅中，阴郁的双眼盯着地板。旁边那个年轻一点的女人也许是她的女儿，正在读杂志。一个比这个老女人年轻但比乔年龄大的男人，可能大概六十岁左右，满头灰色的头发，戴着眼镜，松弛下垂的脸就像一头海狮，他坐在一张斜着的轮椅上，头垂向一侧，目光涣散。他一定需要人陪，但并没有人陪他。还有一个家伙坐在候诊室的椅子上，因此他应该可以走路。他的嘴张着，看起来像是永久性的精神错乱，就好像死去的雅各布·马利，只不过头上没系手绢。有一位不知道是他的妻子还是姐妹抑或是护士的女人，从自己的包里拿出纸巾，尽责地为他擦去嘴边流下的口水，可那口水没完没了地一直流着。他胸前铺着一块白色的毛巾，应该是为了防止口水滴落在衣服上的。

包括乔和罗茜在内的所有人，都保持着沉默，这让乔有点怀疑，其他人是不想说话还是不会说话。他一直在观察着每个人，观察着这些基本的细节，同时又故意转移目光。他不想让人家发现自己在盯着人家看。那种冰冷的恐惧现在发出一连串不间断的丁零声，在他的骨头里反复响着，预示着会有不好的事情发生。

这个房间里都是有病的僵尸。这里是炼狱，是天堂和地狱之间一个不幸的地方，人们在这里等待着命运的审判，却不知道要等到什么时候。话说回来，乔也不敢想象来这儿的人会得到什么好结果。这儿没有天堂。这个房间是那些被诅咒的人的拘留室。乔同情这些可怜人的不幸，但他不想成为其中一员。

这是个错误。他穿着冬天的外套，胸口突然紧得发痛，他觉得好热，太热了，得把这该死的外套脱掉才行，虽然他知道这样做也无济于事。他骨头里嗡嗡的声音现在变得几乎震耳欲聋，声嘶力竭地喊着：你在错的时间来到了错的地方，兄弟。现在就离开这里吧！

“乔瑟夫·奥布莱恩！”一个年轻女人站在门口大声喊。她穿着灰色的手术衣，手里拿着一个夹子，站在那里等他，无论是从她的脸上还是姿势上，都看不到一丝人类的快乐。

罗茜刚刚一直在织毛衣，现在匆匆忙忙收起了线团和毛衣针，先站了起来。乔也跟着站了起来，没有逃跑，而是跟着她和死神走进了检查室。他和罗茜又一次肩并肩坐到了一起，乔避开视线不看检查台，只盯住关着的门，心里盘算着逃出这座大楼的最快路线——出了这扇门，然后在第二个门右转，穿过炼狱，穿过走廊，电梯就在右边。门开了。

“你好！我是谢利尔·海格勒医生。”

她站在乔面前，完全挡住了他的视线，他看不到门了。谢利尔·海格勒医生。谢利尔。这是他的医生，一个女人。罗茜没有提过医生是个女人，她故意没提。他确定她是个聪明优秀的医生，该死，他首先要承认罗茜、梅根和凯蒂都比他要聪明。他低头看了看自己的牛仔裤和运动鞋。他不想来这儿，不想这个样子出现在任何人面前，更不用说一个女人了。

乔站起来和海格勒医生握了握手。她的手很有力，这一点儿乔很欣赏。她穿着黑色的高跟鞋，个头和乔一样高，年龄看上去和乔差不多大。她身上的白大褂肩那里太宽松了，还系错了一个扣子。虽然不知道她里面穿了什么，但可以看到她胸前一根银链子上挂着一个银色的圆环。她黑色的头发松松地绾成一个圆髻，看起来有些稀松随意，跟梅根头上那种紧致完美的发髻截然不同。这个女人很有魅力，但是乔能感觉到她一点儿也不关心自己的外表。

她在乔和罗茜对面的椅子上坐了下来，把架在头上的黑框眼镜拉下来戴到高挺的鼻梁上，翻着夹子里的纸。然后她把夹子放到膝盖上，把眼镜拉回头顶，十指紧扣，指尖相抵。乔直挺挺地坐在椅子里，想让自己显得更高大一些。

“说说吧，怎么了？”她讲话的口气很轻松，就像是在和老朋友一起吃饭聊天。

“也没什么。”

她轻敲着指尖，等着乔改变自己的说法，或详尽或粗略地讲自己的情况。但乔一言不发。

“可这上面说你有些问题，会突然摔倒，或者掉东西，有时候还会迟到、做事情没有条理。”

“哦，对。好吧，对，是这样。”

“你觉得自己为什么会突然摔倒？”她问。

“前不久我膝盖受伤了。”

乔抬起右膝盖给她看，接着还晃了晃那条腿。海格勒医生又翻看了一下夹子，然后看着乔和他摇摆的腿。

“你有没有眩晕或复视？”

“没有。”

“胳膊或腿麻吗？”

“不麻。”

“会颤抖吗？”

海格勒医生伸出右手，摇动着示范。

“不会。”

“头疼吗？”

“不疼。”

“力量方面有问题吗？”

“没有，但跟往常比，我感觉要累一点。”

“睡眠时间够吗？”

“够。”

“你做什么工作？”

“我在波士顿警察局工作。”

她点点头，往纸上写着什么。

“工作还顺利吗？”

“还行。我是想说，我觉得我现在出现的一些新问题，像迟到、写不好报告里的细节，等等，原因是我老了。”

海格勒医生点点头，等着乔继续说下去。乔觉得有些压力，得说点什么才行。

“我有时候是会有一些笨手笨脚的，你知道的，就是会掉东西，或者是摔倒。我觉得是膝盖的原因。”

乔又抬起了右腿。

“你是不是担心失业？”

“不。”

在这一刻之前不会担心。

“性格方面有什么变化吗？”

乔耸耸肩。他没有想到会被问到这样的问题。

“我不知道，”他说，转向罗茜，“你觉得呢？我还是以前那个老鸟吗？”

他开玩笑地说。但罗茜没笑。她什么也没说，双臂交叉放到了胸前，可能因为乔在女医生面前用了“鸟”这个不太文明的词而感到尴尬。

“罗茜，你注意到乔的性格有什么变化吗？”海格勒医生问。

罗茜点点头。

“比方说？”海格勒医生问。

“对，他现在脾气很暴躁。你都不知道为什么会惹恼他，他一秒钟就能爆发。我这样说不是为了让他听上去像个傻瓜。他是个好人，但是他现在就是这个怪脾气，可以前不是这个样子。”

“他这样多长时间了？”

罗茜犹豫了一下，她在思考。乔以为她会说也就几个月。

“六七年了。”

天哪，真的吗？

“乔，你有没有经常感到抑郁？”海格勒医生问。

“没有。”

“你现在的压力水平怎么样？从 1 到 10，最高是 10。”

乔想了几秒。

“5。”

“为什么是 5 而不是 1 呢？”

“从来都不会是 1。”

“为什么？”

“我是个警察。我们接受的训练就是永不放松。”

“即使是不执勤的时候？”

“对，我没办法放松。”

“那么就一直是 5？”

“可以说一般是在 3 左右。”

“那为什么现在会高 2 个点？”

因为现在身处炼狱，因为要穿着便装接受一个女医生的问询。两个点就是这么加上去的。如果这个理由还不够的话，那么显然他多年前就是一个脾气暴躁的老鸟。

“在这儿待着跟做 SPA 可不一样。”乔说。

“说得对，”海格勒医生笑着说，“罗茜，你在乔身上还注意到了什么？”

“嗯，我让他做什么事情他会忘掉，比方说，下班路上取牛奶，或者修理厨房的柜子。”

“亲爱的，你刚才说的这些，地球上每个健康的人类也都会这样。”

海格勒医生笑了。乔看了看她的左手，她左手手指上戴着一个黄金婚戒。看来她也明白。

“好，你还能想到别的吗，罗茜？”

“他总是烦躁不安，动来动去，但又不像正常的那种动，看上去很奇怪。他经常打翻东西，掉东西。一周前他把我最后一个红酒杯打碎了。”

她还在为这事生气。虽然她没有表现出来，乔不确定海格勒医生是不是能听出来，但他能听得出来罗茜声音里的不满。她不喜欢用果冻杯或塑料杯喝红酒，他得给她买套新的高脚杯。

乔不明白这个医生为什么要问罗茜这些问题，好像罗茜是有组织犯罪调查中接受问询的主要证人一样。罗茜非常看重个人隐私。帕特里克那些鬼把戏她连自己的哥哥甚至神父都不告诉。她不会告诉任何人吉杰和科琳怀不上孩子。她把自己的秘密还有家里的事情都留在家里。她就算会把自己奥普拉的录像带都烧掉，也不会把自己家的事告诉邻居。因此乔现在听到她这么急切地讲出他那些“怪”行为，真的很吃惊，好像她这样出卖他会得到什么好处一样。

“就跟现在一样。”罗茜说。

海格勒医生点点头，在纸上写了些什么。到底怎么回事？乔什么也没做，就安安静静地坐在这把该死的椅子上，听妻子向医生控诉他不正常。问题是，现在这位好医生同意她的观点了。他感觉这场谈话像是个阴谋。

罗茜拍拍他的胳膊。他看着她，她双手握在一起，放在膝盖上，脸向前倾，专注地盯着海格勒医生。然后他注意到自己的右胳膊肘伸了出去，顶住了罗茜的胳膊。他在椅子上扭动着，想离她远一点儿。这些该死的椅子太小了，还离得这么近。他低头看去，看到自己的脚好像在地板上跳舞一样。好吧，他是有一点坐立不安。但是，这是因为他很紧张啊！谁紧张的时候都会烦躁。

“你喝酒吗，乔？”海格勒医生问。

“喝啤酒。有时喝一点儿威士忌。但也就这些。”

他现在特别想来一杯。

“在服用什么药吗？”

“没有。”

“我们谈谈你的原生家庭吧！你有什么兄弟姐妹吗？”

“有个姐妹。”

“姐姐还是妹妹？”

“比我大十八个月。”

“她现在身体怎么样？”

“我猜还好吧。我真不知道。我们不怎么联系。”

“你的父母呢？”

“我父亲大概九年前死于前列腺癌。我十二岁时我母亲死于肺部感染。”

“能详细说说你母亲的情况吗？你知道她的病是怎么得的吗？”

“我不知道。她去世前一直住在图克斯伯里州立医院。”

“为什么在那儿住院？”

“她酗酒。”

他大声说出这句话时突然感到不对劲儿。酗酒的话要去嗜酒者互诫协会，不会去图克斯伯里州立医院，也不会一住就是五年。

“她除了肺部感染还诊断出有别的病吗？”

“据我所知没有。”

“你们去看她时她看上去怎么样？”

乔试图拼凑出母亲住院时的样子。这样做让他有些不舒服，因为他花了很多年的时间去忘记这些，忘记他在医院看到的一切。他想起她的样子了。她躺在床上，腿、胳膊和脸扭曲得不成人形，让人不安。

不过，他脑子里能清晰地记得她的骨头。她的骨头从脸颊和下巴那里凸出来，从两个肩膀那里顶出来，肋骨、关节和膝盖都高高隆起。他记得他妈妈骨瘦如柴的样子。到后来，想象她只剩下骷髅的样子，比想象她圆润时的面容还要容易。他甚至觉得躺在那儿的不是他的妈妈，而是一具僵尸。

“她当时特别瘦。”

“哦。你母亲那边的姨妈、舅舅、表兄弟姐妹怎么样？有什么健康问题吗？”

“她当年搬到波士顿嫁给了我父亲，她的家人都在纽约。她不跟他们联系，我也从来没见过他们。”

为什么医生对他母亲和她家人的健康这么感兴趣呢？这跟他的膝盖有什么关系？乔看着海格勒医生身后的墙，墙上的镜框里是她的学位证书和荣誉证书。耶鲁大学医学院，约翰·霍普金斯医学院实习医师，国立卫生研究院研究员。海格勒医生可能是个学霸，但肯定不是什么好侦探。这些问题都是在浪费时间。

乔又看了一遍海格勒医生装在镜框里的那些证书。神经病学住院医师，神经病学研究员。等等，她是神经科医生？他以为自己看的是动作障碍科专家门诊，或者是骨科医生门诊呢。为什么要看神经科？乔想提醒她一下，于是说：“看，我的膝盖几年前扭伤了，然后留下了后遗症。我觉得这是我失去平衡跌倒的原因。”

“好的，我们来看看。”

总算到了这一步。但他不觉得这位女士够资格给他看膝盖。海格勒医生把手里的夹子放到桌子上，走到乔面前。她双手握拳伸出去，好像要玩“猜猜我哪个手里有东西”的游戏。

“看着我的双手，看哪根手指会伸出来。”

海格勒医生伸出她右手的食指，然后是左手的食指，然后又是左手的食指，右、左、右、右。乔紧盯着这些动作，没问题的，就好像打地鼠游戏一样，只不过眼睛是木棒，手指是地鼠而已。

“很棒。那你经常用右手还是左手？”

“右手。”

“左手平摊，手心张开，像这样。”海格勒医生边说边演示。

“然后，右手握拳去碰左手，之后右手下劈，最后拍手。像这样。”

她完整地给他演示了几遍这几个动作的顺序，他跟着做了一遍。

“很棒。现在多做几次。预备，开始。”

握拳，下劈，拍手。握拳，下劈，拍手。握拳，拍手。等等。握拳。等等。下劈。等等。拍手。握拳。握拳。不。握拳。等等。握拳，下劈，握拳。

天哪！这可比看上去难多了。海格勒医生连续不断地做着这套动作，节奏一致，没有出错。但她可能整天和病人做这个，她都熟练了。他倒想看看她给枪上子弹、卸子弹的时候有没有他熟练。这鬼玩意儿和他的膝盖有什么关系？

“现在请你站起来，用一只脚的脚后跟紧顶着另一只脚的脚尖在房间里走一圈。”

乔早就想结束上一项任务了。他好奇的是接下来会不会让他正着反着各背一遍字母表。

“这是什么？酒测吗？”他问。

乔的双臂像飞机翅膀一样张开，用脚后跟碰脚尖的方式走过房间。什么问题也没有。他做得很匆忙，返回时做得有些草率，但是没有犯规。同样，返回也没什么问题。

“不错。现在请用每根手指敲打你的拇指，从食指开始，到小指，然后回来。像这样。”

乔用每根手指去碰拇指。他做得很慢、很小心，谨慎地伸出和放下每根手指，确保不会出错。

“对，就这样。现在做得快一点，一直做。”

她演示了一遍。轮到乔了，这次他手指伸出去得很快但是回不到原位。他的手指都乱套了或者说僵住了。

“我又不是贝多芬。”乔说。

他看了看罗茜，罗茜脸色苍白，眼睛睁得大大的。

海格勒医生又拿起了自己的夹子。她戴回眼镜，在乔的病历上写了些什么。然后她坐下来，把夹子放到桌子上，摘掉眼镜，叹了口气。

“好了，你有一些症状。你的动作看上去不太正常，很有可能是舞蹈症，但我想让你去验个血，做个核磁共振。”

“给膝盖做核磁共振？”

“不是膝盖，是头部。”

“头？那我的膝盖呢？”

“莱文医生检查了你的膝盖，膝盖没有问题。乔，你的膝盖看上去很正常。”

“那我的头有问题？”

“我们做个核磁共振，验个血，看看怎么样。”

“等等，”罗茜说，“什么是舞蹈症？”

海格勒医生说：“舞蹈症是一种遗传性神经疾病，但是我们先不要下结论。我们先做核磁共振和验血，然后做基因检测确定是不是舞蹈症。如果是的话，我们有办法可以缓解这些症状。但是具体的事情等确诊之后，我们再谈。”

片刻后，乔和罗茜又回到了炼狱，那里有一群新的无助的灵魂在沉默中等待审判。罗茜和前台接待员预约了乔下次来的时间。下次来得到三月份了，距今天正好两个月。罗茜想预约个早点儿的时间，但接待员说这已经是最早的了。

他俩穿过诊所的自动门，一月刺骨的寒风扑面而来。乔深吸了一口气。虽然空气中掺杂着汽车尾气，但是冰凉的空气充满肺部的感觉还是让人精神一振，乔感觉自己很健康。他停在人行道上，风吹着他的脸，进入他的肺，真实感又回来了。刚刚在那栋大楼里发生的一切都不是真的。

罗茜和他一前一后走向停车库的四楼。乔很感激罗茜跟他一起来，他没有跟罗茜说，只在心底默默承认他根本记不得把车停哪儿了。上了车，罗茜递给他交停车费的票。

“至少我知道了我的膝盖没问题。”乔说。

罗茜一言不发。她皱着眉，眉毛拧在一起，用手指点着手机的屏幕。

“你在干吗？”乔说。

“搜一下舞蹈症。”

“哦。”

乔把车开出了车库里让人眼花缭乱的盘旋车道。回到查尔斯镇没花多少时间，但找停车位用的时间就长多了。乔一边在家附近起伏不平的街道上开着车打转，寻找停车位，一边用余光看着罗茜。她的注意力还集中在手机上。他不喜欢她现在的表情，眉头皱作一团，漂亮的嘴巴看上去也不好看了。他不喜欢她不跟自己分享在网上查到的东西。她也不说些安慰他的话。她只是一直在用手指点着手机屏幕，皱着眉，一言不发。

他发现两个空车位，但都被人用空垃圾桶占住了，最终他们在离家只有一个街区的地方停了车。他们沉默着走回去，把外套和鞋丢到门厅。乔径直去了厨房，把最大的果冻杯从橱柜里拿出来，倒了一杯红酒，又从冰箱里拿了一罐百威，然后去找罗茜。

起居室的百叶窗拉下来遮住了阳光，虽然现在才是中午，但给人的感觉像是晚上。乔没有开灯，罗茜裹着她象牙色的毛毯坐在沙发上，在看手机。乔把装着红酒的杯子放到她面前的咖啡桌上，然后坐到了自己的椅子上。罗茜没有抬头。

乔等待着。沙发后面的墙上挂着孩子们高中毕业后的照片，还有吉杰的结婚照。房间里到处都是照片——壁炉架上面挂着婴儿照，边桌上放的婴儿照更多，乔和罗茜婚礼上的照片挂在储藏柜上方。他喜欢这些照片，只要这些东西还在，家里其他那些东西都没了他也不会在意。

那些相框之间散布着各种小雕像——天使，婴儿，史努比和它的小鸟伍德斯托克，耶稣和玛利亚，圣帕特里克，猪猪小姐和青蛙克米特，以及很多青蛙。罗茜喜欢青蛙。墙上还一年到头都挂着唱圣诞节圣歌的人，一月份的话看上去还算协调，但到了八月份看起来就很可笑了。这些罗茜都喜欢。

数年前，乔曾想过自导自演一场入室盗窃案，创造一个神秘的罪犯，一桩悬案，把这些小玩意儿都弄走。但是罗茜会换上更多同样的小雕像，如果执行这个计划的话，其他一切都不会有什么改变，最终只会让乔银行里的钱受到损失。

如果你问他的话，他会说这些装饰性的小东西让房间看上去很拥挤，而且毫无品位。但罗茜喜欢，那么他也就顺其自然了。他只要有自己的椅子、电视、半边床就满足了，房子里其余的东西都归罗茜。

乔小的时候，这间起居室可不是这个样子的。那会儿沙发和椅子都是木头框架的，铺着薄薄的垫子，没有现在舒服。他记得每年学校拍的蹩脚照片就挂在耶稣受难像的两边，乔的在左边，麦琪的在右边。那会儿墙上也没有什么雕像。

他的父母都爱抽烟，所以每个木质的桌面上都至少放着一个烟灰缸，这些烟灰缸大多是乔和麦琪在学校做好，上好色作为节日礼物送给父母的（啊，那已经是 20 世纪 70 年代的事了）。除此之外，客厅里还放着头上有两个旋钮和两根像兔子耳朵一样长的天线的老式电视机、电视架。永远脏兮兮的咖啡桌上布满水印，上面总是放着一份收视指南和报纸。咖啡桌上的很多划痕都是他妈妈喝醉后留下的。

乔握着遥控器，但是没有打开电视。今天的《爱国者之桥》就放在咖啡桌上，没有被打开，他也不想看报纸。他喝着啤酒，看着罗茜。她皱着眉还是一言不发。他也不说话，就这样等待着。等待着。

他血管里有种冰冷的恐惧。

他骨头里有种不祥的声音在反复呼喊。

炼狱跟着他们回家了。

8

乔在厨房里，拿着一把螺丝刀，正准备把橱柜上扭曲得无法修理的合页换掉。他先把只是松了的那些拧紧。橱柜和家里其他所有东西一样，又旧又破。但是罗茜怪乔把合页弄坏了，说他开柜门拉把手的时候用力过猛了。虽然他不这样认为，但是他也不在乎，不值得因为这点小事和她争吵。

能做这件事，他其实很感激，因为这可以让他忙碌起来，也暂时能让罗茜不烦他。自从罗茜把在互联网上查到的关于舞蹈症的信息告诉他后，他就一直在努力从脑海里抹去每个字。都是胡说八道。他才不会得什么罕见的不治之症。这不可能！

舞蹈症。纯粹是胡说八道，乔才不信。警察们要的是事实，不是推测，而事实是这位医生没有进行任何实际检查，什么也不知道就抛出这个又大又吓人的医学名词。这样说很没礼貌，而且不负责任。这实际上就是玩忽职守，没有任何事实依据就把这样一个可怕的词抛进他们无知的脑袋里。一定是她在胡说八道。

虽然乔把医生的话当成胡说八道，不去多想，但罗茜最近除了想这件事以外几乎什么也不做。她从没说过乔给她带来了新的困扰，但从她额头上新添的皱纹也看得出来，她很焦虑。她这辈子只有周日才去教堂，但自从和乔从医生那里回来后，她每天上午都会去做弥撒。她以前只有吃晚饭时才会喝几杯红酒，但现在下午四点就开始喝了，而且至少喝一瓶。她一直在织的围巾现在有一张大床罩那么大了，可她还在继续织。她每天过了午夜十二点也不睡，只是一边熨着有折痕的东西，一边看奥普拉以前的脱口秀。罗茜以前很爱唠叨，但现在变得沉默寡言。

去看医生是为了让罗茜不再担心他，可现在，看看她成什么样子了，比去之前糟糕了一百倍。乔格外用力地拧着螺丝，把怒火发泄到小小的螺丝钉上，但是螺丝帽滑了出来，掉到了地板上。乔狠狠地咬着牙，从厨房的椅子上下来，摸索着找到十字螺丝帽，然后拧紧，用尽全力关上橱柜的门。他拿起螺丝刀，叹了口气，继续修理。

他想帮罗茜走出来，安慰她，保护她，让她不要再担心了。但是他又有一点害怕，害怕知道她正在想的事情，因此他没有开口。可能有什么是她知道而他不知道的吧？在下次去看医生之前他不想再听到任何事情，等检查结果出来后医生一定会承认他的检查结果没有问题，一切正常，还会跟他道个歉。最好跟他道个歉！

虽然他尽力在避免掉进舞蹈症那个黑暗而又泥泞的兔子洞里，但这些天来他忍不住想到了很多关于妈妈的事情。乔放下手里的螺丝刀，食指抚过左眼外侧的伤疤。这是他五岁时留下的，当时足足缝了六针，现在只剩一条细细的白印子了，只有在乔的脸被太阳晒红或因激动而变红时才能看到。

妈妈当时把一个捣马铃薯器从房间另一头扔了过来。乔已经忘了当时具体发生了什么，是他惹怒了妈妈还是妈妈因为别的事情生气。他只记得那一刻的震惊，和脸被又硬又重的东西砸中的疼痛，麦琪尖叫了起来，碰过头的手指上满是鲜血。爸爸开车送他去医院的路上，他按在头上的毛巾浸透了暗红色的血。他记得自己独自坐在后座上，因为妈妈要留在家里陪麦琪。他不记得缝针的过程了，只记得爸爸说他很幸运，只要再往右偏上一厘米，他的眼睛就完了。

乔宁愿相信眼睛旁的疤是妈妈唯一留给他的东西，是她的疯狂的唯一纪念品。除了看起来睡眼惺忪的蓝眼睛外，乔和父亲长得几乎一模一样，他一直以为自己身上完全流着奥布莱恩家的血。他和父亲还有爷爷一样长着核桃色的头发，在夏天明亮的阳光下看上去是金色的。他们有着一样淡淡的微笑，宽阔的胸膛和肩膀，以及丑陋的脚，肤色都不幸地介于苍白和粉红之间。就连他的声音都和他们的一样，人们在电话中总是把乔当成他父亲。他继承了奥布莱恩家族的职业道德、顽固，和能让身边的人开怀大笑的幽默感。

如果母亲留给他的不只是蓝眼睛和眼睛旁的伤疤呢？酗酒是他一直担心的，因此一直严格控制自己不喝太多。如果他母亲遗传给了他酗酒的基因，如果那头野兽潜伏在他体内，那他不会让它得逞。尽管他常常好奇喝得酩酊大醉会是什么感觉，但从来没有放纵自己去尝试过。他永远不会喝成他妈妈那个样子。但是如果在眼睛旁边的伤疤下面，在那发白的已经变硬了的皮肤下面，他还遗传了更为丑陋、更为隐秘的东西怎么办？

他的妈妈得的是不是舞蹈症？她是因为这个病才住到图克斯伯里州立医院的吗？

乔还记得每个星期天从教堂出来后都会去医院看妈妈。起初，开车旅行让人挺开心的。乔和麦琪都很喜欢这种旅行——秋天去斯托摘苹果，夏天去格洛斯特的古德海港海滩，时不时去某处郊区他父亲那边的亲戚家做客。当然，去图克斯伯里比不上去摘苹果或去海里游泳，但他们一开始觉得也不错。医院是能治好病人的地方。乔七岁的时候仍希望妈妈能回家，仍能想象妈妈以前在家时的样子——在古德海港时从小摊上给他买冰激凌，在教堂唱歌的声音，一只胳膊搂着他肩膀，睡前给他讲哈迪男孩儿的悬疑故事。他说了什么，妈妈笑了，眼角的细纹像猫的胡须一样。

但是妈妈的病没有好转，而且每况愈下，虽然每次见她都躺在同一张床上，但他总感觉妈妈离他越来越远了。他美好记忆中那个快乐、温柔、冷静的妈妈开始变得模糊，好像那个妈妈是他极度渴望而产生的一种想象，很快他就只记得她醉酒后咆哮的样子了，最后只记得她躺在那张床上的样子了。她瘦骨嶙峋、身体扭曲，有时低声咕哝着什么，有时沉默不语。她的身体变得奇形怪状的。那张床上的女人再也不会给他读故事或者冲他微笑了。她不再是任何人的妈妈了。

车里的气氛变了。一般乔和麦琪会在路上玩间谍游戏，或是胡闹。他们玩儿起来经常会太大声或者疯过了头，爸爸的手就会突然伸到后座上来，胡乱挥舞着，打着谁就算谁。但是现在，乔不喜欢玩间谍游戏了，麦琪也是。他们不讲话也不玩游戏，甚至也不打闹了。乔透过车窗凝视着外面，一声不响地看着闪过的树影。他觉得当时车里的收音机一定是开着的，收听的是公共国家电台或魔力 106.7，但是他记不清了，他只模糊地记得一片沉默。

回家的路上会比这更糟。因为虽然最终的结果会让人失望，但在去的路上，大家还抱有妈妈这周会好一点的期望，而且上一周看到的她那种瘦骨嶙峋、无精打采的样子已经记得不是那么清楚了。乔本来就是一个容易受骗的孩子，因此他总能轻易骗自己相信，这个周日妈妈的病就好了。

那个周日，妈妈的病情依然没有好转，这个现实就像一个又大又肥、丑陋不堪的怪兽，和他一起坐在汽车后座上回了查尔斯镇，后座上变得非常拥挤，挤垮了他的意志。乔上车系好安全带的时候还抱有一丝希望，但爸爸的啜泣很快就剥夺了他最后一线希望。即使乔刻意把头别开，不去看后视镜里爸爸的脸，即使他没有亲眼看到这个世界上最强大的男人在哭，他也知道，爸爸确实在哭。即便耳朵里充满了风声和汽车引擎的轰鸣声，乔还是能听到爸爸在屏住呼吸，他知道，爸爸又哭了。乔记得他会看向麦琪，看麦琪有没有哭，但她只是板着脸盯着车窗外。如果麦琪不哭的话，他也不哭。

他妈妈是个酒鬼，住在精神病院，他爸爸在车里哭得像个小女孩儿，而乔和麦琪盯着车窗外。

就这样过了好几年。

乔记不太清最后一次见到妈妈时的情景了。他记得看到一位护士在喂她吃饭，妈妈的头垂着，嘴巴张得老大，土豆泥和肉汁顺着她的下巴流下来，掉到围嘴和地板上。那次应该就是最后一次了。他记得自己感到很恶心，而且很难为情。

乔猜测爸爸也感到难堪，因为他们不再去医院了，至少乔和麦琪不再去了。乔不记得爸爸做了什么，他只记得从教堂出来后会去玛丽·帕特姑姑和戴夫叔叔家，而不再去医院。他记得自己吃了很多邓金牌甜甜圈，然后和堂兄弟们在公园里打篮球。他记得自己因为不用再去医院看望那个躺在床上的病女人而感到轻松。

他不记得她去世时是什么样子了。

罗茜走进厨房，乔的回忆被打断了。她穿着一件瑜伽 T 恤，一条宽松的灰色运动裤，脚上是毛茸茸的粉袜子，她冬天在家里经常穿这双袜子。她从冰箱里拿出一瓶夏敦埃葡萄酒，走到乔旁边的橱柜那里。她是要谢谢他终于修好了橱柜吗？还是要问他什么或者仅仅是想友好地跟他打个招呼呢？说不定还会给他一个拥抱。

他猜错了。罗茜打开面前的橱柜（她并没有对崭新而完美的合页做出任何评价），拿出一个红酒杯（也没有感谢乔买了新的酒杯），从橱柜上抓起一个开瓶器，然后离开了厨房。乔叹了口气，看着墙上的钟，四点了。

他无法忍受再过一个月这样的日子，她在为莫须有的东西折磨自己。敲敲你的手指，拍拍你的手，做做动作。那个医生什么都不懂。他希望自己能说服罗茜，他要跟在她后面，让她坐下来，直面她所背负的毫无根据的烦恼，但是他突然在洗碗池前呆住了。

就算他拿一百万来赌这个华而不实的医生什么都不懂，但他拿不准罗茜。她是不是知道了什么，所以才这样害怕？

乔透过厨房的窗户向外看去，什么也没说。

9

今天是波士顿的一个公众假期“撤离日”，纪念1776年英国军队撤离这个城市以及乔治·华盛顿在美国独立战争中取得的首场胜利。这一天似乎很有历史意义，很适合人们挥着美国国旗游览“自由之路”。但实际上这就是混淆视听的说法，是一个为了掩盖真实发生的事情而制造的不错的政治幌子。“撤离日”正好和圣帕特里克节赶在了同一天，波士顿的爱尔兰人会在这个法定休息日庆祝他们引以为傲的传统节日。今年的这一天正好是个星期一，这意味着波士顿要连续三天烂醉如泥了。

幸运的是，乔今天休假。在以前，只要圣帕特里克节这天他不上班，他都会在中午之前就到查尔斯镇当地的苏利文酒吧，手里揽一杯格兰菲迪或者一扎浓浓的奶油吉尼斯黑啤。其他日子里，他会控制自己只喝一点儿威士忌还有几杯啤酒，但是每年的这一天，他允许自己放纵一下。他会和唐尼还有一堆朋友坐在酒馆里叙旧。他们的孩子们都长大了，平时很少能像这样聚在一起，聊一聊往日的美好回忆。萨会用点播机播放爱尔兰音乐——《爱尔兰之歌》《野蛮的殖民者》《拉格伦之路》等，这些都是乔最爱听的歌。下午两三点的时候，他和唐尼会勾肩搭背地一起纵情高歌，虽然他们走调走得厉害。

他总会在喝得太醉或是太过喧闹之前走回家，正好赶上晚饭——咸牛肉和卷心菜的每个分子都煮到软烂，重新组合成某种无名、无味的混合物，特别像浆糊。NASA[①]应该向罗茜学学怎样做咸牛肉卷心菜。

但不巧的是，今天不仅是圣帕特里克节，也是他和海格勒医生第二次约诊的日子，所以乔这会儿并没有坐在酒吧里喝着吉尼斯黑啤和唐尼一起唱歌，他坐在王氏门诊服务中心运动障碍科的小椅子上。这里没人庆祝英军从波士顿撤离，或者庆祝圣帕特里克把蛇驱出爱尔兰[②]，这儿什么都不庆祝。

乔感觉这两个月他好像老了十岁，而海格勒医生却一点儿都没变。高耸的鼻梁上挂着同一副眼镜，同样穿着白大褂、绾着松松的发髻，同样的银环挂在项链上。就好像他和罗茜正在参观一个医院博物馆，而海格勒医生是活体展览的一部分，每天都会在这儿展出，展出时间是周一至周五早上九点到下午五点，周六周日中午十二点到下午六点。

海格勒医生简要回顾了上次就诊的情况并询问他们两个是否还有其他问题，乔和罗茜回答没有。医生一副公事公办的样子，面部表情僵硬，没有一丝笑容，这态度和两个月之前相比有明显的变化。乔的胃紧绷着，好像被掏空了一样。他试着对海格勒医生挤出一丝微笑，期待着能够换回一个笑容，但她的嘴唇始终紧闭成一条线。这可不妙。一阵冰冷的刺痛感从乔的后脖子穿过，他伸手擦了擦，想擦掉这种感觉，但是那种刺痛感很顽固。海格勒医生把乔的检查报告放在桌子上，双手交握，直视着乔。

“我拿到你的血液检测结果了，你的基因筛查结果显示亨廷顿氏病呈阳性。你的神经检查和核磁共振的一些轻微变化也都与此相符。”

---

① NASA：美国太空总署。在20世纪60年代左右发射的飞船中，航天员吃的航天食品里有一种是糊状食品，比如牛肉浆、苹果浆、菜泥和肉菜混合泥等，它们被压到铝制牙膏壳内，吃时像挤牙膏似的将它们挤压到口中。

② 传说，由于蛇在爱尔兰圣人圣帕特里克斋戒的时候持续攻击他，所以圣帕特里克就将蛇全部驱赶到大海里，从那以后爱尔兰就再也没有蛇了。

房间里一片寂静，就像山洪爆发，大家都被淹没了，无法呼吸一样。虽然只持续了一秒，但就像是一个世纪一样漫长。之后罗茜先是小声地哭，抽噎着，接着开始号啕大哭，乔从来没见她这样大声哭过。医生递给罗茜一盒纸巾，罗茜一边拿纸巾擦着脸，一边努力调整自己的情绪。乔抚摸着罗茜的后背，试图安慰她，他不太确定到底是罗茜的痛哭还是海格勒医生的话让他更不知所措。海格勒医生说了什么？他的头麻木了，反应迟钝起来。他抚摸着罗茜的背。

“所以，我得了舞蹈症？”

“对。”

“您可以详细一些告诉我，这到底是什么病吗？”

“这是一种遗传性神经疾病，会让你失去自主运动的能力，还会影响你的思想和行为。这也是你会觉得烦躁不安、走路摔倒、掉东西、难以组织语言和记忆、易怒的原因。”

“‘遗传性’？意思是，我 DNA 里就带着的吗？”

“对。”

乔高一的时候上过生物课，可那是几百万年以前的事儿了，他记得他那会儿的考试成绩是 C，但是还记得的那些知识足够他把事情想明白了。

“我的病是我母亲遗传给我的，是吧？”

“是的。”

“所以她是死于舞蹈症？”

“对。”

事实，从一个医疗专家嘴中清楚地说出来了。“露丝喝酒把自己给喝死了”。那根本就不是真的！露丝死的时候身边没有亲人，她那疼到扭曲、骨瘦如柴的躯体躺在州立医院的床上，而她的孩子们吃着甜甜圈和堂兄弟们在公园玩耍。她是得了舞蹈症才死的。

现在轮到他了。

乔的肺开始缩紧，并且变得僵硬，好像他刚刚被子弹射中了胸膛，而心脏流出的不是血而是冰冷的水银一样。由于缺氧，他的意识模糊了，罗茜的哭声变得遥远而模糊。他得战胜恐惧，继续问问题。

“一般都是致命的吗？”

“是的。不过不会一夜之间就死去，症状会慢慢出现，我们可以控制一些症状。”

“我还能活多久？”他听到自己在问。

“我们不知道确切时间，但通常是发病后十到二十年。”

再过十年，乔五十四岁。五十四岁，差一年就能退休和罗茜享受生活了。不知为什么，他看向了自己的手表。他回想了一下。他想起来他摔坏了那个水晶罐子，把碎玻璃洒在周日晚饭上的事了。是一年前的事儿吗？罗茜说他脾气变得古怪至少有六七年了。他是早就有这个病了吗？他已经用掉好几年时间了吗？

遗传。母亲传给了儿子，那个儿子现在也成了父亲。

“我们有四个孩子，”乔说，“他们……”他知道自己想问什么，但没有足够的勇气把话说出来。这些话连同一种新的恐惧一起悬在他的喉咙里，粗暴地往外挤着。

“他们都会遗传这个病吗？”

“舞蹈症是由常染色体显性基因突变引起的。如果你遗传了一个染病的基因，你就会得病。而且你每个孩子都有百分之五十的可能性会得病。”

“那就是说我们四个孩子中有两个会得这个病？”

“不，这就像扔硬币一样，之前扔的结果都不重要。每次都会有百分之五十的概率是正面朝上。也有可能你的孩子都不会得这个病。”

“噢，天哪，不，”罗茜哭着说，“不。”

她的哭声在乔刚刚提问时有些减小了，但现在完全失去了控制，她不想再忍着了，也不再顾忌自己的举止。乔很清楚她在想什么。他们所有的孩子都有可能会得病。她似乎把这个想法当成了预言一般。她挨着乔坐着，把脸埋在一堆湿透的纸巾里。她要失去所有爱的人了。

乔伸出手，和罗茜十指相扣，紧紧地握住了她。罗茜也紧紧地回握了一下，却没有看他。

“他们多大了？”海格勒医生问道。

“最大的二十五岁，最小的二十一岁。”乔回答。

“有孙子了吗？”

“还没有。老大结婚了。”吉杰和科琳正准备生个孩子。这个病从母亲传给儿子，那个儿子成了父亲。以此类推，以此类推。

“得跟他们谈一谈，让他们知道自己要面临什么，特别是有生育计划的话，提前知道很重要。有些医学程序可以做到确保生一个基因呈阴性的孩子。如果他们想知道自己的风险状况，可以进行基因咨询和基因筛查。”

“什么是风险状况？”

“他们可以做一个和你一样的血液测试，但这次是在症状出现前做的，检测一下他们的基因到底是阳性还是阴性。”

“所以他们现在就可以搞清楚将来会不会得病？”

“是的。”

“这个检测能告诉你什么时候发病吗？”

“不能。平均发病年龄是三十五岁，但是你的发病时间靠后一点。如果他们中间有阳性的话，很有可能会在三十五岁发病。不过也没准儿。”

“如果他们遗传了，检查后发现结果是阳性的，有办法可以阻止发病吗？”

“不行，很遗憾，现在还不行。”

一颗基因的水晶球，预测着每个孩子是免罪还是死刑。

“那我们现在要做什么？”乔问道。

“我会给你开一点安定药缓解你情绪的恶化。这是小剂量的，一点点。乔，我不想给你过度治疗，如果你觉得没有效果的话告诉我，我们可以加点儿量。”

乔一想到要吃药头发根儿都立起来了，他平时连维生素都不吃。

“我们还要给你做物理治疗来恢复力量和平衡力，做语言治疗来加强说话和吞咽能力。”

“我没有说话障碍和吞咽问题呀。”

海格勒医生看着乔的眼睛，停顿了一下，无声地做出了回答。还没有。他还没有说话和吞咽问题。但以后会有的。

“最好在症状出现之前就采取措施，当成是在为一场战斗做准备。就像受训成为一名警察那样。”

在警察学校的训练中，乔学会了持枪、瞄准，学会了处理报警电话、抢劫事件、交通事故以及枪战，也学会了如何在特定场景中至少考虑六个步骤，还学会了怎样想象各种可能发生的事件的处理细节。现在，他要接受吞咽的训练。

“此外还有临床试验。我们很幸运，这里是波士顿，有许多前景很好的研究，许多可能的治疗方案正在动物身上进行实验，而且我们在尝试把这些治疗方案转化成人类治疗方案。关键是有人愿意参与试验。有一个试验正在进行中，已经进行到第二个阶段了，如果你愿意，我可以给你登记上。”

“第二个阶段，什么意思？”

“意思是我们正在测试安全性。”

“那就是可能不安全？”

“在对老鼠的试验中是安全的。接下来必需的一步就是确定在人身上是否安全。”

“我不喜欢这个方案，乔，”罗茜说，“他们不知道会发生什么。要是试验对你有危险怎么办？”

乔对科学一无所知，他想象中会有科学怪人和一些长着卷曲白发的医生用针刺他。但他想到了他的妈妈，他的未来。如果能救孩子们的命，他可以立刻砍下他的头献给科学。

“我参加，不管是什么，给我报上名。”

“但是，乔——”

“这个病没得治，不是吗？要是没有试验品，他们将来怎么去治病呢？”

“完全正确，乔，”海格勒医生说，“血液透析技术是非常有希望能治病的，但是我们需要人员参与到研究中。我这里有试验的信息，你可以翻看一下再做决定，我强烈推荐这个试验。这儿还有互助会的信息，我觉得你们俩都可以去和舞蹈症社团的其他成员聊一聊。”

“那这个病发展得有多快？”乔问，“我知道你说过整个过程是十到二十年，但是在那之前，有多快就……”

他在试着用数学方法思考他妈妈的时间线。她在图克斯伯里州立医院待了五年。乔还有十一年退休。妈妈是四十岁去世的，她第一次接受二十四小时监护的时候是三十五岁。他现在四十四岁了。这些数字在他脑子里一直盘旋。

“这种病发展得很慢。它不会像是开开关或者是得流感，‘砰’一下就得了。你还有时间。”

“天哪，”乔捂着脸说，“我真的以为我只是膝盖受伤了，只是最近有一点儿累和紧张而已。”

“很抱歉，我知道这会让你们感到十分震惊，特别是，你以前也不知道你母亲得了这个病。”

尽管医生已经告诉过他，他的膝盖没有问题，但他还是一直想着做膝盖手术就是最坏的情况了。顶多休几周假，多休息，然后就能重新冲锋陷阵，完好如初。他的字典里根本没有舞蹈症这个词，他从来没有想过会发生这种事情。现在，这成为他的现实了。他连第一步都无法代入场景，更别说六步了。从现在到图克斯伯里州立医院还有几步呢?

乔头部的眩晕蔓延到了全身，现在他全身麻木。如果医生这会儿在他面前放一面镜子，他知道他会看见一个什么样的人在镜子里注视着他——一个震惊的男人，面无表情的，就像戴着面具一样。这像极了他见过的大多数罪犯和事故受害者的表情，和开车时设定了自动驾驶后的表情一样，看起来不动声色，可内心十分恐惧。

“我的工作该怎么办?”

“我认为我们可以乐观一点，我建议你先别告诉大家。你肯定也不希望因为生病被解雇。目前有法律可以保护你，但是你也不想把时间花在去法庭打官司上吧。我可能会把这件事告诉另一个你信任的、可以保守秘密的警察，让他来照看你。这个人也可以帮你决定你继续安全工作到什么时候。”

乔点了点头。他的脑海中已经开始播放以后会看到的场景了。他看见了公开病情后所有他不想看到，但可能立刻出现的后果。他可以告诉汤米和唐尼，就他们两个。汤米会保守秘密，并且会在他需要的时候和他站在一起。乔连自己的命都愿意交到他手上。唐尼也一样。警队其他人在他想公开前都不能知道这件事。他至少得再多存一点退休金，这样在他走后罗茜才能多一些保障。再多十年，也许更长，也许更短。

但是，以后事情可能会变糟。他会摔倒、掉东西、搞砸报告、迟到、发脾气、表达不清。大家会觉得他是个醉鬼。妈的。他们爱怎么想怎么想吧。在确定能给罗茜足够的保障之前，这个病会是一个秘密。

露丝喝酒把自己喝死了。

有其母必有其子。

乔和罗茜从麻省总医院回来后，乔有充足的时间去苏利文酒吧找唐尼和朋友们，但是他觉得他现在太脆弱了。他担心一杯吉尼斯黑啤就能让他开口，把诊断结果全部倒给唐尼和酒吧里的人。不，这个圣帕特里克节他不能去苏利文酒吧。但他也不能待在家里。

罗茜在厨房水槽那儿削土豆，她已经不哭了，但是眼睛仍然又红又肿。她已经下定决心换上愉快的表情，在孩子们来吃晚饭的时候看上去正常而自然。乔和罗茜一致认为他们需要一点时间再向孩子们扔这颗炸弹。何况，乔永远都不想毁掉他们的圣帕特里克节。

"我出去散散步，好吗？"乔问道。

"你去哪儿？"她转过身，一只手拿着一个削了一半的土豆，另一只手拿着削皮器。

"就去外面，散个步。别担心。"

"那你出去多长时间？四点吃晚饭。"

"我四点前就回来。我就是需要让脑子清醒一下，你没事儿吧？"

"我没事儿。"她背对着乔说。他听见削皮器一下一下的声音。

"来。"他说。

乔把手放在她肩膀上，把她转向他，用结实的手臂环抱住她，让她苗条的身体抵在他身上。她把头转过来靠在他的肩膀上。

“我爱你，乔。”

“我也爱你，亲爱的。我很快就会回来的，好吗？”

她抬头用伤心的眼神看着他，脸都哭肿了。

“好，我在家等你。”

乔抓起衣服走出门，但刚踏上人行道就停住了，然后猛冲了回来。他把手指头在罗茜的圣水里蘸了蘸，看着圣母玛利亚那双喷了漆的蓝眼睛在胸前画着十字。所有可能有用的方法他都得试一试。

在去海军造船厂的路上，他在便利店停留了一下，挑选了一瓶绅士杰克威士忌，虽然不是格兰菲迪，但也是可以将就一下的。正如他所希望看到的，海军造船厂没有人，很安静。自从水上酒吧关门之后，这附近就没有酒吧了。外地人都去了沃伦酒馆，本地人都待在苏利文酒吧或者铁甲军酒吧，他的孩子们也都在铁甲军酒吧。只剩下乔这个孤独的爱尔兰人，坐在海军造船厂的码头上，摇晃着悬空的脚，凝望着这个他深爱的、用尽半生来保护的美丽城市。

他今天早上醒来时还和往常没有什么区别，可现在，不过过去了几个钟头，他就已经变成一个舞蹈症患者了。当然，在去看医生之前，他就已经得病了。他还是同一个人，唯一不同的就是知道了真相。起初掩盖震惊的面纱已经揭开，真相开始搞乱他的脑袋。

乔把绅士杰克的瓶身藏在棕色纸袋里，拧开盖子，痛饮了一口又一口。这是三月阴冷灰暗的一天，气温还不到 10℃。当太阳躲进云里、风从水面吹过时，感觉更冷。威士忌在他胃里就像灼烧的煤。

再过十年，他就五十四岁了。寿命也还可以吧，就算不得病没准儿还更糟呢。谁也不能保证能活得比这更久，特别是警察。每一次穿上蓝色制服，他都知道自己也许就回不了家了。会有这种想法不只是因为警察自身高尚的奉献精神，而是来自他的所见所闻。乔曾经被踢倒过，被猛击过，也被枪射中过。他遇到过也追捕过酒鬼、瘾君子、暴徒，还有带着刀和枪的恶棍。他参加过同事的葬礼，全都是年纪轻轻就殉职的。他从二十岁开始就准备好死在岗位上了。五十四岁挺老了。挺奢侈了！

他又喝了一口酒，吐了口气，享受着灼烧的快感。首先，他恨这种必然性。得知自己只剩十年寿命，最多二十年，而且是百分百致命的，这让他觉得很无助，所有的希望都被掏空了。

他期待有办法能治愈他。可能医生会在接下来的十年里发现一种治疗方法，海格勒医生也说研究前景很顺利。她用了“治疗”和“研究”这样的字眼，但是他仔细听的话会发现，她从来没用过“治愈”这个词。不，乔努力活着并不只是为了治愈自己，为了孩子们，他每天都会努力去攀登希望之峰。

他的孩子们。他又喝了几口。他们才刚刚二十出头，还是孩子呢。再过十年，年龄最大的吉杰，也该三十五岁了，到了发病的平均年龄了。这个病弄死乔的时候也是孩子们开始出现症状的时候。托上帝的福，也许他们都很幸运，没有人得这种病。他在码头上敲了三下，默默地祈祷。

或者，他们几个都遗传了，舞蹈症已经潜伏在他们身体里，就等着从笼子里爬出来。吉杰是个消防员，一个刚成家的消防员。梅根是个舞蹈演员，一个患上舞蹈症的舞蹈演员。一滴泪从乔的脸颊上滚落下来，被风吹得冰冷的脸感到了泪的温度。他想不到比这更不公平的事了。凯蒂希望自己能开个瑜伽工作室。希望。如果她的基因是阳性，她会放弃希望吗？帕特里克至今还不知道自己要干什么，而且可能还得在接下来的这十年里花很多时间去弄清楚。他和罗茜到底该怎么告诉他们？

他还在全神贯注地想他会如何死去。他已经见识过这种病是怎么折磨病人、折磨他母亲的。这个无情的恶魔，它会夺取他身为人的一切，直到他躺在床上，仅剩一堆扭曲的骨头和一颗跳动的心。然后，它会杀死他。面对枪口而不逃走需要勇气，介入一场家庭纠纷、平息一场群架、追捕一辆被盗车辆上的嫌疑犯也需要勇气，但他不确定他在未来的十年里面对舞蹈症也依旧有勇气。而且，警察因公殉职是一种荣誉，死于舞蹈症又有什么荣誉可言呢?

想到要把罗茜和孩子们卷进这无法想象的折磨中，卷入他、麦琪还有他父亲亲眼所见的那种无能为力的状态里，他就满怀怨恨。可恶，麦琪。她知道这些事吗？他爸爸知道吗？让妈妈背上舞蹈症病人这个标签比酒鬼这个标签更丢脸吗？如果他父亲知道舞蹈症这个病的话，那他在保护谁?

镇上所有人都指责她。他们觉得她的悲剧是她自己造成的，因为她是酒鬼，是个坏妈妈，是个罪人。她会下地狱。

但是所有人都错了。她得了病。舞蹈症毁掉了她走路和生活自理的能力，破坏了她的好脾气、耐心和理智，扼杀了她甜美的嗓音和微笑，偷走了她的家庭和尊严，然后杀了她。

“对不起，妈妈！我不知道，我不知道。”

他的眼泪控制不住地流了下来。他用衣袖擦了擦眼睛，呼了一口气，咕咚咕咚地喝了几口，然后盖上了瓶盖。站在桥墩的边缘，看着面前黑色的海水，他把手伸进裤兜，掏出了零钱，挑出四枚带着体温的亮闪闪的 25 美分硬币放在他冰凉的手心里。每个孩子都有百分之五十的机会。

他抛出第一枚硬币，用左手接住，放在右手的手背上。他移开左手，看了看硬币。

正面。

乔把它扔得远远的，看着它飞进水里，消失不见了。他抛出第二枚硬币，接住，翻转，打开。又是正面。

他也把这一枚扔进了水里。第三枚，正面。

可恶。他用挥臂式投球姿势把硬币扔到空中，也没看到它掉到了哪儿。乔拿着最后一枚硬币，想着凯蒂。他不能抛，他不能。他坐回码头的边缘，头埋在手里，大声哭了起来，像个孩子一样哭着，释放着痛苦和脆弱。他听到有人在老铁甲的阴影里走动，开心地大笑着。他能听到他们的笑声，那他们也肯定能听到他的哭声。但他已经不在乎了。

他很快就发泄完了。他擦干眼睛，深深地吸了口气。用罗茜的话来说，这是好好地哭了一场。以前他总以为那是个可笑的表达，哭还有什么好的？但他现在感觉即使没有完全好起来，也终究是缓解了一些。

乔站起来，张开右手，再次考虑要不要抛手里的第四枚 25 美分硬币。最后他把它扔进另一个口袋，放到最底下最安全的地方。他抓着威士忌的瓶颈，看了看表，到吃晚饭的时间了。

他沿着码头走回来，威士忌让他的头和腿有些不听使唤，脸颊因为风和泪水而有些刺痛。每走一步，他都在向上帝、圣母玛利亚、圣帕特里克还有任何能听到的神祈祷，希望得到一美元[①]的好运。

① 1 美元 =100 美分。

第二部分

1993 年，舞蹈症的致病基因被分离了出来，这一基因位于第四对染色体短臂上。这一历史性发现是国际合作的成果，是查尔斯镇海军造船厂一家实验室的神经系统科学家团队引领了这一合作。正常情况下，亨廷顿舞蹈症基因第一外显子内的三核苷酸胞嘧啶－腺嘌呤－鸟嘌呤（the trinucleotide cytosine–adenine–guanine，CAG）序列重复不会超过三十五次，但突变基因的 CAG 重复序列超过了三十六次。过分扩展的基因序列导致亨廷顿蛋白中谷氨酰胺的数量过多，从而引起了舞蹈症的发病。

父母如果有一方患病，每个子女都有 50% 的概率遗传到突变基因。这一突变的发现使得每一个有患病风险的人都可以进行基因检测。检测可以确定基因状况。检测结果为阳性意味着有基因突变，会患舞蹈症。迄今为止，存在患病风险的人中有 90% 选择不进行基因检测。

10

星期天下午，凯蒂既没去练瑜伽也没去教堂。教堂真的不算什么，她已经好些年没去做过周日弥撒了。但决定不去之前想着会去的可能性已经成了一种习惯，这样想着甚至会有一种罪恶的快感。她在一个严格的爱尔兰天主教家庭中长大，最难忘的记忆有：每周六虚构一些无害的罪去神父那里祷告请求宽恕；周日每个礼拜天吃耶稣圣体制成的华夫饼[①]（难怪她现在吃全素食）和包含着一周憾事的面包；上教区学校，从修女那儿学到了整齐地穿着衣服坐在一个男孩儿的腿上会怀孕，以及晚饭前要祈祷；新教徒是邪恶的，而且可能会在不知不觉中同化别人。凯蒂小时候一直很害怕他们，她向上帝祈祷她永远不要见到一个新教徒，永远不要亲眼看到一个活生生的新教徒的样子。她还不会写自己名字的时候就能背诵《天父》和《万福玛丽亚》了，不过她一直不明白在受难日那天为了她的罪而死的耶稣，是怎样让兔子在复活节来给她送糖果的。她也不敢问，所以这件事情到现在依然是个谜。还有就是每天都会点燃熏香，盘旋上升的烟带着人们的祷告，飘进上帝的耳朵里。她喜欢焚香的气味。

凯蒂真正的信仰是瑜伽，这是她偶然发现的。那是在三年前，高

① 天主教的一种仪式。他们认为，华夫饼和葡萄酒在经过圣礼之后就会变成耶稣的“圣体”和“圣血”，教众吃了以后就会得到净化。华夫饼的主原料里有牛奶和鸡蛋，所以不算素食。

中毕业后的第一年，她在菲格丝餐厅做服务员，每天走在去上班的路上都会路过汤恩瑜伽馆。一天下午，好奇心的突然爆发，驱使她冲进去拿了一份课程表。上完第一节课后，她就着迷了。她爸爸形容她是喝了Kool-Aid①，而且喝了一大瓶。她把小费攒起来报了个两百小时的瑜伽师资培训班，到了那年冬天，她就开始教瑜伽课了。

她喜欢身体训练，那些姿势可以教会她优雅，柔韧和平衡，而且还能让她的腹肌和肱二头肌都好得出奇。她喜欢有意识地呼吸，感受气息的流动，这能让她摆脱混沌，得到一种踏实的平静感。她喜欢冥想，因为冥想的时候，可以清除脑子里有毒的垃圾，消极的自言自语——某个奸诈而又有说服力的声音坚持说她不够聪明、不够漂亮、不够好——以及虚构的流言（总是虚构的），持续的怀疑，过度的担心和评判，这些都会被清除掉。她喜欢在“嗡嗡”的震动声中体会到与人相处的那种合一感。她也喜欢在瑜伽馆每天都能闻到的熏香气味。

她不记得上一次错过安德里亚周日早上的串联瑜伽课是什么时候了。她知道她之后会因为赖床而后悔。但是现在，慵懒的下午，和菲利克斯一起在她的床上躺着，她一点儿也不后悔。

她和菲利克斯已经约会一个半月了，这是他第一次在她家过夜。他们是四月第一个星期二遇见的。那是在露天平台上瑜伽课的第一周，课程是在工作室后面用篱笆围起来的木质露台上进行的。凯蒂喜欢在户外上课，阳光温暖着肌肉，新鲜的空气轻抚着裸露的肌肤……尽管有时候空气中会飘来中餐馆的柴油和大蒜鸡肉的味道。

她之前从来没有见过他，他不是她的高中同学，也不是她在酒吧或

① Drink the Kool-Aid，出自1978年美国邪教“人民圣殿教”臭名昭著的琼斯镇大屠杀。当时，教主吉姆·琼斯命令信众喝下含有氰化物的果汁Kool-Aid，大多数信众都服从了命令，结果导致900多人死亡。从那以后，“Drink the Kool-Aid”就成为一句俚语，意思是无条件地盲目相信或追随（某个观点或事物）。

餐厅当服务生时认识的人。她大部分学生都是外地人，基本都是女人，因此为数不多的几个男人总会很显眼。菲利克斯最显眼。

他在练习瑜伽的时候只穿短裤，上半身裸着，上帝保佑他这样穿！他高高瘦瘦的，腰很细，肌肉线条分明但不会太大。他的头发和胸毛都剃得很光滑，她依然记得第一次上课的时候，这两个地方由于出汗而在太阳下闪闪发亮的样子。那时，她单脚站在他的垫子上，帮他调整下犬式的姿势。她左手放在他骶骨上，右手沿着脊柱滑向他的脖子时，她发现自己想用手指沿着他肩膀上的部落刺青画下去。她记得自己走回去喊着“战士一式”的时候，脸都红了。

在接下来的星期二，他又来上课了，这次由于天气不好是在室内上课。“挺尸式”结束后，他在房间里徘徊了很久，还花了很长时间整理物品。他问了她一些时间安排、通行卡、买椰子水之类的问题。最后，她满怀希望地问他还有什么事，他要了她的电话号码。

于是，他们两个都义无反顾地陷了进去。和大多数外地人一样，菲利克斯有一辆车，这就意味着他们不用总待在铁甲军酒吧或者萨利酒吧，不用在本地人审视的目光下约会，还可以不让家里人知道。他们去剑桥和南角吃饭，他们去了科德角和新罕布什尔，他们甚至去克里帕鲁休闲地度过周末。他每周二和周四去上她的课，周日早上他们一起去上安德里亚的瑜伽课。但有一个地方他们俩从来没一起去过，那就是她家。她告诉他那是因为他的家更舒适。这话没错，他是自己一个住，在他家很自由。去她家的话，她的姐姐梅根睡觉很早，她需要休息，他们可能会吵到她。

但是，凯蒂没有冒险让菲利克斯去自己家的真正原因是她不想让父母知道。菲利克斯不是查尔斯镇信奉天主教的爱尔兰青年。他来自纽约布朗克斯区，而且是浸信会成员——一个活生生的真正的清教徒。还有，对了，菲利克斯·马丁是个黑人。

她妈妈可能会因为他的宗教而反对他们在一起，反正凯蒂觉得不会因为他美丽的肤色而反对。虽然妈妈从未公开提过，但她知道妈妈希望她嫁给一个爱尔兰人或者爱尔兰人后裔，和她一样苍白，有雀斑，并且一出生就在天主教堂接受过洗礼[①]。男方家最好就是这个镇上的，而且祖先也来自爱尔兰的同一个村子。那不是很幸运吗？凯蒂从来都不明白这样的命运有什么幸运的。她和她的丈夫可以把相同的家族徽章挂在墙上？他们可以从家族树的枝叶中追述家谱，然后发现他们是同一棵树上的？她嫁给了她远房的表兄弟？一个邻居家的爱尔兰好小伙儿，拥有一个完美的天主教家庭，这就是她妈妈给她设想的将来，她从来没设想过菲利克斯这样的人。

她爸爸可能对菲利克斯的种族和宗教不会有什么意见。但是菲利克斯来自纽约，这点就不妙了。菲利克斯是洋基队的忠实粉丝。他崇拜撒旦没准儿还比这好些。

就这样，凯蒂成功地说服菲利克斯不在她家过夜，直到昨晚。昨晚，她和菲利克斯去了中央广场一家新的素食餐厅，她吃了最好吃的素食，泰式炒河粉，喝了很多青柠马提尼。他们回到查尔斯镇的时候已经很晚了，菲利克斯在库克街上找到一个车位，所以很自然地去了她家过夜，他们甚至都没有讨论一下。他跟着她上了前门的台阶，然后上了楼。

梅根已经起床走了。凯蒂几个小时前就听见水管的哗啦声和走廊地板上嘎吱嘎吱的脚步声了。她勉强睁了睁眼，发现卧室还很暗，天还早。梅根今天中午有演出，在那之前要排练，要做头发、化妆、穿演出服，还要精心准备一双新芭蕾舞鞋。

她很庆幸梅根现在不在家了，因为她不急着把菲利克斯带回来也有

---

① 浸信会反对婴儿受洗，主张成人受洗。

梅根的原因。她很介意让梅根知道，因为梅根很可能会批评或者调侃她，她一直都以自己是姐姐为由而这么对待凯蒂。但潜意识的原因就是长久以来深深嵌在凯蒂意识里的嫉妒和不安全感，那种感觉就像是天生的一样。

梅根什么都有。她天生就有苗条的身材、美丽的头发、光滑的皮肤、优秀的成绩、舞蹈的天分，总是能轻易地得到男孩儿们的青睐。

凯蒂读高中时喜欢的每个男孩儿都喜欢梅根。镇上的每个人也都喜欢她。凯蒂每次去邮局、发廊或者甜品店时，都会有人羡慕地对她说，有这么一个不同凡响、才华横溢的姐姐是多么美妙的事情啊!

那可是波士顿芭蕾舞团啊！那不是很厉害吗？是的。但是现在我们能说点儿别的吗？

父母还有哥哥总是不厌其烦地向愿意听的人夸赞梅根，而且他们从不错过她任何一场演出。从梅根十三岁起，妈妈都会在她跳完舞之后送她一朵粉色的玫瑰。这是她们母女的传统。梅根把花瓣放在玻璃碗里，摆满了她们的房间，这真是自制的香料。与此同时，从来没有人送过凯蒂鲜花，没有母女间的传统，家里也没有人上过她的瑜伽课。

现在，是凯蒂有对象了，不是梅根。但是，如果说她的人生迄今为止教给过她什么的话，那就是菲利克斯一看到梅根就会把她抛到脑后，他会选择奥布莱恩家那位更好的女孩儿。躺在菲利克斯身边，凯蒂承认这个虚构的剧本简直就是犯了妄想症，荒谬无聊，但是梅根不在家还是让她很放心。

“这就是你家呀！”菲利克斯说，他躺在那里，环顾四周。

凯蒂打了个哈欠，试图以全新的眼光看待她的东西，想象菲利克斯会怎么解读这些呢？紫色床罩和印花床单，孩子气的梳妆台和 Hello Kitty 的小雕像，从 1 号码头进口店买的毛茸茸的小地毯，石膏墙上的裂缝像大河支流那样从地板蔓延到天花板，廉价的、曾经洁白的百叶窗现在变得像发黄的牙齿，妈妈亲手做的俗气的绿色窗帘最近才熨烫过。

“你摘抄的这些我都喜欢。”他说。

“谢啦。”

她用黑色的记号笔在墙上写了21条励志语录。语录大部分出自瑜伽大师的口中，比如巴伦·巴普蒂斯特、希瓦·雷和安娜·弗瑞斯特。还有一些出自鲁米的诗和佛祖的教导，或是拉姆达斯和埃克·哈特托勒的语录。

在她的成长过程中，妈妈曾经试图用马太、马克、路加、约翰的四福音书作为智慧的食粮去喂养她，但那些话语只会让她的精神更加饥饿。太多太多旧约的诗篇穿耳而过，一点儿也没被吸收，还因为过时、难懂、没用而被她抛之脑后。她无法认同里面的一些观点。通过瑜伽、佛教、诗歌的教导，凯蒂找到了滋养灵魂的字句。

再加上，瑜伽老师们都喜欢格言——肯定、有意义、能启迪人心的话语。瑜伽的宗旨是创造身、心、灵魂的平衡，如此才能祥和、健康、和睦地与他人共处。这些语录就像快速提词器那样提醒你关注重点。每当凯蒂的想法陷入负面循环时，她就会引用墙上的一句名言，有意识地用事先准备好的、经过时间验证的、正面的、充满智慧的话语，来取代自己预想中的失望。

她读道：

活在当下。

——巴伦·巴普蒂斯特

“我特别喜欢你的床。”菲利克斯坏笑着说，亲了她一下。

她的床曾经属于一个叫作米尔德里德的女人，那是他们的邻居墨菲太太的妹妹。米尔德里德是在这张床上去世的。凯蒂觉得继承米尔德里德的床实在是有点恐怖，但她之前铺在地板上睡的日式床垫不太舒服，而且墨菲太太说要把这张床免费送给她。什么？你要拒绝这么一张完美的床？凯蒂的妈妈说。凯蒂想要争辩说一个女人刚刚死在这张床上，所以它并不是完美的。但她只不过是个孩子，没资格争论。她一连好几周天天用香薰床，每晚向米尔德里德祈祷，谢谢她给了自己这么舒适的地方睡觉，并希望她在天堂里过得开心，也希望她不要来托梦。如果米尔德里德看到裸体的黑人清教徒躺在她的床上，她一定正在坟墓里辗转反侧。凯蒂吻了吻菲利克斯，决定不告诉他米尔德里德的事。

“今天早上我们逃课了，我觉得很内疚。”凯蒂说出了内心的负罪感。

她在生活里的各种规矩中学到了负罪感。请给我某某东西。有负罪感，要真诚地感谢。我得到了某个东西。有负罪感。我正在米尔德里德的床上亲吻一个帅气的裸男，与此同时我那不知情的父母正在楼下看着电视。有负罪感。用手牢牢地将负罪感和任何积极的情绪绑在一起是爱尔兰人培养出的一种技能，一种艺术作品，甚至比梅根的足尖旋转还更让人赞赏。凯蒂才清醒了五分钟，可负罪感已经睁大双眼坐在她的旁边，头上顶着闪闪发亮的王冠，咧着嘴对她笑。

“昨晚我们做了一些精神上的启蒙运动。”菲利克斯笑着说，露出他左脸上让她疯狂的酒窝，暗示着再来一次。

“我要饿死了，你饿吗？”她问。

“饿极了。”

“你想吃早饭还是午饭？”

“都行，你弄什么我吃什么。”

噢。她本来还想说要出门，或许可以去索雷拉餐厅。昨晚，在漆黑的夜里，在几杯马提尼的保护下，她撞上父母的可能性就好像一艘严格按导航行驶的小船撞上一个遥远的大陆那样。但是现在，已经是第二天了，她妈妈很可能就会突然进来打个招呼或者来喝杯茶，又或者仅仅提醒她今天是星期日，下午四点要准时吃晚饭。一般都是这样的。她爸爸很可能就在前门的台阶那里遛狗。可恶。

凯蒂看着闹钟，妈妈可能还不会上来。她控制住了在他们发现之前把菲利克斯赶出去的念头，穿上了内衣和红袜队的 T 恤。菲利克斯穿上了拳击短裤，跟着她穿过狭窄的走廊来到厨房。

她房间的装潢和她父母房间的一模一样，从小到大，这里一点变化都没有。即便擦了看上去也脏兮兮的老旧油毡地面，鳄梨色的福米卡柜台上放着“咖啡先生”咖啡机，二手的厨房餐桌，以及两把不配套的椅子。没有不锈钢餐具，没有皂石，没有浓缩咖啡机。不像菲利克斯的房子，他的卧室、厨房、起居室给人的感觉很成熟，很独立，很真实。

他比她大一点儿，今年二十五岁，和吉杰差不多。他有麻省理工斯隆管理学院的企业管理硕士学位，现在在一家将垃圾转化成燃料的创业公司从事商业开发工作。他挣的钱比她多得多。

她站在两扇开着的橱柜门前面，没找到什么吃的，真希望自己昨天去杂货店了。

“麦片和香蕉，行吗？”

“行。”菲利克斯说着，在桌子旁边坐了下来，扭头去看冰箱上贴着的照片。

“花草茶还是咖啡。咖啡不怎么好喝。”

“喝茶吧。那几个是你哥哥吗？”

“是，左边是吉杰，右边是帕特里克。”

她多希望她自己有钱能把这儿装修一下。她已经意识到给人上瑜伽课是个债务缠身的职业了。她一周教五节课，一个人头赚 6 美元，每堂课最多赚 72 美元。尽管她还给外地人上一些私教课，或者接一些单身女孩儿派对的小班课，但这只够支付房租和饭钱。还有其他教课相关的一些花销——瑜伽服、上课播放的付费音乐、书、参加研讨会，等等。这些开销听上去不算多，但对于她一周 400 美元的薪水来说，这足够让她入不敷出了。她永远付不起医疗保险，幸亏她很健康。

“哪一个是消防队员？”

“吉杰。”

摆脱这种经济拮据状况的唯一办法就是自己开工作室。但是她和汤恩瑜伽馆的老板安德里亚是朋友，而且查尔斯镇已经有两个瑜伽工作室了。在这个小地方没有多余的会员来支持第三家了。如果她这么做的话，安德里亚会很生气的。但是凯蒂把这看成是天意而非困难。因为这给了她完美的理由，将追求自己经营工作室的梦想和她另一个更大的梦想结合起来。

搬离查尔斯镇。

她不是不喜欢在这里长大，也不是不喜欢这里的方方面面。她为身为爱尔兰人而自豪，她为固执、坚强、充满街头智慧的性格自豪。她那些住在郊区的堂兄弟们总是一副被宠坏、被过度保护的样子，和朋友玩耍也要经过安排、有大人监督，还要参加玛莎·斯图尔特夏令营。查尔斯镇才是真实世界里的真实生活，这里没有盲目乐观的废话，凯蒂对此心存感激。

只是这里太封闭了。大家都彼此认识，也顶多在几个街区里活动，不会去更远的地方。真的。

在菲利克斯出现前的每个周末，她都在沃伦酒吧、萨利酒吧或铁甲军酒吧，基本上就是铁甲军酒吧。除了在比较亲近的朋友眼里她还有些特殊之外，她就只是吉杰的小妹妹，乔·奥布莱恩警官的女儿，芭蕾舞者的妹妹，甚至是弗朗西斯·奥布莱恩的孙女儿。一周又一周，同样一群人抱怨着同样的事情——停车位、洋基队、天气、谁和谁勾搭上了以及谁和谁分手了这样的反转剧，总是讨论同一群演员，这些家伙从学系鞋带起就认识了。如果她不做些特别的事情，她会和这些人一样——嫁给一个镇上的爱尔兰人，带着几个长着雀斑和铜色头发的孩子，依然住在父母家的楼上。

瑜伽教义开阔了她的眼界，让她看到了圣弗朗西斯教堂和这小小的爱尔兰社区以外的思想和可能性——佛教、印度教、印度、心灵瑜伽、梵语、湿婆神以及象鼻神。素食的哲学和阿育吠陀开启了一种新的饮食和健康理念，让她可以在香肠、麦芽浆、血肠以外选择食物。天主教的十诫伴随着她成长，那是些为避免激怒魔鬼和上帝，而不得不坚持的戒律。而瑜伽的“八支”为灵魂生活提供了更温和的修行方式。与霸道的戒律不同，外制和内制提醒她顺从人的本性，生活在平静、健康、与万事万物的和谐之中。她小时候在教堂里会跟着哼唱赞美诗，因为她背得出那些话，而且她妈妈坚持让她这样做。现在，即使她只去上瑜伽而不去做弥撒，她的心也在唱歌。

此外，瑜伽社群的人来自世界各个角落，对凯蒂来说充满异国风情——亚洲人、印度人、非洲人。见鬼，就算是加州人对凯蒂来说都很有异国情调。玛拉珠取代了天主教念珠，克利须那神[①]音乐会取代了蒙福之子乐团，豆腐取代了汉堡，康普茶取代了吉尼斯黑啤。她凭直觉受到了这些新鲜东西的吸引，天真而又着迷。

凯蒂清楚自己只懂些皮毛而已，她只体验过一小部分思想、传统。可体验过有别于这里每个人世代相传、毫不质疑的方式后，她好奇的灵魂便渴望了解更多。

她记得小时候，七八岁的时候，她站在自由之路上，一步迈一块砖，

---

① 克利须那神：字面意思为“黑色的神”，通常被认为是印度教毗湿奴神的第八个化身。

沿着地上红色的线一直向前，走出了查尔斯镇。自由！那时候，她不知道那条路只是穿过桥到达了北区，是这个城市的另一个民族聚集地而已。在她的想象中，红砖线是由《绿野仙踪》里设计黄砖线的那个泥瓦匠建造的，所以很明显，这条路会通往一个神奇的地方。她小时候，那个神奇的地方有带门廊的房子，有可以停两辆车的车库，有带秋千的草坪，有树、有池塘和空旷的田野，在那里生活的人也不是爱尔兰人，他们也不认识她。

她还是梦想着能住在彩虹的另一边。在那里她能创造她想要的那种生活，那种不是由父母或者祖父母事先决定的，不是从父母那里继承来的生活，而是她自己选择并自由定义的生活。总有一天。

她特别喜欢说"总有一天"。总有一天，我会拥有我自己的瑜伽工作室。总有一天，我会在夏威夷、印度或哥斯达黎加生活。总有一天，我会拥有自己的房子，有院子和私人车库。总有一天，我会离开这个地方。总有一天，会有美好的大事发生。

"我能见见他们吗？"菲利克斯问。

"谁？"

"你的哥哥们，你的家人。"

"当然，总有一天。"

"今天行吗？"

"今天？嗯……我不知道他们在不在。"

"在你每周日都要参加的晚餐上见面怎么样？什么时候能邀请我参加呀？"

"亲爱的，你不会想参加周日晚餐的，相信我。那是一种义务。一点儿意思也没有，食物特别难吃。"

"不是吃的事儿，我想见见你的家人。"

“你会见到的。”

“这算什么？你觉得我很丢脸还是怎样？”

“不，当然不是，不是你的问题。”

她本来想怪在父母头上，怪母亲的天主教信仰和父亲对波士顿队狂热的爱，或者梅根不可抗拒的女性魅力。但这个时候，真正的理由，清晰而不可避免地出现了。原因在于她自己。她穿着旧T恤和内衣，赤着脚站在小小的厨房里，她的脚冷冷地踩着肮脏的油毡地板。她感觉自己配不上他。她不安地抽搐着，因为自己透露了这么多给他，就好像他看到真实的她越多，就越会发现她骨子里没那么多东西值得看。她的厨房暴露了她的没有教养,卧室暴露了她的不成熟,起居室暴露了她的不优雅。想到她的父母和哥哥，想到她生长的真实的查尔斯镇，不是家具巨头陶瓷谷仓广告里的查尔斯镇，想到他看到她缺乏教育和文化，每个房间都有圣母玛利亚、耶稣还有青蛙克米特的雕像，她的父母用果冻杯当玻璃杯用……这些都让她感到自己更加无地自容。

如果他看到她的全部，也许他就不会爱她了。砰——爱这个字，他们还没有说过，她肯定不会先说的。她所有的瑜伽课都在让她面对脆弱和真实的生活，但是她还是一个胆小鬼。如果他见了她的家人，如果他们不能接受一个喜欢洋基队的黑人浸信会教徒怎么办？然后他会把他认为她所有不完美的方面以及她的家人都考虑在内，最后认为他不能爱她，她不值得他爱。

她站在橱柜旁，背对着他，一边把燕麦片倒进不相配的碗里，一边想着菲利克斯正在拒绝她，她的身体分不清现实和想象了。真是疯了！她知道最好不要在这个完全虚构的故事上浪费精力，但是她无法控制自己。她一遍一遍地设想他俩分手的细节，总是他先提出来的，至少一周一次。自从他们今早醒来，她已经想过三遍了，每一次想象中的分手都会从她的心上扯下更多的线，在她的胸口编织成一个更大更紧的结。

胆小鬼。她应该承认她是谁，她来自哪里，她对他感觉如何。她爱菲利克斯。她应该告诉他并把他介绍给自己的家人。但是风险太大，悬崖太高，他们现在拥有的东西和他们想要的东西之间的差距太大，这冒险一跳可能会杀死她。

“改天吧，真的，我都不知道今天我爸爸和吉杰会不会在家。”

菲利克斯的嘴巴闭得紧紧的，他低下头，好像在寻找他站在这个丑陋的油毡地板上的意义。

“你知道吗，我突然不饿了，我该走了。”

他离开了厨房，一会儿又回来了，穿好了衣服。

“再见。”他说，仅仅亲了一下她的脸颊。

“再见。”

她应该拦住他，邀请他吃晚餐，和他道歉。然而，她什么都没说，沉默着让他走了。该死。

她坐在令人恶心的橱柜旁，讶异怎么突然间变成了自己一个人，桌上的麦片和香蕉碰都没碰。她多希望今早她去上了安德里亚的瑜伽课，多希望菲利克斯能留下来，多希望自己不是个愚蠢的胆小鬼，多希望自己知道该如何用瑜伽来安慰他。茶壶烧开了，她慌乱地站起来，把烧开的水倒进一个杯子里，把另一个空杯子留在橱柜上。她一边喝着绿茶，一边回想着刚才发生的事情，想象着下次见到他该说些什么。多希望他能原谅她，一会儿会打电话给她。她向上帝祈祷他们的关系不会就这样结束，她不会失去他。但最重要的，她希望他出去时不会碰见她的父母。

11

凯蒂、帕特里克和梅根坐在起居室的沙发上，凯蒂坐在他们俩中间，她在想菲利克斯现在在做什么。今天她差一点儿就要邀请他来家里吃周日晚餐了，话都到嘴边了，但最后一秒她临阵逃脱，又把想说的话咽了下去。自从上周他俩因为要不要带他见她的家人争执过后，他再也没有提过这件事，所以这事儿看上去就暂时被搁置到了一边。但总有一天她要带他回家的，她不能永远把菲利克斯藏起来。

吉杰和科琳坐在她对面，俩人坐在一张双人沙发椅上，他们的腿和身体交叠着，吉杰的胳膊搂着科琳的肩。他们看上去那么幸福。凯蒂多希望菲利克斯也在这儿。

她妈妈悄悄走进房间，蹑手蹑脚地，把一包六罐的康胜啤酒和一瓶冰镇夏敦埃酒放到咖啡桌上，没说一句话，谁也没看，就又回到了厨房。过了一会儿她又回来了，拿着一个开瓶器和三个果冻杯，然后又走开了。大家面面相觑。这太奇怪了。

不到吃晚饭时他们是不能喝酒的，这是一条严格的规定。帕特里克耸耸肩，俯身拿过一罐啤酒，拉开拉环。凯蒂把开瓶器拧进木塞，拉了出来。吉杰拿了一罐啤酒，凯蒂给梅根倒了一杯红酒。

“要红酒吗？”凯蒂问科琳。

“不了，谢谢。我现在不想喝。”

“电视遥控器在哪儿？”帕特里克问。

“我不知道。你也在这儿住呀。”吉杰说。

他俩屁股也不抬地在房间里找遥控。

“帕特，去打开电视。”吉杰说。

“我不去，你去吧。”

“我和科琳在这儿坐得好好儿的。你开一下，看看有没有什么比赛。”

“棒球比赛晚上才有。”

“去看看有没有别的比赛。”

“我还在找遥控呢。”

帕特里克躺进沙发里，脚后跟靠在一起，张开膝盖，小口喝着啤酒。凯蒂摇了摇头，这俩哥哥真是懒得可怜。不开电视的话，这个房间确实感觉有点奇怪，甚至有些压抑。事实上，凯蒂记得只要她在家，电视总是开着的。电视机就像他们的第五个兄弟一样，而且这个兄弟从不闭嘴，喜欢让所有人都关注着它。

科琳从双人沙发上站起来，走过去把遥控器拿了过来。

“谢谢，宝贝。”吉杰说着打开电视，冲帕特里克咧嘴笑笑。

他换来换去地找台，电视屏幕发出的光和声音成了他们共同关注的目标，房间里马上变得明亮起来，那种熟悉的感觉又回来了。凯蒂吸了口气，闻到了清洁剂的气味。这太奇怪了。不管这周煮的是什么肉，通常会传来煮肉的味道。除了喜欢熨东西以外，她妈妈并不会把家里收拾得特别整洁，一般只在有客人要来的时候才会用清洁剂擦拭那些蒙尘的小雕像和桌子什么的。凯蒂又吸了一口气，还是只有清洁剂的味道。

有一段时间周日晚餐的味道对她来说没有半点诱惑，除非有培根（不知为什么她喜欢培根的程度超过了所有食物，即便她是个素食主义者，可培根仍会让她流口水）。但是今天家里的味道闻起来既不是培根也不是鸡肉或羊肉。难道妈妈终于知道怎样清除食物的味道和气味了吗？

前门打开了，她爸爸来到起居室站在他们面前，面带微笑，拿着一个塑料袋和三个比萨盒子，这场景好像圣诞老人送来了一袋子玩具一样。

“我买了意大利辣香肠味和原味的比萨，给凯蒂买了素奶酪和蔬菜，还给我们的小兔子买了一份沙拉。”

“你从哪儿买的？”凯蒂问。

吉诺老爹[①]可不卖素食。

“北区。”

“哇，真的吗？”

妈妈拿来了一摞纸盘和餐巾纸，他们开始剥热气腾腾的比萨外面的包装纸。

“等一下，我们就在这儿吃吗？”梅根问。

“对啊，不行吗？”妈妈说。

星期日的晚餐就是在起居室里吃比萨喝啤酒，这听上去就像在开派对，但是凯蒂莫名地感到一阵紧张。这样的事情从来没有过，除非是电视上有重大比赛，一定是什么地方出问题了。

爸爸坐在椅子上，妈妈坐在木摇椅上。他喝着啤酒，她手里抱着亚兹，他们腿上都没放比萨盘子。妈妈面色苍白，心不在焉，她盯着电视但很明显没在看，一只手抚摸着亚兹，一只手摸着项链上的十字架。爸爸在椅子里坐立不安，看上去很焦虑。

房间的气氛突然变得比电视关着的时候还要奇怪，好像有股电流通过了身体一般，凯蒂浑身僵硬，感到一阵寒冷。她有一种动物般的直觉，本能地想缩回去。雷云在聚集；一头狮子在灌木丛中等候；鸟儿起飞前

① 比萨品牌餐厅。

收起了歌声。有什么事情要发生了，很不好的事情。

帕特里克拿起意大利辣香肠比萨狼吞虎咽，嘴都不闭就猛嚼。一定是他，每次都是他。他做了什么犯法的事，如果他不自首，爸爸就得逮捕他？但是帕特里克看上去很轻松。

也可能是因为她。他们看到了菲利克斯，肯定就是这事，说教要开始了。如果她继续这样行为不检点的话，他们不会让她继续以便宜的租金住在家里了。和一个既不是天主教教徒也不是爱尔兰后裔，而且还是外地来的黑人住在一起，邻居们会怎么想？就算她不在乎自己的灵魂，难道连自己的名声和家人的好声誉都不在乎了吗？

她将必须在家人和菲利克斯之间做出选择。也许吧，也许这种最后通牒会是件好事，他们等于是帮了她的大忙。好的。我走了。搬出去。她需要的正是有人能推她一把。在找到住的地方之前，她可以和菲利克斯住在一起。但是她要去哪儿呢？她还没准备好。她还没攒够钱可以离开查尔斯镇，也负担不起自己住的租金。可恶。

妈妈站起来，拿起遥控，把电视关了。吉杰看了她一眼以示抗议，本来想抱怨，但是看到她脸上苦闷的表情时把话咽了下去。没有一个人抱怨，也没有一个人说话。妈妈坐回摇椅，抓紧了项链上的十字架。

“人都齐了，妈妈和我有事情想告诉你们。”爸爸说。

他张了张嘴，想讲话，但是什么都说不出来。他的脸涨得通红，抽搐着，挣扎着。房间里的空气变得稀薄起来，凯蒂的胃的底部好像掉了，体内像是有什么东西和刚才吃的两口比萨一起沉了下去，沉进了无底深渊。这事儿与菲利克斯无关。她爸爸清了清喉咙。

“我做了个检查，结果显示我得了一种叫舞蹈症的病。这意味着慢慢地我走路和讲话都会出现问题，而且还会有其他的一些问题。不过好消息是，这个过程很缓慢，至少得十年。”

舞蹈症？她从来没听说过。她看着妈妈，猜测这病有多严重。妈妈一只手紧捏着十字架，另一只手环抱着自己，好像要留住珍贵的生活。这可真糟糕。

“那么你十年后走路会出现问题？”梅根问。

“抱歉，不是。我现在就有一些症状。我走路已经有问题了。”

“那十年后会怎样？”帕特里克问。

“他会死的。”科琳说。

“上帝，科琳。”吉杰说。

“对，她说得对。你工作中见过这种情况吧。”爸爸和科琳确认道。

科琳点点头。她是身体理疗师。见过什么？她到底见过什么？

“那你知道我下面要说什么了吧？”爸爸说。

科琳又点了点头，她脸色苍白，咬紧牙关，看起来很痛苦，凯蒂被她的样子吓坏了。

“下面要说什么？爸？妈？”吉杰问。

爸爸看向妈妈。

“我说不出口。”妈妈有气无力地说，伸手从边桌上拿了一张纸巾。她擦干眼睛，又擦擦鼻子。爸爸从紧闭的双唇间用力呼气，就像在吹生日蛋糕上的蜡烛一样。

“舞蹈症是遗传的。我妈妈遗传给了我，我也会遗传给你们，你们每个人都有百分之五十的可能性得这种病。”

大家一动不动，也没有人说话。凯蒂忘了呼吸。妈妈用纸巾捂着脸哭了。

“等等，有一半的可能性遗传什么？这到底是什么病？”梅根问。

她的爸爸，他们岩石一样坚强的爸爸，他们的保护者，以往总是对任何事都有十足把握，可现在看上去却那么虚弱。他的手在颤抖，他的眼睛湿了，眼泪很快盈满了眼眶。他努力控制着眼泪，脸变得有些扭曲，好像刚吃了一个柠檬，这让凯蒂难受得要死。她从来没见爸爸哭过。即便在爷爷去世，或他同事被枪杀，或在马拉松比赛爆炸案后第二天回到家时，他都没哭过。

请不要哭，爸爸。

“这上面有，”他从夹克衫的口袋里掏出一摞小册子，放到咖啡桌上的比萨盒旁边，“对不起，我讲不出来。”

他们每个人拿了一本小册子开始读。

“妈的。”帕特里克说。

“别说脏话。”妈妈说。

“妈，对不起，但是我真的忍不住。”帕特里克说。

“我的天啊，爸爸。”梅根说着，抓紧了脖子上围着的粉色丝巾。

“很抱歉。我每一分钟都在祈祷你们谁都不要得这个病。”爸爸说。

“有没有办法治？”梅根问。

“医生说有药可以缓解症状，还需要进行体育训练和语言治疗。”

“但是没办法治愈？”帕特里克问。

“是的。”

凯蒂读着小册子。

舞蹈症的症状表现在运动、认知和精神方面，一般在三十五到四十五岁时出现，会持续恶化直到离世。目前无法治愈，也没有办法可以中止、减缓或扭转疾病的进程。

她爸爸得了舞蹈症，她爸爸要死了。十年。这不可能！

患者每个子女都有百分之五十的遗传概率。

症状一般出现在三十五岁，也就是十四年后。接着她可能会死于舞蹈症。不可能有这样的事情啊。

“如果遗传到基因的话，是不是就一定会得这种病？”吉杰问。

她爸爸点点头，一颗泪珠顺着他粉红的脸颊滑了下来。

凯蒂埋头读着小册子，在极小的印刷字体中寻找例外，寻找出路。不可能是这样的。爸爸好好儿的，他是个健壮坚强的波士顿警察，不是得了不治之症的病人。她又读了一遍症状列表。抑郁。不可能。妄想症。他根本就没有。口齿不清。他讲起话来非常清楚。他们一定是弄错了，检查出错了，和别人的搞混了或者是假阳性。十年后死去？那些讨厌鬼弄错了，真缺德，白白让爸爸哭。

她一直读一直读。灵活性减退。有时吧，但这又怎样？脾气暴躁。好吧，是这样，但是每个人都偶尔会发脾气。舞蹈样动作。

这个单词源自希腊语“跳舞”，舞蹈样动作就是抽筋一样不由自主的运动。

她看着爸爸，他的脚像在地板上跳爱尔兰舞，他的肩膀在耸动，他的眉毛扬了起来，他的脸扭作一团，好像刚吃了一个柠檬。天哪！

“那么我们能知道自己是不是有这种基因吗？”梅根读着小册子，问道。

“可以，你们可以去验个血，跟我一样。”爸爸说。

“但是如果我们有这个基因的话，我们什么也做不了。知道自己会得这种病，也只能眼睁睁看着。”梅根说。

“对。”

“能不能检查出来什么时候发病？”凯蒂问。

“不能。”

“该死。”帕特里克说。

“你是什么时候知道的？”吉杰问。

“症状已经出现一段时间了，但是直到三月份我们才确定是舞蹈症。”爸爸说。

“你们三月份就知道了？”吉杰问，他的嘴巴紧闭，双手握拳，好像在拼命克制这突如其来、势不可挡地想把房间里的每个瓷青蛙都打碎的冲动，“为什么你们现在才告诉我们？现在都五月了！”

“我们需要一些时间自己消化一下。”爸爸说。

“把你们大家都聚在一起太难了。”妈妈为爸爸辩护。

“胡说八道！我们都住在这儿！”吉杰现在几乎是在喊叫了。

“梅根有舞蹈演出，你们和你爸爸周日偶尔也要上班，”妈妈声音颤抖着说，她膝盖上一堆湿乎乎皱巴巴的面巾纸，把亚兹都盖住了，“我们得告诉你们所有人，要一起告诉你们。我们不能只告诉你们其中两个，让另外俩人蒙在鼓里。”

“妈妈为什么讲鼓啊？”帕特里克问。凯蒂笑了，她知道他讲这些不合适，但还是很感激他，他是想缓和气氛。可是科琳哭了，把脸埋进手掌里。

“没事儿，亲爱的，会没事儿的。”吉杰说。

这样说没有起到任何安抚作用，反而让她哭得更厉害了，直到哭得手都遮不住泪水了。她的头突然抬了起来，她是科琳，但又好像不是。她不再是凯蒂上小学就认识的那个温柔可亲的嫂子了。她的嘴张得大大的，脸扭曲着，仿佛在她手中发生了某种好莱坞恐怖电影特效般的转变。吉杰想拥抱她，她挣脱了。她从双人沙发上站起来，跑出了起居室。其余的人沉默不安地坐在那里，只听到她重重地上楼的脚步声。房间的门关上了，她在他们头上的某个地方哭泣着。

“这是干什么？”帕特里克说。

“她吓坏了，你个傻瓜。”梅根说。

“吉杰，我们知道你们俩想生个孩子，”爸爸说，“即便上帝不允许，你们还可以——”他停下来在木头边桌上敲了三下，“还可以用医疗手段，试管婴儿很普遍了，他们可以保证你的孩子不会得这个病。”

这话在凯蒂听来很令人鼓舞，就好像是汪洋大海上一个实实在在的救生筏，但是吉杰看上去并不想抓住它，好像他心甘情愿要溺水一样。

“太晚了，爸爸，”吉杰终于说，“她已经怀孕了，十周了。我们刚刚听到胎儿的心跳。”

天哪。凯蒂一直在等着哥哥说这句话，等了三年了。她有多少次都在想象着听到这个消息后家人幸福地尖叫和拥抱，他们可以喝上一杯，祝奥布莱恩家第一个孙辈健康平安。尤其是她的妈妈，一直在专心地等待这个消息。她已经给这个还未到来的孩子织了一柜子可爱的黄黄绿绿的小毯子、小袜子，还有漂亮的小帽子了。

妈妈开始啜泣，一遍又一遍地画着十字。

“所以什么医学奇迹，都太晚了。”吉杰说。

“你们不需要试管婴儿，”妈妈说，她的声音饱含泪水，听上去与其说是安慰倒不如说是打击，“你和孩子都会没事儿的。”

“对啊，老哥。你们一直很幸运，”帕特里克说，“我打赌你们不会有事。百万分之一的机会。”

“是的，吉杰。你现在要乐观。”凯蒂说，“我真为你高兴。”

吉杰笑了，但是笑得很痛苦。“我先去看看科琳吧。”吉杰说。

“告诉科琳我很抱歉。”爸爸站起来说。

他走向吉杰。他们俩的拥抱通常都很随便，就是男人之间互相拍拍肩膀的那种，但这次是一个真正的拥抱。他们俩抱住对方，抱得紧紧的，用力地拥抱着。凯蒂的眼泪忍不住了。

“你们都会没事儿的。”爸爸说着，终于放开了他的大儿子。

“你也是，爸爸，”吉杰说，擦了擦眼睛，“我们会打败它的，对不对？”

“对！”

吉杰点点头。他会很幸运的，他们都会很幸运。即使有他们也会去打败它。凯蒂仔细读着小册子翻开的一页。但是怎么去打败呢？他们怎么能打败一种既不能预防，也不能治愈，甚至都不能治疗的病呢？这种病是没有医学奇迹的。她深吸了一口气，擦了擦眼睛，向墙上的耶稣祈祷，向桌子上瓷制的天使祈祷，甚至向青蛙克米特祈祷。没有医学奇迹的话，她就只能做这些老式的祈祷了。

12

凯蒂、梅根、吉杰和帕特里克在邦克山的草地上坐成一排，分享着一瓶自带的杰克酒，看着来来往往的游客和外地人，还有穿着独立战争服装、卖力表演的演员们。他们在玩儿一个很喜欢的新游戏。很多家庭聚到一起时会玩飞行棋、双陆棋或扑克，而他们玩的是“猜猜陌生人怎样死”。

“那个家伙，”吉杰指着一个胖胖的秃头中年男人说，那个人正在气喘吁吁、慢腾腾地爬台阶，他的脚腕比梅根的大腿还要粗，“离心脏病还有三个巨无霸汉堡的距离，在救护车把他送到医院之前就会死掉。”

“超大号快餐引发的自杀。”帕特里克说。他举手和吉杰击了个掌，吉杰把酒瓶递给了他。

凯蒂选了一个和她年龄差不多大的女人，这个女人在山脚下的一块海滩浴巾上躺着，穿着红色的比基尼，乳房高挺，棕色的皮肤涂了防晒油，闪着光。凯蒂对于防晒有些偏执，即使坐在纪念碑的阴影里，她还是涂了防晒系数高达 50 的防晒霜。

“她，”凯蒂说，指着那个女人，“会得皮肤癌，二十六岁就会死。”

“说的很对。”梅根说。

“啊，不要让辣妹死掉！”帕特里克说。

“她剩下那几年要和那个小丑一起度过，真是浪费，太糟糕了。”吉杰朝浴巾上躺在那个女人旁边的男人努了努嘴。那个男人穿了一条格子短裤，没有穿衬衣，松弛苍白的躯干上长着黑色的体毛，从肚脐一直长到了脖子。

“啊，他一周后就会死。这个傻瓜会把自己的普锐斯撞到一辆迎面开来的半挂车上。因为他正在发短信，内容是‘大笑’。”帕特里克说着，把酒瓶从凯蒂手里拿过来。

梅根笑了出来。这个游戏可怕而又病态，他们应该停下来，或者至少不再认为这么好玩。这样下去他们肯定都会下地狱的。

但是很古怪的是，这个游戏让人感到很欣慰。这个山上的每个人，游客、外地人、胖子、穿比基尼的女孩儿和她满身是毛的男朋友，还有那个推着婴儿车的年轻妈妈和她可爱的小宝宝，所有人最后都会死。当然，奥布莱恩一家也不例外。

所以，即使他们将来可能会因舞蹈症而死，那又怎样呢？难道他们以前真的以为自己会长生不死吗？每个人都会死。但凯蒂一直都对这个不争的事实视而不见，好像眼不见为净就可以逃脱死亡一样。或者说，她想的是，是的，她肯定会死，但是会活到八九十岁，经历过充实而且令人赞叹的生活之后，自然地老去，变成一个调皮可爱的老太太。过去的一个月中，她饱受打击、心烦意乱，担心自己可能三十五岁就得了舞蹈症，五十岁前就撒手人寰，还没好好体验人生就离开这个世界。帕特里克把酒瓶递给了梅根。

“那边的保罗·利威尔，”梅根指着一个演员说，“会在雷雨天，在山上高举着毛瑟枪，被闪电击中而死。”

那个演员汗津津的脸上写满了愤怒。他靠在假的毛瑟枪枪杆上，向地上吐了一口痰。经过他身旁的人们纷纷绕开他，离他远远的。他今天的表现可得不了奥斯卡奖。

“至少他死于自己喜欢做的事。”凯蒂大笑着说。

为了好玩，她最近查了一些统计数据。一个人一生中被闪电击中的概率是十二万六千分之一，被淹死的概率是千分之一，死于车祸的概率是百分之一，死于癌症的概率是七分之一，可他们家人死于舞蹈症的概率是二分之一。

“看那个家伙。”吉杰说，下巴朝向一位老人。这位老人沿着人行道慢慢地走着，肩膀佝偻着，头低垂着，就好像脖子罢工了一样，一顶破旧的红狐队帽子下面灰色的头发油腻腻的，看起来好久都没有理过，下巴上长着一把粗糙的大胡子，手里夹着一根烟。“他九十五岁时会在睡梦中死去，床边围着他亲爱的家人。”

“一点儿也不假！”梅根大笑起来，把酒瓶递给吉杰。

凯蒂摇摇头说：“太不公平了！”

“太让人生气了，”帕特里克说，“上帝让爸爸得了舞蹈症，却让他活着！”

他们都沉默了。吉杰喝了一大口酒，把酒瓶塞给了弟弟。

“我了解了一下检查的事儿，”吉杰说，“不仅仅是抽血，而是漫长的一连串事情。他们先让你在两周内去见一个顾问两次，说一些深奥而空洞的话题，然后才会带你去抽血，之后你还要等上四周才能知道结果。”

“你的意思是你要跟精神病学家谈话？”帕特里克问。

“对，就是这样。”

“谈什么？”

“难道谈天气吗？当然是舞蹈症，你个傻瓜。”

“对，但谈什么内容？”

“他们想确保你知道这种病是什么，检查意味着什么，为什么你想知道，你知道后会怎样处理，以此确保如果检测结果是阳性的话，你不会从托宾大桥上跳下去。”

“听起来还不错。”梅根说。

“那又怎样？”帕特里克说，“如果我说‘好，我想从托宾大桥上跳下去’的话，他们会不给我检查吗？这是我的生命，我有权知道，我不是在做那种胡说八道的心理咨询。”

“那他们就不会给你检查。”吉杰说。

“那就去他的，反正我也不想知道。”帕特里克说。

或许知道自己会得舞蹈症是件好事。以前总是一成不变地生活，一年又一年地拖着不去实现人生清单上的事，因为她总以为自己还有足够多的时间去做这些事。可现在她知道自己没有那么多时间了，应该立刻去做所有的这些。那么接下来的十四年她很可能会变得很了不起，比大部分活到五十岁的人还要厉害。

或许也没有这么好。可能她不会搬离查尔斯镇，也不会开一间自己的工作室，也不会结婚生子，因为丈夫和孩子们应该有一个可以活着去爱他们、教他们的妻子和妈妈。既然她很快就会死，那做这些事情又有什么意义呢？在十四年的时间里，她每天都在慢慢死去，而不是在活着。

凯蒂想象着自己的脑袋里有一个嘀嗒作响的定时炸弹，爆炸的具体年月日已经设定好了。到点后，“轰”的一声，舞蹈症会在她的头盖骨里爆炸，把她大脑里负责活动、思考和感觉的部分炸得四分五裂。还会剩下什么呢？她的瑜伽训练让她感受到了自己的存在，真实的存在。冥想时的目的，就是不要动，也不去思考或感受，只是感知自己的存在，这是每个瑜伽练习者都想要经历的那种可遇而不可求的状态。跳出你的头脑，清空你的想法，让你的动作安静下来，注意自己的感觉，但不要依附于自己的感觉，让那些感觉逐渐消失。

但是舞蹈症不是不能动、不能思考或是不能感觉，这种病不是达到极乐的那种超自然的放空状态，而完全就是一种畸形秀——丑陋、持续且无用的动作，无法控制的愤怒，难以预测的妄想，强迫性的思考。那“轰”的一声不会把运动、思考和感觉消除掉，而是会把一切都搞得乱七八糟。在她的想象中，这种爆炸会释放某种毒液，会不断泄漏出毒素，最终渗入每个神经细胞，毁掉一切想法、感觉和动作，让她从里到外烂个透。

或许她现在已经开始发病了。小册子上说确诊前十五年就会出现症状，也就是现在。她昨天做半月式动作时晃动了。只是半月式而已，不是什么复杂的动作。她伸展的胳膊和腿摇动着，仿佛树枝在飓风中晃动一般。她差点往左倾倒，虽然后来重心往右平衡了回来，但还是在全班同学面前踉跄地差点跌倒。这是因为舞蹈症吗？

也许她没有得病，也还没有任何症状，只是像正常人那样一时失去了平衡，所有难以释怀的忧虑都毫无意义。

或者她可能已经得了……

在过去的几个月里，凯蒂感到自己越来越没有耐心，就像乘着升起的浪往泛着白色泡沫的浪峰冲去那样，不受控制。她之前做的每件事，都是为真正活一次而准备的，她一直渴望着开始真正的生活。但就在她准备好开始的时候，她发现自己可能快要死了。当然，每个人都会死，他们病态的小游戏玩的就是这个，她知道。但是死亡对她来说一直是个抽象的概念，一个无形的幽灵，没有形状、没有结构也没有气味。可舞蹈症是真实存在的，是她能想象到的死亡方式。感谢 YouTube，让她知道了这种病有着恐怖的形体和令人恐惧的腐臭气息。

吉杰和爸爸长得非常像，简直一模一样，他看上去一点也不像妈妈。

他和爸爸一样长着睡意蒙眬的蓝眼睛，身材矮壮，还有他的脾气、他粉红苍白又长满雀斑的皮肤。这是不是意味着他也和爸爸一样有舞蹈症基因呢？凯蒂也和奶奶长得很像，像得可怕。她只在照片上见过那位女士，露丝，她得了舞蹈症的奶奶。凯蒂和她一样长着爱尔兰人脸颊和雀斑，一样稀少的古铜色头发和扁而大的鼻子，都长了一副大骨头架子，结实的臀部，宽宽的肩膀，她们都是那种看起来肯定能挺过爱尔兰大饥荒的人。

梅根的容貌举止更像妈妈。她的鼻子更薄更尖，脸没那么圆，头发更浓密，颜色也要深一些，骨架也很娇小。梅根的个性也和妈妈一样，她的耐心和韧劲，对百老汇音乐剧和戏剧的喜爱，当然还有对舞蹈的热爱，都和妈妈很像。帕特里克看上去和父母都有些像，又都不像，不知道他到底像谁。

从他们的外在身体特征和性格来看，凯蒂和吉杰像爸爸。这是不是意味着他们也会得舞蹈症？凯蒂没有遗传学学位，也没有什么真正的知识支撑她的结论，但她认为就是这样。她遗传了爸爸丑陋的脚，因此她也会得舞蹈症。嘀嗒，嘀嗒，嘀嗒，轰……

“还有谁想去做检查？”吉杰问。

“你一定要去吗？”梅根问。

“对，我必须得知道。我周三约了医生。因为咱们情况特殊，也因为科琳怀孕了，所以他们简化了流程。我一周后就会知道结果。”

“天哪！”

凯蒂喝了杰克丹尼酒后的轻微麻木和兴奋，在她胃里缠绕成一团令人厌恶的恐惧感。她的嘴里有些发酸。他们好玩儿的比赛结束了，没有人赢。这件事很真实，太真实了。

“我都不想说这个，”梅根说，用右手的关节敲着头顶，“但是如果你会得这个病的话，孩子会得吗？”

“如果我没有的话，那孩子也不会有，孩子会好好儿的。如果我得的话，那么孩子会有百分之五十的概率，就跟咱们一样。等结果出来时，科琳就怀孕十五周了，到时候可以做羊水穿刺看看孩子怎么样。”

“然后呢？”凯蒂说问，“如果孩子会得的话，科琳会做流产吗？”

吉杰的头垂到膝盖上，用手揉着眼睛。

“我不知道，”他说，声音空洞，“可能做，也可能不做。我不知道。”

“妈妈会因此得脑中风的。”帕特里克说。

“我知道。”吉杰说。

“我不是在开玩笑。”帕特里克说。

“我知道。”吉杰说。

“科琳什么意见？”凯蒂问。

“她都有点儿精神失常了。她想都不愿意想这事儿，她不想让我去做检查。”

“会是阴性的，哥哥，”帕特里克说，“什么时候出结果？”

“下个周三。”

“好。你会没事儿的，孩子也会没事儿的，妈妈也不会中风。”帕特里克说。

凯蒂和梅根也点了点头。帕特里克喝了几大口酒，然后把酒瓶递给吉杰。

“当然，可怜的小东西可能长得和你一样。”帕特里克说。

吉杰给帕特里克的肩膀上来了一拳，几乎都要笑了。

“还有一件事情，”吉杰说，“那个顾问讲了一些关于青少年舞蹈症的情况。在我们这个年龄也有可能发病。这很罕见，但是如果年轻时发病的话，可能就会通过父亲遗传。”

梅根的眼眶红了。

“我们正在学习一种新的舞步，我学起来有些困难，步子总是踩错。”梅根突然像自首一样地说，“之前从来没有发生过这种事，从来没有，而且我用足尖站立的时候总是失去平衡。”

“你只是压力太大了而已。”凯蒂说。

“如果是我现在就发病了该怎么办？”

“才没有。”

“你们有没有注意到我有些什么症状？”

“没有。”帕特里克说。

“没有，什么症状都没。”吉杰说。

“发誓？”

“对天发誓。”凯蒂说。

“不用担心，梅根。如果有人得了青少年舞蹈症，那也会是我。不是吗？”帕特里克说。

“你没有青少年舞蹈症，你只是混账而已。”吉杰说。

“你可以去做个检查，确定一下结果。”凯蒂对梅根说。

梅根摇摇头：“我觉得我去不了，我可能会从托宾大桥上跳下去。”

“看看爸爸，”吉杰说，“他都四十四岁了，什么事儿也没有。如果你去做检查，发现你没有病的话，你就不用担心了，你就自由了。如果你有的话，那也没事儿，该怎样就怎样，你十年十五年后再去担心。没准儿十年后可能就有办法治了，对不对？”

梅根点点头：“但我还是觉得我不能去检查。”

“凯蒂，你呢？”帕特里克问。

她叹了口气。她想知道吗？也想，也不想。当然，知道结果是阴性的会非常令人宽慰。但在内心深处，她非常确定自己就是有这种病的基因。没有确切的医学证据的话，她还可以心存希望。一旦确定为阳性的话，很可能会毁掉她可怜的爸爸妈妈，而且她可能不得不和菲利克斯分手。她远远地瞥了一眼托宾大桥绿色的桥梁。

或许她会选择一直活在“冒险”之中吧，她应该把脸书的状态换成“冒险”。但是谁活着不是在冒险呢？她的生活每天都充满了风险。开一家属于自己的瑜伽工作室可能会失败，如果不开的话是另一种失败。搬到一个没有爱尔兰天主教徒的地方，可能永远都适应不了，菲利克斯也可能会移情别恋，可能会没有一个人再爱她。她还可能会被晒伤，可能会被雷电击中，可能会得舞蹈症。连每次呼吸都是在冒险。

即使不考虑结果，只要一想到要进行基因测试，就让凯蒂感到浑身冰凉。凯蒂痛恨测试和检查，她从来都没得过什么好结果。上高中时，她努力学习，也很细心，甚至完全记得内容，但是一旦面对那些打印好排好序的问题，她就会恐慌，就会怯场。

高中最后一年的最后一门考试是数学。她记得她把答完的试卷交给老师后庆祝了一番，兴高采烈地夸口说，这是这辈子最后一次参加考试了。可是，上帝和奥布莱恩家人一样，有一种病态的幽默感。

那最后一次数学考试，考的是统计学，她得了个 C。

“我不知道，”她说，“可能会去吧。”

13

从库克街去汤恩瑜伽馆的路上，凯蒂看到了 11 辆红色的汽车。这是她给自己布置的，在踏上瑜伽馆前门台阶之前要完成的任务。从这儿到瑜伽馆你能看到多少辆红色的汽车？她喜欢这种意识练习。现实取决于视角，取决于你注意到了什么。如果不关注红色汽车的话，她可能在路上一辆车都注意不到。但是因为有意识地去注意红色汽车，所以她看到了 11 辆。

她一直在想，爸爸是从什么时候开始表现出那些古怪的烦躁和笨拙的。可能有一年了，很不好说。这就好比问她昨天去瑜伽馆的路上看到了多少辆红色汽车，一辆也没有。她当时没有去注意找红色汽车，所以她一辆也没有看到。

一个月前，她没有注意过爸爸是不是掉电视遥控或叉子了，也没有注意过任何异常或奇怪的烦躁。但现在她都注意到了，她看到的这一切都叫舞蹈症。

还有一个小时才上课，瑜伽馆里空荡荡的，很安静，这个熟悉的空间里只有一些细微的声音——天花板上电风扇呼呼的响声，加热器的嗡嗡声，还有她的呼吸声。教室里只有她一个人，灯光昏暗，她双腿交叉屈膝跪在地板上，尾椎骨下面垫了一个垫枕。她从镜子里仔细地观察，看自己有没有舞蹈症的迹象。

她盯着镜子里自己的眼睛。眨眼。眨眼。一个黑色的洞，周围环绕着蓝色，蓝色外面环绕着黑色。她探索着自己的眼神，她的眼神坚定而平和，这也是她在爸爸眼中最常看到的。可是有的时候，他的眼神会变得焦虑不安，会突然看向远方，但是又没有焦点。有时候他看起来是在看凯蒂，但实际上并没有，目光有些涣散，变成一种很奇怪的注目。亨廷顿舞蹈症，如果她专心寻找的话，她也能在爸爸眼中找到它。

眨眼。眨眼。

她的睫毛又短又粗，而梅根的睫毛又密又长。她很想知道她哪一天才能在照镜子的时候，不那么希望自己的睫毛像梅根一样。她注意到自己的眉毛是歪的。天哪，她就是这样一路走过来的吗？她忍住了站起来从包里拿眉毛钳修理的冲动。她下巴上鼓起了一个痘痘，她忍住了去挤的冲动。雀斑，短而肥的鼻子，素颜。这是她的素颜，没有面具，没有掩饰，真实的她就在她的面前。她能在自己脸上看到舞蹈症吗？

爸爸很喜欢把眉毛挑得老高，就好像有人说了什么让他很吃惊一样。但其实没有人说过什么。他的嘴角有时看上去像是很痛苦，但实际上并不是厌烦或因为什么而痛苦，只是一种不经意间闪过的表情，没有什么情绪方面的原因或深层的含意。而她奇怪的眉毛静静躺在那里，就像两条毛毛虫在她额头上酣睡一样。

她把双手放在大腿上，拇指和食指相接，做出古岩手印。她右手腕上戴了两个镯子，一个是玉制祈祷珠，她念祷文时会用到。她最喜欢的祷文是唵南嘛湿婆耶。*我向内在真实的自我致敬。我请求能有积极的改变在我身上发生*。第二个镯子是碧玉珠子的，珠子的平面上嵌着一个木质的骷髅。骷髅代表着一切事物的无常，提醒人要感激今天受到的恩赐，因为很可能不会有明天。她买了这个镯子才一年，当时不可能想到居然会这么巧合，这个寓意现在对她来说太真实了，病态的真实。她低头看着骷髅，以前看到骷髅会让她想起自己的梦想，提醒自己去追逐，她不能永远待在这里，可现在这让她想起了爸爸。“永远”这个词，现在也变得短多了。

她右手的中指戴了一个银的克拉达戒指，这是她刚满十八岁时妈妈送她的礼物。当然梅根的成人礼礼物更好，是妈妈的黄金戒指，订婚时爸爸送给妈妈的。银戒指没有那么值钱，也不是传家宝，是妈妈在凯丹购物中心买的。凯蒂将戒指上的爱心朝向手腕，这表明她在谈恋爱。

菲利克斯。她还没有告诉他任何关于舞蹈症的事情。她知道这不能拖太久，她故意闭口不谈，其实算是不诚实，是在撒谎，但她就是开不了口。他们的恋情正处在一个转折点上，要么分手，要么更认真，很小的一件事也足以让天平向任何一方倾斜，所以舞蹈症就像一块两吨重的大石头一样横亘在她心里。她很想知道，如果不受舞蹈症影响的话，他们俩之间会发生些什么，可以进展到什么地步。同时，由于隐藏秘密而滋生出的羞愧之情，就像感染了病毒一样快速地蔓延，让她感到难受。

她露出的脸、脚、胳膊和胸部都很苍白，也都均匀地点缀着一些雀斑。她没有文身，因为她不知道该纹什么，而且她非常怕疼。她不知道自己遍布雀斑的苍白皮肤下正在发生什么。肌肉和肌腱，骨头和血液。她的心脏在跳动，卵巢排出一个卵子，胃部正在消化早餐吃的格兰诺拉麦片。舞蹈症正在密谋要杀死她。

她希望自己的头发再浓密一些，眼睫毛再长一点，就像梅根那样。她还希望自己的雀斑能少一些，有晒了能变小麦色的皮肤，没有青春痘，眉毛再好看一点，体型再娇小一点，脚再漂亮一点。她想把目光移开，起身去做别的事，但她没动。从坐下到现在可能只过了十分钟，她就觉得要面对自己很困难了。她可以闭眼冥想一个小时，但是睁着眼就不行。

这就是她，她的全部。她感到有些难为情，真可笑，她在对自己进行评判。她很担心这时有人进来看到她这个样子。

她把注意力转回了自己的呼吸上，胸部起起伏伏，眼睛也跟着起伏。一个黑色的洞周围环绕着蓝色，蓝色外环绕着黑色。眨眼。眨眼。没有任何轻微的移动。红色的汽车还没有出现。

她仍面向镜子站着，右脚压到左大腿上。树式。她把手放在心脏那里，那是祈祷时手的位置，然后吸气，伸展胳膊，好像树枝伸向天空。这是她最喜欢的姿势。她站在地上，保持着平衡，但同时她还在持续生长、伸展、变化。

她仰起头，头上是锡制的格子屋顶，但她的目光穿过了它，看得更远了。她想象着自己头顶上是一片巨大的星空，并发出祈祷。她闭上眼睛，胳膊像卫星天线一样伸展开来，希望能接收到神赐的某种答案。

突然，有股无形的力量破坏了她的平衡，她的胳膊和躯干努力向右倾斜去保持平衡，但是无济于事，这个姿势结束了。可恶。她试图不把这当成一回事。她刚刚只是失去平衡了，这种事情偶尔也会发生，尤其是在她闭着眼的情况下。以前她往往会让自己平静下来，重新摆出姿势。但这一次，她的心跳仿佛停住了。这是症状吗？是来自上帝的征兆吗？舞蹈症在她身上就这样开始了，树式都做不成了？她看到了第一辆红色的汽车。

她努力撑着不让自己崩溃，抬起左脚压到右大腿上，重新开始。做另一侧的树式。她把胳膊举过头顶，伸展手指，两条胳膊和站着的那条腿上的肌肉在燃烧，充满活力，充满力量。她不会跌倒了。她俯视着镜中的自己，眼睛一眨不眨。她目光凶狠，身体一动不动。

吸气。呼气。她保持着这个姿势一动不动，一动不动。她的胳膊在颤抖，她站着的那条腿在燃烧，祈求她放过它。她拒绝了胳膊和腿的请求，保持这个姿势不变。

最后，她把疲惫的胳膊伸向天空，说："我就是一棵橡树。你看到我了吗？"

她又等了一会儿后，慢慢放下左脚，小心地放到瑜伽垫上，挨住右脚。她盯着镜子里自己的眼睛，双手合十，放到心脏前方，做出祈祷的姿势。

Namaste[①]。

① 梵语，合十礼，有问候、感谢、尊敬之意。

14

帕特里克刚刚离开。他不想走，但是如果他又打电话请病假的话老板可能会炒他的鱿鱼，所以他不得不去工作。梅根几小时前就离开去剧院彩排了。凯蒂觉得梅根能从这个让人患上幽闭恐惧症的起居室中解脱出来，在一个属于自己的舞台上专注于某些美丽的东西，一定会很轻松，很快乐。

所以起居室里就剩三个人了，凯蒂和爸爸边看晚间新闻边等消息，妈妈在织一块白绿相间的毯子。她可能也在听着电视机里的新闻，但她没有抬头看一眼，她也在等待着。他们都在想，吉杰和科琳现在应该回家了。凯蒂把手机拿在手里，期待它振动起来，但是没有。她太害怕了，不敢给他们打电话或是发短信。

现在对他们任何一个人来说，晚间新闻都可能是最好的消遣。电视屏幕上一个又一个悲伤的、恐怖的、灾难性的新闻报道震撼着他们。加利福尼亚州的山火无法控制，数以百计的房子被毁，几十人失踪或遇难。马萨诸塞州戴姆德市的一位父亲出庭受审，他杀了自己的妻子和两个孩子。巴基斯坦汽车炸弹事件中有 32 位平民遇难。华尔街股市急跌。政治人物大发雷霆。

“爸爸，我们能换个台吗？”凯蒂问。

“红袜队的比赛七点半才开始呢。”

对话结束了。这里有100多个有线电视频道，但很明显只有新闻和红袜队比赛可供选择。她没有坚持换台。但新闻对她来说太压抑了，起居室里的每个人都很焦虑，而每条新闻都无异于火上浇油。她决定观察一下爸爸。

他在不停地动，比往常更加烦躁不安。她注意到他在努力让自己看上去正常，不管身体哪一部分突然弹出或蹦出，或是抽搐起来，他都会加大动作，让人以为那是他自身有意识的行为。他已经变成了一个即兴的舞蹈编导，但这是她看到过的最奇怪的舞蹈动作。

他的右腿伸了出去，好像在踢一条看不见的讨厌的狗，因此他顺势站了起来。他站起来一定是想去哪儿，因此他走到了窗边。他拉开百叶窗，把鼻子凑过去，朝外面的街上看。他在那儿待了几秒，嘴里喃喃自语了些什么。如果他站起来是去看看吉杰和科琳快回来了没有，那么这样做也讲得通，但是凯蒂发现并不是这样。他是被腿不由自主的运动催促着，从舒服的沙发里站了起来，他起初并没有打算从窗户里往外看。

他走回椅子时，脚步有一点趔趄。她听到爸爸走路时口袋里的零钱叮当作响，这声音是她最近才熟悉起来的，舞蹈症的声音。

她继续观察着他，视线一直集中在爸爸身上，他在某些方面比电视新闻里的任何东西都更让人害怕。他就像火车失事或车祸或民宅大火，而她是目击证人，是无法把目光移开的旁观者。

接下来，他的左臂向上伸出去，好像一个淘气的小学生举手回答问题。然后他胳膊弯下去用手去挠头，好像正好头有点儿痒，这是他的标志性动作之一。不知道他得了舞蹈症的人会认为这个家伙是因为头屑或头虱而难受，或者就是行为古怪而已。看上去他对自己不由自主地踢腿以及无意识地即兴创作一无所知。他没有看凯蒂是不是注意到了他的动作，看上去没有一点儿尴尬或不安，只是继续看着电视，好像刚才没发生什么值得一提的事情。这就没什么要观察的了。看电视当然不是一种正在恶化且无法治愈的遗传性神经退化疾病的症状。

他一直在椅子上坐立不安，疯狂地做着舞蹈一样的动作，和妻子还有女儿一起看电视新闻，好像这不过是个普通的周三晚上，这一点让她开始有些难受。任何一个夜晚或者任何事情都无法再回到正常了。

前门打开了，凯蒂的心脏好像骤然停止了跳动，似乎地球也停止转动了，时间也停止了，晚间新闻的声音消退成一片模糊不清的低语。妈妈停下手里的针织活儿，抬头看去，连爸爸也都静止不动了。

吉杰和科琳牵着手出现在起居室里，他们就像两个眼睛空洞的僵尸，刚从地狱参观回来一样。他们的脸是肿的，脏兮兮的。没有人说话。

凯蒂害怕弄出一点动静，害怕有一点声音就可能会让人错过这关键的一刻。可能她看到的不是真的，可能要发生的不会发生。房间里安静得可怕，就像一个在架子上从未被摇动过的雪景球。

妈妈开始放声大哭，吉杰跪在她面前抱着她，头埋在她膝盖上正在织的毯子上。

“对不起，妈妈。对不起。”他说。

然后爸爸把电视遥控器扔了出去，遥控在电视机后面的墙上摔碎了，电池在木头地板上滚动着。他把脸埋进了双手，而科琳一个人站在那里，看上去就像一个纸做的玩偶。帕特里克和梅根都还不知道发生了什么，但事情确实发生了。

凯蒂坐在沙发上，看着这一天中最悲惨的新闻在她面前上演，她脑袋里有个吓坏了的小姑娘一遍又一遍地重复着：不，不，不……

15

凯蒂盘着腿坐在起居室的沙发上，小口喝着热腾腾的绿茶，看梅根往一只闪亮的嫩粉色缎子舞鞋鞋背上缝一根缎带。

“我真不敢相信你在喝茶。外面好像有 1000,000℃那么烫。”梅根说。她面向凯蒂，上身挺直，劈叉坐在地板上。

“这儿都冻死了。”凯蒂说。

他们家只有起居室里装了一台窗挂空调，所以即使这台空调全天都开着，温度调到最低，每间卧室的门都开着，冷气可以在门厅和厨房之间畅通无阻，其他房间也不凉快。一旦室外温度超过 26℃，家里就只有起居室可以待了。

“你今晚会来吗？”梅根问道。

梅根的声音中饱含期待。这个问题其实并不是真的问题，而是梅根已经预设凯蒂会坐在观众席上看她跳天鹅湖，就算今晚不来，整个演出季结束前也会来。可是，梅根从来没有去上过凯蒂的瑜伽课，他们家谁都没去上过。他们都做得有点儿过分，他们愿意花一小笔钱去看梅根的每场演出，但是没有一个人去瑜伽馆做过一个下犬式动作。

“来。”

“你不会就穿这个去吧？”

凯蒂穿着很短的黑色瑜伽裤和一件荧光黄的交叉吊带背心。表演七点开始，现在才三点。梅根大概半小时后就要离开去彩排、化妆、着装，但凯蒂至少还有三个多小时的时间来准备。

“啊？我会穿柠檬黄背心去剧院？”

“你可能会。”

“我不会的，好吧？”

“我就是确认一下。”

梅根缝完一只鞋上的缎带，抓起地板上的打火机，把断面烧焦。缎带燃烧的气味让凯蒂想起了周日的晚餐和妈妈不小心把用来端热锅的厚布垫掉在炉子上的气味。

“你应该穿妈妈给你买的那件无领黑色连衣裙。”梅根说。

“不用你告诉我该穿什么。”

“那件衣服你穿着很好看，但你从来没穿过。”

“你这样说好像我是个白痴一样。”

“呀，我不是那个意思。你想穿什么就穿什么吧。”

“谢谢你允许我自己选择衣服。”

凯蒂听到自己声音中那熟悉的急促的口气，这是她要发脾气的信号，在她快要从沙发上跳起来的时候，她想到其他房间潮湿闷热的程度。她本不应该坐在这儿接受姐姐对她的评头论足，但是她也不想从这栋房子里唯一一个舒服的房间出去。凯蒂叹了口气，只能被迫和梅根继续待在一个房间里。她想打开电视或抓本书来读，随便做点儿什么，只要不是看着梅根就行，但她不想动。凯蒂喝着茶，看着梅根，梅根现在正在用一把剪刀刮芭蕾鞋的鞋底。即使什么也不做，梅根依然是大家目光的焦点。

凯蒂的手机振动了，是一条短信，菲利克斯发给她的，她举起手机来读：

今天晚上有什么事吗？

她回复：

七点钟有私教课。十点见？

三个小时的私教课？

要冲澡，为你打扮得漂漂亮亮的。

你已经够漂亮了，来我家洗，咱们一起洗。（笑脸）

她脸红了，回复：

（笑脸）吻你。

她在骗菲利克斯。她感到内疚，不过这是一个善意的谎言。如果他知道她今天晚上要去看芭蕾舞演出的话，他肯定想和她一起去。他们四月份在波士顿看了阿尔文·艾利美国现代芭蕾舞蹈剧团的表演，她和菲利克斯都被打动了——那优雅的力量，那天然朴实的动作，都是充满活力的第二和第三脉轮能量，和梅根跳的那种肤浅可爱的蛋白糖一样的芭蕾舞完全是两码事。在演员们跳《启示》时，凯蒂看了菲利克斯一眼，看到了他眼含泪水的样子。这是凯蒂最喜欢他的地方，他是一个很柔软的人，舞蹈也会让他流泪。他是典型的麻省理工学院的数学宅男，他会非常喜欢《天鹅湖》的。但是她全家人都要去，她还没准备好把菲利克斯介绍给家人，尤其是现在，在吉杰和科琳刚经历了那种事情的时候。

“那么我究竟能不能见见你约会的这个家伙？”

凯蒂惊讶地抬起头，不敢相信梅根居然能看透她的想法。

“什么家伙？”

“你刚才发短信的那个家伙。”

凯蒂低头看了看手机，然后抬头看着梅根，她是不可能从房间另一边看到屏幕上的短信的。“是安德里亚。”

“好吧，”梅根说，但明显不相信她的话，“那个和你上床的家伙。”

“什么？”

“我不傻，我知道你每周至少有三天晚上不在家睡。”

梅根每天练习、排练和演出的时间很长，一天下来筋疲力尽，晚上一般九点半就睡了。而且她早晨起得像鸟儿一样早，凯蒂还没睁开眼她就已经穿好衣服出去了。因此即便凯蒂晚上在家，梅根也看不到凯蒂上床睡觉或早上起床，梅根能看到的只有凯蒂紧闭的房门。凯蒂以为就像其他大部分时间一样，梅根不会注意到自己不在家。

“而且我知道有一个神秘人物至少在这儿过了两次夜。”

“什么——”

“马桶圈竖起来了。”

“哦。”

“那么这是怎么回事？他是谁？为什么要保密？”

凯蒂喝着茶，知道自己躲不过去了，但在回答之前她还是拖延了一会儿。梅根正在忙着把肉色的松紧带缝到鞋后跟上。即便只穿着件简简单单的白T恤和没有任何装饰的灰短裤，梅根看上去仍是那么优雅，美丽。她是个好室友，爱干净，脏衣服总是及时洗掉然后收起来。她在家时，除非房间里很热她们会挤在起居室，否则她大部分时间都待在自己房间里。她们彼此不怎么见面，见面时一般也擦身而过，对话内容仅限于因为住在一起而涉及的事情，还常常在厨房的黑板上反复留言。*我们还需要一些厕纸。你有25美分的硬币吗？妈妈找你。*

“说呀？”

都是因为这该死的热浪，把她们困到装了空调的起居室，她们才会有了这一场姐妹之间的那种对话，可这是凯蒂所不喜欢的。

“我不知道。”

“别担心。我又不是妈妈。他叫什么名字？”

“菲利克斯。”

“姓什么？”

凯蒂犹豫了一下。

“马丁。”

“嗯。”

“怎么了？”

“不是‘欧马丁’或‘麦克马丁’？我想他是外地人吧？”

“对。”

“一个外地人。”

凯蒂点点头。

“他长什么样儿？”

“我不知道，他很可爱。”

“好吧。别的呢？”

“我不知道。”

“他是做什么的？”

“他在一个垃圾转换成燃料的公司做商务开发。”

“是个聪明的家伙。你们在哪儿认识的？”

“瑜伽馆。”

梅根一边朝着凯蒂笑，一边反复对折手里的舞鞋，让鞋头和鞋跟反复相触。她这样做的时候鞋子发出了嘎吱嘎吱的响声，僵硬的鞋子变软了。让凯蒂惊奇的是这些鞋子只穿一次就磨坏了。缝、剪、折，都是为了让鞋变得更柔软，上脚后不会发出声音，还能完全合梅根的脚，但今晚一过，这双鞋就会“寿终正寝”。梅根的脚太用力了，一次表演结束舞鞋就会坏掉，有时甚至一场跳下来就坏了，再穿第二次的话就会很危险。

梅根脸上的微笑，弯折舞鞋的声响，和刻意等待凯蒂说话的沉默，似乎刺激到了凯蒂。梅根晃动着自己长着水泡的漂亮脚趾。

“我可没有质问你在和谁谈恋爱。”凯蒂说。

“我没有在谈恋爱啊。”

梅根的语气仿佛在说，在她们当前的情况下，没有男朋友才是正确行为，这当然是在说凯蒂做得不对了——既然知道自己可能会得舞蹈症还要去交男朋友。

“好，我不会因为你没有男朋友而取笑你。”

“我也没有取笑你啊。哎呀，你太敏感了。我只是想知道你怎么了。”

“好，现在你知道了。”

“我会见到神秘的隐形人马丁先生吗？”

凯蒂耸耸肩。

“你今晚可以带他来。”

“不了，谢谢。”

“什么？难道我们不配见他？”

“你知道为什么吗，梅根？”

“噢，放轻松，我没有恶意。”

“算了。”

梅根把注意力转移到第二双鞋上。她大腿上放着两根缎带和短短一截宽的松紧带，她剪下一段线，开始往针眼里穿。没穿过去。她试了一次又一次，线头总是穿不进去。她的手开始发抖。梅根把针和线放到面前的地板上，双手握拳，在肩和背上上下下地按摩着，然后抬头看着凯蒂。梅根的额头上密布着汗珠，而房间里让人哆嗦。

“听着，我需要你帮我个忙。”梅根说。

凯蒂扬起眉毛，等梅根说下去。她虽然默不作声，但很生气，因为都现在了梅根还有脸让她帮忙。

“你今晚能不能看着我，就是认真看看我有什么奇怪的地方没有。即使是非常微小和不明显的地方。”

“梅根，你没事儿。”

“我知道，但是我真的感觉很害怕。”梅根朝地板上的缝衣针和穿不进去的线示意了一下。

“你刚才缝另一双鞋的时候就没事儿。我看到了，我也穿不进那小针眼。再试试。”

“但是你也看到了，爸爸有一半儿的时间都不知道自己在乱动，他还喜欢在家里到处走。”

“是的。”

“我好害怕。”

“我也是。你没有病，梅根。”

“我知道，但是现在吉杰——”

“即使我们都是阳性，我们现在也不会有症状的。”凯蒂说，既是在说服姐姐，也是在说服自己。

“好吧，可能不会。我知道这些，但我还是做不到不去担心，我总担心会有症状，更担心有了症状可我什么都不知道。这就好像你牙齿上有个菠菜叶，每个看到的人出于礼貌都不会说什么，我希望你可以告诉我。”

“好。”

“只要有一次抖动，或者任何看上去稍微不平衡的动作，你都要告诉我。”

“好。”

“你保证？”

“我保证。”

“我觉得我必须要去见那个基因顾问。”

“真的吗？”

“真的。被蒙在鼓里的压力太大了，会让我发疯的。”

凯蒂点点头。

“是啊，但是如果结果是阳性的话怎么办？”凯蒂问，“难道不是更会让你发疯吗？”

“一开始我是这样想的，但现在不这样想了。我想知道结果，不管结果怎样我都可以采取控制措施。我现在的感觉是整件事都是不受控制的，我受不了。”

“是吗？你就是个控制狂。”

“这是爸爸遗传给我的，不是我能决定的。”

刚说完，梅根的脸一下子变得苍白。凯蒂也感受到了那种冰冷的恐惧感，不知道她们还从父亲身上遗传了什么。

“你呢？你去做检查吗？”梅根问。

“我不知道，也许会吧。”

“你都告诉菲利克斯了吗？”

“没有。”

“这不怪你。我没法儿想象让别人也卷进来。可怜的吉杰和科琳。”

“我无法相信——”

“你知道吗？我现在都不能提到这事儿，否则我会哭的。我得去做准备了。”

“好吧，但这是你提起来的。”

凯蒂还想继续谈这件事。吉杰的检查结果是阳性的，她现在对他的看法改变了，好像他已经发病了，完蛋了，甚至有传染性了，她想说自己有多害怕他。这很荒唐，但她就是控制不住自己。她想谈谈科琳，她怀孕了，凯蒂非常担心她肚子里的孩子，她不敢相信他们竟然决定不去做羊水穿刺检查孩子是不是有舞蹈症基因，他们要留下这个孩子。她想谈谈自己多么害怕检查出阳性结果，她想象着舞蹈症就像一颗种子深埋在她体内，已经开始发芽了，第一个芽苞长成了爬藤，在她全身蔓延开来。

梅根时间一到就要离开这间寒冷的小起居室了，在此之前凯蒂想和她继续谈谈舞蹈症。但是梅根又开始穿针引线，凯蒂不敢打断她。一向如此，梅根是姐姐，她俩之间的对话都是由梅根主导的，凯蒂作为妹妹，想掌握主导权但年龄还不够。

梅根终于把线穿进了针眼，她长长地呼了一口气。凯蒂看着她把一根粉色的缎带缝到鞋面下。梅根还是劈着腿坐着，她在缝的时候，右脚的脚指头一伸一屈，一伸一屈，一上一下，一上一下。凯蒂确定她是故意这样做的，她以前见梅根做过很多次这种坐着的锻炼，但如果她不是故意的呢？如果她是在做锻炼的话，为什么左脚的脚指头不动呢？如果她右脚的动作是无意识的，那么她知道吗？如果是舞蹈症怎么办？不是，肯定不是。

梅根的脚继续伸直、勾起，凯蒂吃惊地看着，一言不发。就在两分钟前，凯蒂还答应梅根如果看到任何可疑之处都要告诉她。如果是让她指出姐姐的牙齿上有菠菜叶的话，那没有问题，但是她不能让自己说出来，梅根的脚可能是舞蹈症的症状。这种症状会出现在他们所有人身上吗？她想象着在周日晚餐时，没有人说一句话，每个人都只是挤眉弄眼、坐立不安、相互碰撞，还打翻东西，就像五头粉红色的大象挤进了那间小厨房。

梅根用打火机烧了烧缎带的头，她的脚不动了。凯蒂屏住呼吸，等着梅根的脚再开始动，但是它没动。她看着梅根完成接下来的步骤，没有其他奇怪的动作，于是她没有打扰梅根，也没有说什么。

“几点了？”梅根一边端详着鞋一边问，很满意自己的杰作。

凯蒂看了一眼手机，“三点二十了。”

“好，我得走了。晚上见。”

“祝你好……”

“不要。”

“对不起。”

“谢谢。”

梅根收起针线、剪刀和打火机离开了。他们都认为瑜伽很古怪。练瑜伽的人会说“Namaste”，意思就是“我向你身体中的神鞠躬”。演员上台前会说“摔断腿”来祈求好运，但凯蒂认为跟舞蹈演员这样说非常不合适，所以凯蒂选择说“祝你好运”。但她也明白现在说“祝你好运”是在挑战命运，所以梅根不是很想听。

凯蒂一个人坐在冷清的起居室，漫无目的地在手机上刷着脸书。安德里亚发布了一个印度的克利须那神吟颂的视频。凯蒂点了“播放”，尽管她的眼睛紧盯着屏幕，但是她看到的却是姐姐的脚一伸，一屈，一伸，一屈，一伸，一屈。她胃里的绿茶在翻滚，变成了一摊热乎乎的污水。

可恶。

菲利克斯打开自己公寓的门，脸上挂着惊喜的微笑。他穿着一件洋基队的 T 恤，一条亚麻短裤。

“嘿，你来早了。才七点半，私教课不用上了吗？”

“她在最后一分钟取消了。”凯蒂说。

“希望你有照收学费。”

“没有，但没关系。”

“进来吧。”

凯蒂踢掉脚上的人字拖，把包扔在门口，跟着菲利克斯进了厨房。他的公寓是中央空调，光脚踩在光滑的地砖上，她感到很凉爽。她坐到一张高脚凳上，菲利克斯从冰箱里拿出一瓶白葡萄酒。

“喝点儿这个怎么样？”他问。

凯蒂点点头。他的音乐播放器正在播放齐格·马利的歌。她坐在座位上把身体转向音乐传来的方向，摸着皂石吧台上白瓷碗里的一个红苹果，看着菲利克斯把开瓶器旋进木塞，欣赏他强劲的手劲儿。他倒了两杯酒，递给她一杯。

“干杯。”他说。他们碰了一下酒杯，酒味道浓烈，冰凉爽口。凯蒂打赌，这酒，还有手里分量不轻的高雅的玻璃杯，价格一定不菲，就算她今晚真上了一节私教课的话，也赚不到这么多钱。

“现在还早，我们要出去吃饭吗？”他问。

“外面太热了。我们能不能就待在家里？”

“好。”他说着坐到她身边，“这一周好漫长，我真的都不敢回想。我们可以做个沙拉，或者叫外卖。”

“好。”

“但你看上去像是准备要出门。”

她穿的是梅根建议穿的那条黑色的无袖连衣裙。

“我一路走过来出了一身汗。”

“看起来你需要冲个澡。”他笑着说，棕色的眼睛水汪汪的，让她无法自拔。他靠过来吻她。

她用一只手抱住他剃光了头发的后脑勺，让他靠近自己，吻得更深一点。他的手伸到她裙子下面，揽住她的大腿，吻得更深了。她把他的洋基队 T 恤从头上拉下来扔到地板上，他脱掉了她的连衣裙。

他们站在那里，她吻着他的脖子，品尝着他身上柠檬味香皂的味道和汗水的咸味，手在他肩上游走，滑下他的胳膊，抚过他肌肉发达的光滑后背。她吻着他，每一寸都不放过。每一个伤疤和文身，现在给她的感觉都是全新的，令人陶醉。

他们拥在一起，吻着对方，凯蒂迷失在他身上——他嘴里白葡萄酒的味道，他火热的双手，他音乐播放器里传出的低沉的音乐穿透了她。菲利克斯放开她，打开了淋浴，就在这时，她突然想到了梅根，有那么一瞬间，一种石头一样冰冷的罪恶感让她兴致全无，让她感到厌恶。

她没办法去看梅根的演出。她藏了太多秘密——不让菲利克斯知道舞蹈症，不让菲利克斯知道她家人的情况，不让她的家人知道菲利克斯的存在。如果看到梅根在舞台上趺趺撞撞，跳错一步，右脚在不该屈伸的时候屈伸，如果……她承担不起这种可能性和责任，因为她知道自己不会有勇气去告诉梅根。之后她就又多了一个秘密，她的双手已经满满当当都是秘密了。

玻璃门上布满了水汽。凯蒂走进淋浴房，菲利克斯跟着她进来，热水浇到了她头上。菲利克斯深棕色的手在她苍白的胸前擦着光滑而湿漉漉的液体皂。菲利克斯从后面抱住她，她吸入一阵柑橘的清香。她没有和家人一起去剧院的这件事褪变成无关紧要的注脚。

16

凯蒂和基因顾问在消磨时间，他们在等着神经科医生。她拿出手机，希望能让自己沉浸到某种不用脑子的消遣中。电池没电了。那好吧。她把手机塞回包里，随意打量着房间，避免接触基因顾问的目光，不想再跟他漫无目的地闲聊，但是这里没什么好看的。顾问的办公室很小，也没什么个性，跟她来之前想象的一点儿也不一样。出于某种原因，她之前想象着这里应该跟她读高中时的辅导员办公室差不多，辅导员办公室非常活泼，努力想装酷，但用力过了头反而不酷了。她记得鱼缸里装满了 M&M 巧克力豆，还挂着反校园霸凌和体现学校精神的标语。*每个孩子都重要！*他收集着棕熊队的公仔。整个办公室就像一个硬挤出来的笑脸表情符号，每个平面上都布满了惊叹号。

这个地方在精神上更让人感到压抑。基因顾问的学位证书挂在墙上。*埃里克·克拉克森，社会工作学硕士。波士顿大学*。学位证书旁边是美国舞蹈症协会“希望”的招贴画。窗台上一个花盆里种着一棵高高的粉色兰花。她看看他的左手，没有戴戒指。没有妻子或孩子，甚至没有固定的女朋友或爱到可以在办公室里放个相框的人。就是一个男人和他的狗，还有他美丽的花。没有 M&M 巧克力豆，没有*冲冲冲！*

他有点儿可爱。她把头发掖到耳朵后面，想知道自己看上去怎样。

现在看来她根本没有必要急匆匆地按时赶到这儿，连妆都没化。她多希望自己化了妆。上帝啊！她怎么能坐在这里还在担心自己好不好看呢？首先，她有男朋友。其次，她来这儿是检查自己是不是有舞蹈症基因的。他是医院里的基因顾问，不是铁甲军酒吧某个可爱的家伙。

门开了，一个女人走了进来，跟埃里克打招呼。她穿着一件白色的实验服，戴着眼镜，穿着高跟鞋，黑色的头发绾成一个松松的发髻。她看了看夹子上写的东西，然后抬头看着凯蒂。

“凯瑟琳·奥布莱恩？”她说着，伸出手去和凯蒂握了握手，“我是海格勒医生，我们先做一个快速的神经学测试，然后你再和埃里克谈好不好？”

凯蒂点点头，但她并不是真的愿意。等。等什么？在测试前还有一个测试？她的心脏开始收缩。

“好的，你能把舌头伸出来让我看看吗？”

凯蒂伸出舌头。她看着海格勒医生的眼睛在研究她的舌头。她的舌头怎么了？她的舌头有什么问题吗？

“好了，现在看我的手指。”

她照办了，或者至少她认为自己这样做了。可恶，真的发生了。现在她正在接受检查看看自己是不是有症状。她觉得很出乎意料，好像被骗了。她现在想起来了，埃里克在电话中提到过有一个快速神经学检测，但是那些话她左耳朵进右耳朵出，根本没在意。不管那些话是什么意思，她都直接忽略了。她以为今天不过是初访，也就是谈谈话，看看她是不是想知道自己是否有阳性基因，是不是十四年左右以后一定会得舞蹈症。这是和基因顾问的约诊，不是神经科医生。即使她和埃里克刚刚坐在这儿是在等神经科医生，坦白说她也从来没想过现在就有一个医生要检查她是不是有这个基因。

“左手平举，手心张开，像这样。然后是右手。右手握拳碰左手，然后下劈，然后拍手。像这样。”

海格勒医生把整套动作给凯蒂演示了三遍。凯蒂模仿了三次，和医生做的一模一样，可能稍微慢点儿。这有关系吗？是不是很糟糕？

“现在脚尖顶着脚后跟走直线。”

凯蒂站起来，脸上血色全无。她感到头轻飘飘的，又冷又晕。她非常恐慌，心脏跳得太快了。她需要呼吸。她无法呼吸。呼吸。

拜托，你可以脚后跟顶着脚尖走。哪怕她开口，让你倒立着走也可以。

凯蒂伸直双臂，脚后跟顶着脚尖走过房间，好像在走钢丝或是被逮捕了一样。海格勒医生写了什么。她没做对吗？她是不是应该把胳膊放下来？海格勒医生继续进行测试。每项任务都让凯蒂感觉自己好像有大麻烦，距死刑只有一个错误动作的距离。

“现在说字母 B 开头的单词，能说多少说多少。你有一分钟时间，开始。”海格勒医生说完，低头看表。

B 开头的单词，B 开头的……没有。想不起来。她的大脑一片空白。

“毯子。球。波士顿。血。”

想想。她想不出来还有哪些单词是 B 开头的。这是要干什么？为什么吉杰没有告诉她这些？要是早告诉她的话她可以准备准备，练习练习。天啊，她讨厌测试，这就是狗屁。

“狗屁。”（这个词在英语中也是字母 B 开头。）

“好了，时间到。”海格勒医生说。

从头到尾都糟透了。凯蒂的脸热得发红，她的心跳得好像在全力冲刺。Beating。又一个 B 开头的词。该死。

你没有舞蹈症，但是我们确实诊断出你很蠢。对不起，我们也没有办法。

“好了，凯瑟琳。很高兴见到你，现在轮到埃里克和你谈了。我要走了，你还有什么问题吗？”

“等等，嗯，是的。刚才发生了什么？”

“你进行了一次神经学测试。”

“看看我是不是有舞蹈症的症状吗？”

“是的。”

凯蒂审视着海格勒医生的脸，寻找在她头脑里像霓虹灯一样闪烁，但又不必说出来的那个可怕的问题的答案。海格勒医生就站在门边，一脸冷漠，这让她很愤怒。

凯蒂不能就让她这样走，她得告诉她答案。她通过测试了吗？她闭上眼睛。

“我生病了吗？”凯蒂问。

“没事儿，看起来一切正常。”

凯蒂睁开眼，看到了海格勒医生的微笑，这是凯蒂见过最让人安心、最接近上帝的微笑。

“那就这样吧，保重。”海格勒医生走了。Namaste。

埃里克扬起眉毛，拍了拍手。

“我们开始吧。”他说。

她不确定。坦白说，她真想躺下来好好休息一下。她没有表现出任何舞蹈症的症状。这段时间她一直在镜子里观察自己，每次的焦躁不安都会让她痛苦，入睡前有时候全身会有明显的抽搐，这也让她苦恼，她在寻找舞蹈症的迹象。她现在可以停止了，她没有得病，现在没有，这真是个好消息。但是神经测试就像在拳击台上打完十五轮比赛一样累。已经宣布她获胜了，但是她还是被打得晕头转向。她不确定自己除了小睡一下是否还需要别的东西。

她点点头。

“你的父亲患了舞蹈症，你的大哥基因检测结果是阳性。我从吉杰那里知道了你们家人的病史，所以不用再问你了。说说你为什么来这儿吧？你想知道什么？”

“我也不知道想知道什么。”

“好吧。”

“我的意思是，有时我想，一直纠结会不会得病，还不如直接知道呢。”

他点点头：“那么这种不确定感，你一直以来应付得怎么样？”

“不太好。”

质问、压力、焦虑一直都在，就像一个烦人的电台一直在大声播放，她既没法关掉也不能置之不理。她一天中有很多次因为害怕而心惊肉跳——她在上课时站姿失去了平衡，她落了钥匙，她忘带手机，她发现自己的脚在抖动。或者根本就不因为什么，只要有足够的时间和空间就可以让她浮想联翩——等着上课的时候，等着茶泡好的时候，看着某个愚蠢的电视广告的时候，尝试冥思的时候，听妈妈讲话的时候。舞蹈症在她脑子里挥之不去。她就像一个十几岁的女孩儿子疯狂地迷恋上了一个坏小子，或一个瘾君子想着打一针安非他命。这个新的主题是她现在的最爱，虽然这是毁灭性的，但一有机会就会缠上她。舞蹈症。舞蹈症。舞蹈症。

如果她现在得了这病怎么办？如果以后得了呢？如果他们都得了怎么办？

“你现在情绪低落吗？”

“这个问题有点奇怪。”

“为什么？”

她叹口气，要在这个家伙面前把什么都说出来真的很烦。

“我爸爸和哥哥都有这种致命的病，我可能也会有。这肯定不是我生活中最快乐的时光。”

“你哥哥有这个基因，他还没有发病。”

“都一样。”

“区别很大。他和知道自己有这种基因之前没什么分别，他还是一个完全健康的二十五岁的小伙子。”

凯蒂点点头。但现在对她来说，很难像以前一样去看待吉杰。命中注定，他病了，正在慢慢死去的年轻人。舞蹈症。舞蹈症。舞蹈症。

“不过你说得对，发生了这些事情感到有些难过很正常。你以前有过情绪低落的情况吗？”

“没有。”

“你在服什么药吗？”

“没有。”

舞蹈症的症状之一就是抑郁。有些得了这个病的人在最开始会出现身体症状，刚刚神经科医生对她进行的测试就是关于运动方面的，但是有些人在舞蹈样动作出现数年前就会出现心理症状。强迫症、偏执、抑郁。她无法停止不去想舞蹈症，她相信上帝用这种病诅咒了她全家，对此，她感到很难过。她最近这种不开心的感觉，是舞蹈症乘虚而入的结果吗？还是任何正常人处在这些不正常情况下也会有的感觉？

哪个先发生？是先有鸡还是先有蛋？这就是一个循环。

“我很确定我有这种基因。”凯蒂说。

“为什么？”

“吉杰长得和爸爸一模一样，他有这个基因。我长得和奶奶一模一样，她有这个基因。”

“这是大家普遍会做的假设，但完全没有根据。不管你长得像你爸爸还是你奶奶，都不一定会遗传舞蹈症基因。”

她点点头，但他说的话她一个字也不相信。

“正好我们可以了解一些基本的遗传学知识。”

埃里克走到墙边的白板那里，拿起一支黑色的记号笔。

“嗯，要我记下来吗？”她没有带笔和纸，吉杰也没有告诉她这些。她多希望是梅根在她之前来，梅根会把一切都告诉她的。

“不用，不会考试什么的，我只是想帮你搞明白舞蹈症是怎样遗传的。”

他在白板上写了一串词。

染色体。基因。DNA，ATCG，CAG。

“我们从父母那里遗传来的基因被包含在叫染色体的结构里。我们都有23对染色体。每对染色体都有一条来自妈妈，另一条来自爸爸。我们的基因沿着染色体分布，就好像绳子上串的珠子一样。”

他在白板上画了些绳子和珠子，看上去好像项链。

“你可以把基因看作食谱。它们是身体制造蛋白质和你的一切的指南，从眼睛颜色到患病概率，都是由它们来确定。组成基因食谱的单词就叫作DNA，可是DNA的每个字母并不是我们常用的A、B、C这样，而是A、T、C、G。”

他在白板上圈出这些字母。

“舞蹈症下潜藏的变化就涉及这些DNA字母。舞蹈症基因位于第四对染色体上。”

他指着其中一条项链上的一个点。

“有一个CAG序列一直在舞蹈症基因里重复。通常情况下，人们的舞蹈症基因里有17个重复的CAG，而舞蹈症患者有36个或更多重复的CAG，基因的这一扩张就好比改变了食谱，食谱改变了就会导致疾病。你能听懂吗？”

她点点头，她觉得自己听懂了。

“那么让我们来看一下你的家谱图。记住，我们每个基因遗传两份，一份来自母亲，一份来自父亲。你父亲从他父亲那里遗传到了一份正常的舞蹈症基因，但是他从他母亲那里遗传到了一份扩张了的基因，因为他母亲有舞蹈症。舞蹈症是人们所说的‘显性遗传病’，只需要一份改变了的基因就能遗传这种疾病。”

他在白板上的圆圈旁边画了一个正方形，然后在中间连了一条线。他在正方形上方写下了“祖父”，在圆形上方写下了“祖母”，然后用一条线把这两个词连了起来。然后他用记号笔把圆形涂黑，从“祖父”和“祖母”两个词引出一条线，连接到标着“父亲”的那个涂黑了的正方形上，然后把标着“父亲”的正方形和标着“母亲”的没有涂黑的圆形连到了一起。

“现在轮到你们这一代了。”他画了两个正方形代表吉杰和帕特里克，两个圆形代表梅根和凯蒂。他涂黑了吉杰的正方形，这一幕让凯蒂的胃很难受。她把注意力转移到自己的圆形上来，现在还是空白的。她闭上眼睛，想留住这个想象中的白色圆形。这是希望的象征。

“你们每个人从母亲那里遗传了一份正常的基因。记住，你父亲有一份正常的舞蹈症基因，这来自他父亲，他还有一份扩张了的舞蹈症基因来自他母亲。如果你们从父亲那里遗传到了一份正常的基因，你们就不会得舞蹈症。如果你们遗传到的是扩张了的基因，你们就会得舞蹈症，只要你们到了一定的年龄。”

“所以这就是我们每个人都有一半概率遗传这种病的原因吗？”

“对。”他笑着说，看上去很高兴凯蒂听懂了他的生物课。

那么这种遗传真是随机的，只能靠该死的运气。不管她做过什么或即将要做什么都无济于事。她可以吃素食，每天练习瑜伽，做爱时采取保护措施，远离毒品，吃维生素，每天睡够八个小时。她可以祈祷，在卧室的墙上写下积极的话语，点燃蜡烛。她可以对着一个空白的圆形冥想。但这些都无济于事。白板上都写清楚了，她要么已经有了得病的基因，要么没有。

“妈的。”她说，她的眼睛瞪得大大的，双唇紧闭，妈妈的声音在她脑子里响起，批评她不该说脏话，“抱歉。”

“没关系，在这里你可以说‘妈的’，在这里你说什么都可以。”

“我们小时候经常玩‘真心话和大冒险’，我总是选择大冒险。”凯蒂说。

“所以你喜欢冒险。”

“不，根本不是。只是因为这个选择要好一点，比不得不承认自己的糗事要好。”

“你有什么糗事？”

“我没有常识。”

她是家里最小的孩子，所以永远都是在努力追赶哥哥姐姐们。吉杰、帕特里克和梅根对性、饮酒和毒品的了解都比她要早，她的无知让她感觉自己很蠢，要赶上梅根尤其难。凯蒂大部分童年时光都在假装自己知道，掩盖自己无知的真相。

“这有点儿像‘真心话和大冒险’。”她说。

真心话：查明她是不是会得舞蹈症。

大冒险：不去查明，就这样，或者每一秒都在想自己是不是已经得了。

她从来就没喜欢过这个游戏，她不想再玩儿了。埃里克点点头，看上去深受感动，若有所思，好像他以前从来没有做过这种比较。

“告诉我，”他说，“如果基因检测结果是阴性的，那对你意味着什么？”

“嗯，那会很让人吃惊，也是最大的安慰。”

这好像是句废话。

“你认为这会对你和吉杰的关系有什么影响？”

她想象中的显而易见的安慰带来的轻松感变成了她膝盖上无法举起的重负。

“如果他的孩子遗传了这个病怎么办？”

“他还没有去查。”

“十八年后，他的孩子就要接受检查。如果你的侄子或侄女基因检查结果是阳性的怎么办？这对你来说这意味着什么？”

“很糟糕。”她说着低下了头。

“如果梅根和帕特里克是阳性的，你是阴性的呢？”

“上帝啊，”她说着身体前倾敲了三下埃里克的桌子，“为什么你要给我描绘出最糟糕的结果？”

“你说如果检查结果是阴性的话，对你来说是最大的安慰，你看，是不是没有那么简单。”

“是的，我知道了。”

“检查结果如果是阳性的话你会有什么感觉？”

“我不知道。”

“你会做什么？”

“我不会从托宾大桥上跳下去的，如果你问的是这个的话。”

现在的气氛太紧张了，她在座位上扭动着身体。埃里克注意到了。该死，这不是强制性的谈话。只要愿意，她随时可以站起来离开，她不用对埃里克保持礼貌，也不用在乎他怎么想，甚至她不用再次见到他。

“那么，你会做些什么？你生活中会有什么变化？”他问。

“我不知道，可能会吧。”

“你有男朋友吗？”

她挪到椅子的边缘，看着地板。

“有。”

“他叫什么名字。”

“菲利克斯。”

“菲利克斯知道这些吗？”

“不知道。我还不知道结果呢，不想让他也承受这些。”

“好吧。”

“不要评判我。”

“在这里没有评判。让我们说得再远些，你想过将来有一天会结婚吗？”

“想过。”

“会要孩子吗？”

她耸耸肩说：“可能会吧。”

“如果你的检查结果是阳性的怎么办？”

她想到了吉杰和科琳。她不知道她到时候是不是也能做出他们那样的决定，不知道自己是不是还要留下这个孩子。但是凯蒂在怀孕前就能知道结果，她可以做试管婴儿，这样就可以对胚胎进行检测，看是不是有舞蹈症基因，如果没有的话再移植到她体内，即便她得了舞蹈症也可以生孩子。虽然不像巧克力和花生这么契合，但这办法行得通。

或许不会这样。菲利克斯不应该娶一个注定要得这种病的妻子，他不应该娶一个需要他照顾的妻子——喂她吃饭，用轮椅推着她，给她换尿布，等她到了五十岁时送她入土。她想到了自己的爸爸妈妈，开始想象不久的将来，他们会是什么样子。有那么一刻她紧闭双眼，咬紧牙关，努力赶走这可怕的一幕。

既然从一开始就知道会得病，为什么还要让菲利克斯面对那种未来呢？至少她的父母有二十年的时间是不知道真相的，谁也不应该在还没开始的时候就背负上那种重担。

现实给了她重重的一击。她喉咙发堵，心里迫切地想大哭一场。她咽了几次口水，狠狠咬着后槽牙，硬生生克制住了。可能舞蹈症检测阳性会是最完美的分手借口。她不可爱了，这是最完美的借口，无法反驳。

“我不知道，这些问题离我还太远。你都还没有结婚，”她说，好像在责怪他，“你计划结婚吗？”

“我有一天会结婚的。”埃里克说。

“你多大了？”

“三十二岁。”

“好吧，如果你三十五岁时会被一辆公交车撞死，你还会做计划吗？你还会想有一天结婚吗？”

埃里克点点头：“我理解你举的例子，你说得对，我们都会死。谁知道呢，说不定我三十五岁时就会被一辆公交车撞死。区别在于，我不是坐在某人的办公室里，让一位顾问、医生或巫师告诉我大概什么时候会死？具体我会怎么死？”

凯蒂想到了《圣诞颂歌》中的最后一个幽灵：指着斯克鲁奇未来墓碑的冷酷的死神。她应该在英语课上读这本书，但她从来没有读过，不过她每年的圣诞节都会在电视上看到不同版本的电影。斯克鲁奇穿着睡衣，戴着睡帽，穿着拖鞋摇摇晃晃，请求能有另外一个结局。那一幕总是吓得她要死，在她小时候让她做过噩梦。现在噩梦成真了，这个恐怖的幽灵名字就叫埃里克·克拉克森。他甚至也穿着一件黑衬衣，就差一顶兜帽和一把镰刀了。

“我不明白我为什么要回答这些问题？我怎样处理这些信息，怎样过我的生活都是我自己的事情。如果我回答错了，你会告诉我我不能知道结果吗？”

“没有错误答案。我们不会不让你进行检查。但是我们想让你知道我们正在做什么，而且我们有办法对付这些事情。对于你会做出某些过激的反应，我们也负有某种责任。”

她等待着。但埃里克什么也不说了。

“那么现在是怎么回事？”

“如果你仍然想知道结果，你可以在两周以后随便什么时间回来。我们会再谈一谈，看看你的情况怎么样。如果你仍然想知道结果，我会陪你到实验室，他们会给你抽血。”

她咽了一下口水。

“然后我就会知道结果？”

“然后再过四周回来，我会告诉你结果。”

她算了一下，六周。如果她要做完检查的话，那么到夏天快结束的时候就能知道结果是阴性还是阳性的了。

“你不能在电话里告诉我结果吗？”

“不能，你必须亲自过来。实际上，我们希望能有人陪你一起来，不要你的兄弟姐妹，因为你的结果不管是好是坏对于他们来说都难以接受，他们自己也有风险。我也不建议吉杰或你爸爸陪你来，让你妈妈或一位朋友陪你来吧。”

她不能带妈妈来，如果结果是坏的，妈妈可能比她更慌乱。别说让妈妈安慰她了，到头来她还得安慰妈妈。其他可能性同样行不通。不管是菲利克斯、安德里亚，还是瑜伽馆别的教练，都不行。

“但是我们家人以外的人都不知道这件事儿，我不能自己来吗？”

“我不建议你自己来。”

“但也没有规定不能自己来。”

“是没有规定。”

她想不出能带谁来，但是从现在开始还要再来两次。可能那时候她就已经告诉菲利克斯了，可能她不想知道了，可能她连检查都做不完了。六周的时间会发生很多事情。如果真到了最后一天，到了清算的日子，她可能已经找到人跟她来或者自己来了。车到山前必有路。

真心话还是大冒险，小女孩儿，你会怎么选择呢？

17

窗户外面的天气阴沉沉的，和她此时的心情一模一样。凯蒂看了一下手机上的日历，今天是 9 月 30 日。她两个月前就应该按照第二次预约的时间去见基因顾问了，但是她爽约了。埃里克·克拉克森刚刚打来了电话，他的语气温和亲切，就好像在哄一个躲在妈妈身后面害羞的小女孩儿，告诉她他一直在，如果她还在纠结基因检测的事情的话可以随时找他谈谈。其实他不需要打电话来的，她想埃里克·克拉克森的时间可能比想菲利克斯的时间还要多，不管怎么说这都不好。她知道他就在那里，知道怎样联系他。她删了他的信息。

她现在基本上谁也不见——和她有第二次预约的埃里克·克拉克森，爸爸，吉杰和科琳，梅根，另外一个瑜伽教练，甚至菲利克斯。她一天上三节瑜伽课，但她完全是公事公办，进进出出时尽可能不接触其他瑜伽学员的目光，也不跟他们聊天。因为经常锻炼，她的身体强壮得不可思议，但是她的精神和她的练习完全没有关联，她的精神脆弱不堪。

她没有办法控制自己的想法，它们就像巨大而亢奋的野狗一样，追着狐狸跑进黑暗的森林。她紧紧抓住它们的皮带，被它们鲁莽的决定牵着走，身不由己。冥想应该能解决这个问题，应该可以控制住野狗。站住。坐下。别动。乖狗狗。但是她就是无法集中注意力。

她独自待在自己的卧室里，坐在冥想枕上，读着墙上奇怪而美丽的涂鸦。这个夏天，她用记号笔在几面墙上又写了更多鼓舞人的引言，希望自己的外部世界会影响到自己的意识，让自己的精神振作起来。妈妈不喜欢她在墙上写东西，但是凯蒂看不出这样做有什么不好的。她从来都不是手巧的女孩子，也不想浪费钱买海报或画，她也没这个钱，她需要的就是两块钱一根的记号笔和她的墙。如果她要搬走的话，这些很容易就可以用油漆涂掉，如果她要搬走的话。如果。有一天。

她读着面前的三句引言：

你现在产生的痛苦是对现实某种形式的不接纳和抵制。

——艾克哈特·托勒

生命本就是一种濒死的体验。趁还有本钱跌跌撞撞的时候就放荡不羁地去做吧。

——珍·西塞罗

你心中想什么，就会变成什么样的人。

——释迦牟尼

她不停地想着舞蹈症，无时无刻，从不间断。令人毛骨悚然的黑森林里到处都是它，舞蹈症，舞蹈症，舞蹈症。她就像一张跳了针的黑胶唱片，很希望有人能摔坏它。

你心中想什么，就会变成什么样的人。

——释迦牟尼

她正在变成舞蹈症患者。必须要停止这会自我破坏的强迫性习惯。她在枕头上盘着腿舒服地坐着，闭着眼睛。她开始喉式呼吸，通过鼻子产生了一种海浪一样的节奏，吸气，呼气，吸气，呼气。下一次呼吸，她在心里说“so”，呼气时她心里听到的声音是“hum”。吸气，so。呼气，hum。“so-hum”实际上来自梵文，意思是“那就是我”。她吸气呼气，

so-hum。那就是我。那就是我。so-hum。so-hum。

头脑最爱文字了。用“so-hum”的秘密脚本滋养它可以让它集中注意力，沉浸于虚无之中，静止不动。当思想和感觉产生时，当狗开始吠叫时，她应该注意到它们，让它们像纤细的云随微风飞走，然后又回到吸气，so，呼气，hum。

起初，这样做是有效的。so-hum，so-hum。她的精神像一杯纯净的水，空灵而澄澈。但是这时狗嗅到了什么好闻的味道，又开始往森林里跑了。

舞蹈症。舞蹈症。舞蹈症。

她应该给埃里克·克拉克森回个电话，不理他是不礼貌的。但是她不确定自己是不是想知道结果。如果她的基因检测结果是阳性该怎么办？如果她和爸爸、吉杰一样得了舞蹈症怎么办？

那么故事开始了，虚构的关于未来的幻想变成了一部电影，由凯蒂和奥布莱恩一家人担任主演，而她的脑袋是奥斯卡获奖编剧和导演。但这部影片可不是浪漫喜剧，也没有好莱坞式的结局。这些史诗般的故事总是非常黑暗，总是能表现出最糟糕的可能性。她病态般的精神爱上了阴森可怕又戏剧性的每一秒。

她的想法会时空旅行，跑到丑陋的地方幻想凯蒂未来的人生。爸爸和吉杰死了。妈妈卖掉了房子，因为她自己一个人负担不起生活费，她在精神崩溃前搬到了凯蒂的一个叔叔家。帕特里克成了瘾君子，梅根自杀了，而凯蒂得了舞蹈症。

为了放过菲利克斯，她和他分手了。他娶了一位完美的女人，生了两个漂亮而完美的孩子，他们住在海军工厂那边一套昂贵的公寓里。凯蒂想象着自己独自坐在长椅上，看着他们在公园里欢笑玩耍。

她没有开成自己的瑜伽工作室，因为她拖了太久，舞蹈症的症状已经开始显现了。她的平衡感是第一个受到影响的，因此她马上就丢了工作，流落街头。

人们看到她就很厌恶，大家以为她在公众场合喝醉了，然后警察把她接走了。是汤米·瓦伊塔尔，她爸爸最好的朋友，但他没有帮她，反而把她铐了起来。他说如果她爸爸还活着的话，会追上来踢她屁股，因为她不去为了生活奋斗，自暴自弃，让舞蹈症把她搞成这个鬼样子。他说她该感到羞愧，她也确实应该羞愧。

她是一个三十五岁的女人，无家可归，没人爱，还得了舞蹈症。

她是一个四十五岁的女人，无家可归，没人爱，还得了舞蹈症。

是舞蹈症毁了她，让她羞愧，让她最终孤独地死去。

等等，她不能呼吸了。so-hum 消失了，她忘了呼吸了。她在流汗，心脏泡在一摊肾上腺素里。可恶，老是这样，这就是她现在一团糟的原因。

她需要振作起来，活在当下。放开狗的皮带，就不会再被拖入恐怖的黑森林里，被引诱到一个也许不会发生的未来。未来不管好坏都是想象出来的，只有现在的每时每刻才是真实的。

现在她是一位二十一岁的瑜伽教练，坐在自己的房间里，没得舞蹈症，有一个很棒的男朋友，还有一套体面的房子。她爸爸和吉杰还活着，帕特里克也不吸毒，梅根也很好，她刚才头脑里经历的那些剧本没有一个是真的。

没有一个是真的。她深吸一口气，然后呼出来，让自己因为恐慌而挤压到一起的肋骨放松了下来，让自己焦虑的心冷静了下来。她伸直脊柱，把手心放到大腿上，又做了一次 so-hum 式呼吸。这次没有狗，没有疯狂的剧情了。接着，她设定了一个意念。

“我现在在这儿。我是健康而完整的。”

她不再做 so-hum 式呼吸，而是一遍遍在心里重复这个意念。吸气，我现在在这里。呼气，我现在健康而完整。草地变得越来越亮，最后只剩下白光。只有白光和呼吸，其他什么都没有，在那片宁静的虚空中，只有平和。

平和。平和。平和。

接着她心想：我做到了！但这样一想，她马上就从那片美妙的虚空中跌了出来。不过没关系，她开心地笑了，她刚刚到过那种境界了，那里是存在的。

在她内心深处，有个地方没有舞蹈症。

她睁开眼睛，看到菲利克斯盘腿坐在她面前，咧嘴笑着。

“你是真实的吗？”她问。

他大笑：“真实得不得了，亲爱的！”

“你什么时候进来的？”

“大概十分钟了，你姐姐放我进来的。”

那么神秘的隐形人马丁先生终于现身了。不知道梅根现在在想什么，心情是不是和凯蒂猜想的那样大吃一惊。梅根在凯蒂一个人的时候，一定会斥责她。她感到很紧张，胃里好像有虫子在爬。

“你俩见面时怎么样？”

“很好啊，她看起来人很好。我们就见了一下，很高兴知道她真的存在。”

“那么，你来了十分钟了，对吗？”

“对。”

他裸露的膝盖距她的膝盖只有几厘米远，但她并没有感觉到他来了。她也没有感觉到时间的流逝，如果让她猜的话，她可能会说自己坐在这里只冥想了几分钟左右。

“亲爱的，我有消息要告诉你，”他说，“生物燃料项目在波士顿推广得太好了，我们已经签署了协议，要在俄勒冈州的波特兰市推广同样的模式，CEO 想让我过去监督。”

凯蒂感到自己的脸垮了下来。

“别，别难过。我想让你跟我一起去。”她看着他的眼睛，想要跟上他的想法。

“我爱你，凯蒂。你一直说想离开这里，开一家属于自己的工作室，我们一起去吧。波特兰市是个大城市，可以在那里开瑜伽工作室，你觉得呢？”

他说的这些话，就像一个放在他俩中间还被没打开的礼物。他满脸期待，相信她会答应。

“等等，”她说，“你爱我？”

“是呀，”他说，两只手紧紧握在一起，眼睛里满是泪水，“我爱你。”

“我也爱你。我不是因为你说爱我我才说的，很久之前我就想说了。我只是太害怕了，不敢先说。”

“胆小鬼。”

“我知道，我还在努力变得勇敢。”

“那么你是怎么想的呢？想和我一起踏上冒险之旅吗？”

波特兰市，俄勒冈州，她对此一无所知。可能波特兰市是她一直梦想的地方，在那里她可以无拘无束地成长，在那里她可以和黑人约会而不被人说三道四，在那里人们不会因为她是素食主义者而对她另眼相看；在那里她不会活在姐姐巨大的阴影里，不会大部分时间都是隐形的；在那里她不会被期待嫁给一个查尔斯镇的爱尔兰好小伙儿，然后生很多孩子，都信仰天主教；在那里，人们不满足于做一份公务员的工作，不满足于养家糊口，不满足于只在每个周末去当地的酒吧喝酒；在那里她不会因为自己不是芭蕾舞演员而感到自卑，不会因为自己不太喜欢汤姆·布拉德或波士顿棕熊队而感到奇怪，不会因为她生活中最大的志向不是成为弗拉纳根太太或欧阿珀斯超菲太太或谁的太太而被认为是傲慢；在那里她不会以自己为耻。

波特兰市，俄勒冈州，这个国家的另一边，另一个世界。她可以有一间自己的工作室，一个爱她的男人。她的梦想，现在就摆在她面前等她接受。

接受。

但是，如果她得了舞蹈症，出现了症状，菲利克斯应付不来，离开她把她自己留在那儿怎么办？如果波特兰市和查尔斯镇一样没多大，没办法再开一家瑜伽工作室怎么办？如果她开了自己的工作室但是倒闭了怎么办？现在的时机不对。爸爸的舞蹈症越来越严重，吉杰也被确诊了，他们都需要她，现在离开太自私了。如果梅根和帕特里克也是阳性的呢？如果自己也是阳性的呢？

放开束缚，姑娘。不要被那些假设毁掉你的生活。

好，这是真实的。她是一位瑜伽教练，也是一个女儿和一个妹妹。她盘着腿坐在一个聪明、帅气的男人面前。他们彼此相爱，他刚刚让她跟他一起搬到这个国家的另一边去。她想答应。她此刻在这里，很健康，很完整。

她还没去和埃里克·克拉克森进行第二次会谈。

她凝视着菲利克斯褐色的眼睛，他的眼里满含希望，是那么漂亮和天真，她很害怕接下来会看到他眼神的转变。她深吸了一口气，然后吐气。她又深吸了一口，在呼出下一口气的时候，她紧紧抓住他的双手，凝视着他的眼睛，将脆弱的心面对着他，把事实告诉了他。

18

凯蒂递给埃里克一个用蓝纸包着的礼物，上边系着一根白色的缎带。就在他拉开缎带的时候，她突然希望自己能把礼物收回来。在家时她觉得送基因顾问礼物是个好主意，但是看着他在办公室打开，她总觉得很奇怪，很不合适，很别扭。

他撕开包装纸，里面是一个装在黑色相框里的白色卡片，上面是凯蒂最近才写上去的：

希望，长着羽毛，
栖息在灵魂里，
它唱着无字的歌，
一刻，都不停息。

——艾米莉·狄金森

埃里克边读边露出笑容：“谢谢你，这太棒了。”

“我觉得很适合放在你的办公室里。”

“太适合了，”他说，一边将黑框立起来放在他桌上，面对凯蒂，“而且我上星期才刚过生日。”

“好巧。”

“那么，”他很不自在地看了凯蒂好几秒后，才慢慢带入话题，好像这是个很尴尬的第二次约会，而第三次约会几乎没有什么可能，“很高兴你能回来。”

凯蒂笑出了声。

“有什么可笑的吗？”埃里克问。

“你好像需要像我这样的人回来，否则你就会失业。”

“我不担心我的工作，凯蒂，我一直在担心的是你。”

刚听到这话她有点受宠若惊，感到自己很特别，是他关心的对象。但很快她就缩了回来，关心和同情仅有一线之隔。

“你这个夏天过得怎么样？”埃里克问。

“挺好的。”

“你爸爸怎么样？”

“还好。现在可以很明显看到症状了，那些痉挛，抽动——那个叫什么？”

“舞蹈样动作。”

“对，他的舞蹈样动作越来越明显了。而且他很健忘，经常会把东西搞混，之后就会生自己的气，然后冲每个人发脾气，通常是冲妈妈发脾气。”

“你妈妈应付得怎么样？”

凯蒂耸耸肩：“还好。”

“你爸爸还在上班吗？”

“对。”

“警察局有没有人知道他得了舞蹈症？”

“警局只有他最好的朋友知道。他还有一个朋友，是急诊科医生，他也知道，然后就没人知道了。这是个秘密。”

汤米·瓦伊塔尔和唐尼·凯利都留意着爸爸的状况。目前，他们认为他还能继续工作，没必要告诉别人。坦白说，她想象不出来爸爸不再当警察会是什么样子。就算他就坐在椅子上，坐在她面前，她也无法想象爸爸以后会变成什么样子。

早在五月份的时候，他们全家就决定不告诉镇上的任何人。这种消息会像瘟疫一样很快传播开来。如果泄露出去的话，每个人——不管是本地人还是外地人——不到一周的时间就都会知道，可能连一天都用不了就都知道了。她爸爸不在乎镇上的人们的看法，但这对吉杰来说很重要。如果消防队知道她爸爸有舞蹈症的话，只要在谷歌上稍微一搜，即便不是天才也能知道吉杰可能也会有这个病。那么他们就会开始观察他，对他另眼看待，可能不会让他升职，这对吉杰不公平，因此他们全都发誓要保密。

然后她就告诉菲利克斯了。

“那么你呢？你怎么样？”他问。

“我没事。”

她犹豫了一下，退缩了，不想坦白自己的情况。她跷着二郎腿，双脚上下摆动，读着艾米莉·迪金森的话。

“上次见面两周后，我没有收到你的回复，然后是一个月，两个月，我以为你永远不会再来了。”

“是，好吧，有那么一阵子我是这样打算的。”她说，“不是因为我个人。”

她这不是在欲擒故纵。埃里克举起双手，好像有人拿枪指着他一样。

“嘿，我懂。这事儿确实很难。”

“你不是见多了吗？人们来了，然后又消失了。”

他点点头：“是，一半以上都是这样，就像女孩儿和我第一次约会后就消失一样。”

凯蒂笑了。

“再加上现在是夏天，”埃里克说，“没有人希望在夏天知道自己得了舞蹈症。”

“现在是十月了。”凯蒂说。

“对，是。”

“所以我来了。”

“你来了。”

“我们的第二次约会。”

埃里克笑了，在桌子上敲了敲手指。他们的对话有一丝暧昧，凯蒂脸红了。

“你怎么又想来了呢？”

凯蒂换了一下跷着的腿，拖延了一点时间。

“我告诉菲利克斯了。”

“就是你在七月份的时候交往的那个家伙？”

“对。”

“他怎么看？”

“比我预期的要好。他没有马上和我分手，所以已经很好了。”

“听上去这家伙还不错。”

“是，他告诉我他爱我。”

她脸又红了，低头看着手上戴的克拉达戒指，觉得自己很傻。

“但我认为，这是因为他还不知道是怎么回事儿，”凯蒂说，“他只读了我拿回去的关于舞蹈症的小册子，他拒绝去读别的资料，也不去谷歌上搜索。他说他不需要知道更多了。我认为他是在逃避现实。”

“或许是你在逃避。”

“我怎么会逃避呢？我都坐在这儿了。”

而且，她想说，回到这儿是需要很大勇气的。

“你逃避的是菲利克斯，还有他对你的感觉。”

凯蒂翻了个白眼。

“对，他爱我，我也爱他。这很棒，我真的很高兴。但是如果我得了这个病的话，我就会变成另外一个人，我不会再是他现在爱着的那个女孩儿了。如果我得了舞蹈症而他不爱我了，我不会怪他。”

“你妈妈还爱你爸爸吗？”

“爱，但她是一个虔诚的天主教徒，她必须要爱他。”

“奉献、忠实于婚姻，和爱是两码事。你妈妈不爱你爸爸了吗？”

他们一起遛亚兹的时候会牵着手。她注意到他们吻对方的次数比以前更多了。妈妈对爸爸简直是溺爱：他发脾气时不会冲他喊，过后也不会跟他算账。她管他叫“甜心”和“亲爱的”，他也管她叫“甜心”和“亲爱的”。

“没有。但是他的情况还没有那么糟。”

“对。我见过很多得了舞蹈症的家庭，根据我的经验，你妈妈会恨舞蹈症，而不是恨你爸爸。”

“菲利克斯的老板想让他调去俄勒冈州波特兰市新开的分公司，他想让我和他一起去。”

“你想去吗？”

“我不知道，所以我想检查一下，先看看结果。”

“你认为你的基因状况会影响到这个决定吗？”

“我不知道，嗯，可能吧。但是即使我没有舞蹈症，尤其是如果我真的没有的话，我也不应该离开查尔斯镇。我不能在爸爸和吉杰需要我的时候抛下他们离开，就算只是想想，我都觉得我很自私。”

“吉杰很健康。他可能要到十年后或者更晚才会出现症状。你爸爸还在正常工作，他没有坐在轮椅里或需要别人的帮助。听起来你妈妈和他的朋友们把一切都处理得很好。你认为你会在波特兰生活多长时间？”

波士顿的生物燃料项目持续了三年时间，菲利克斯认为在波特兰推广这个项目要用的时间也会差不多。

“我不知道，至少要两三年吧。”

“那么你为什么不去？”

她扬起眉毛，恼火地看了他一眼，这是从妈妈那里学来的一个举止。别跟我装傻，年轻人。

“因为你未知的基因状态。”他说。

她点点头。

“好，那么如果你的基因是阴性的，你会去吗？”

她想了想，这也不是要去一辈子。如果妈妈和爸爸需要她帮忙的话，到时候她可以回来。如果她没病的话，她就没有理由不去。她爱菲利克斯，根本无法想象失去他的样子。

“对，我想我会去的。”

听到自己的声音大声说出了自己的真实想法，一阵不安的战栗滚过了她的全身，脸上绽开一个愚蠢的微笑。

“好的。现在还有另外一种可能，如果你发现基因是阳性的怎么办？”

就这样，她的微笑消失了，记忆中的紧张和害怕又回来了。

“不知道。我不想去，我应该会和他分手。”

埃里克点点头。

“你认为我应该怎么做？”

“不，不。我只是在倾听，在了解你的想法。”

“如果是你会怎么做？”凯蒂问。

“我不能回答你的问题，我没处在你的位置上。”

凯蒂低头看着自己的脚，她穿了一双黑色的平底帆布鞋。

“还有，我觉得菲利克斯不会想和我一起生活。”埃里克说。

“哈哈。”

“你不用做出牺牲，凯蒂。如果你的基因是阳性的话，还要再过十五到二十年才会出现症状，这段时间够长了，很多事情会发生变化。现在进行的研究希望很大，到那时候我们很可能就有了真正有效的疗法了。”

十五到二十年。如果吉杰、梅根和她的基因是阳性的话，对他们而言这段时间足够长了，长到让他们可以怀有希望，但对她爸爸来说太晚了。

“因为一种病就结束一段重要的关系，就把一个你爱的男人从生命中赶走，这太遗憾了。何况就算你得了这病，十几甚至几十年后才会影响到你的生活。可能十年后就有办法治了，舞蹈症永远不会影响到你，那你就白白放弃菲利克斯和波特兰了。”

“听上去你好像在劝我接受检查。”

“不是，我不是那个意思。我不是来影响你做决定的，我是来帮你理清每种结果会产生什么潜在影响的。我只是为你描绘一种情景，让你看看，即使你接受检查而且结果是阳性的话，你的生活轨迹也不必有任何改变。”

“对，但是这看起来对菲利克斯不公平。”爱尔兰天主教徒的负罪感驱使她这样说。

“凯蒂，不要沮丧，你还这么年轻，你才二十一岁。我知道你们彼此相爱，但是你们两个以后可能不会有圆满的结局，不会永远在一起，可能你会再去爱几个家伙才结婚。这些都跟舞蹈症没有关系，这是生命中必须要经历的事情。”

坦白说，她没有真正想过要嫁给菲利克斯，但是，在她内心深处，哪怕仅仅是出于好玩儿，她也想象过自己穿上婚纱的样子，想象过菲利克斯穿黑色燕尾服的样子。这也是有可能发生的，她妈妈在她这个年纪已经结了婚而且生了三个孩子了。可她有多大可能和菲利克斯结婚呢？可能还不如她得舞蹈症的概率大。

“你谈过恋爱吗？”凯蒂问。

“谈过，”埃里克犹豫了一下说，仿佛还想再说什么，但也不确定分享出来恰不恰当，“我曾经爱过三个女人，真的很爱她们，但是全都无疾而终。谈恋爱太难了，至少对我来说是这样。”

“这太奇怪了。我是说，我们并没有很熟，但我们却在谈论很私人的问题。”

“这是我的工作。”

“哦。”凯蒂说，有些失望。

“我不是说这些不算隐私，我们正在聊的事情很私密。我懂你的意思，这些话是你鼓起很大勇气才说出来和我分享的。但现在，你要做的决定，不是和我谈一谈就能做出的，而是需要你深入地思考才能做出的。”

“哪个决定？和菲利克斯搬到波特兰，还是做检查？”

“哪个决定都一样。”

凯蒂点点头。埃里克等着她说话，两人陷入了一阵难言的沉默。

“上次我们讲遗传学知识时有一件事没说到，还记得我们讲到的扩张了的亨廷顿基因吧。CAG 序列小于等于 35 个，结果就是阴性，意味着你不会得舞蹈症。可是，检查结果不会非黑即白。还有一片灰色区域。”

埃里克停顿了一下。凯蒂的胃开始收缩，她准备迎接打击。她不知道他要说什么，但是她的直觉敲响了警报。

“如果你有 36 到 39 个序列的话，我没办法对此进行解释，这叫作‘外显率基因减少’，它就是灰色区域。有38或39个序列的话，如果你活得够久，你可能会有90%的概率得舞蹈症。如果你有37个CAG序列的话，那么这个概率大概是75%，如果有36个的话，这个概率大概是50%，但是这些数字都不精确。如果这个数字在36到39之间的话，我们没办法确定你是否患病。”

他说完后，看着凯蒂的脸，想知道她对这个新的信息有什么反应。这消息就是一个重磅炸弹！她一点儿心理准备都没有。说上次忘记提起完全是在撒谎，这是典型的“上钩掉包[①]”！她气得说不出话来。她深吸了一口气，该来的总会来。

“所以，意思就是，我可以接受检查，但可能得到一个不是答案的答案。”

“很不幸，就是这样。”

她不敢相信自己听到的。这不可能是真的。

“意思是，我需要决定要不要做检查。但结果如果是灰色的，我得病的概率还是50%。”

“你今天不用做任何决定。但是如果你想检查的话，我可以陪你去实验室，抽了血送去检测。”

“然后呢，我会知道我的CAG结果是黑色的、白色的还是灰色的。”

“是的。如果想知道结果，四周后回来，我会告诉你。那时，你会经历这些流程。你和陪你来的那个人会被叫进来，在你们进来前，我也不知道你的结果。所以你第一眼看到我时，我脸上的表情说明不了任何问题。不论我是在微笑，或是看上去心不在焉还是怎样，都没有任何意义。我会问你，是不是想知道结果。如果你说是，那么我会打开你的信封，看你的结果，然后告诉你。”

① 上钩掉包：是一种不正当的销售方法，以廉价品招徕客人，诱使顾客上门后，再兜售同类高价品。

她试图想象四周后，这个办公室里的情景。

埃里克手里拿着一个白色的信封。他打开信封。赢的是……

“想好了吗？要我陪你去实验室抽血吗？”

真心话还是大冒险，小女孩儿。结果会是什么呢？

希望，长着羽毛，

栖息在灵魂里，

它唱着无字的歌，

一刻，都不停息。

“可恶。好吧，我们走。”

19

凯蒂一边大声啜泣，一边用黑色记号笔潦草地涂着一个又一个字。她像疯了一样，决心要毁掉墙上的每个字。她扑在墙上，拿笔用力地划着，好像手里拿的是把刀一样。她想把它们都杀死，但笔尖太软太细，这让她很崩溃。

她用尽了全身力气，忘记右肩还在剧烈疼痛，只想彻底消灭墙上的每个字母。她反复涂抹，直到字已经无法辨认。曾经的信仰已经不在了，她现在什么都不相信。卧室里很冷，但她像一个被愤怒点燃的火炉一样，疯狂的活动让她不停地燃烧着。汗水和泪水把她的衬衫前襟都打湿了。

终于，她把每个字母都涂掉了。墙上那些话消失了，那些虚假的希望也都消失了。她踉跄着后退了几步。房间的墙被充满怒气、歪歪扭扭的黑色涂鸦所覆盖，看起来就像是艺术家对战争的抽象诠释。她的墙刚刚也算经历了一场战争吧。她想，这才是她心理的真实反映。

她在衣柜上方的镜子里看到了自己的样子，睫毛膏被浸湿了，顺着脸颊滴下来，留下两道黑色的印迹。突然，一阵无法抗拒的冲动，让她拿起笔，沿着睫毛膏的痕迹，在脸上机械地画着，从上到下，从上到下。镜子中的自己，面无表情。

她拿着笔，巡视房间，看着自己的成果。她有了新的发现。她站到床上，面对着床头板，开始攻击床头这一片还没有遭受黑色战争的宁静的白色。她不停地写着 CAG，一遍又一遍，写了 47 个，排成一排。47 个 CAG。

47 个 CAG 序列在她唯一的姐姐的身体里跳舞。

在那以后，她已经没办法在自己的卧室里睡觉了。这三天，她一直待在菲利克斯家里。她无法面对自己做的事，也无法面对梅根。要说菲利克斯担心不已，那是远远不够的，他甚至向公司请了两天病假来陪她。她窝在他的床上，大部分时间一动不动。他给她送来食物，她也吃了，但这仅仅是因为他坚持让她吃。他用一块浸透着药用酒精的毛巾给她擦脸，直到她皮肤有些刺痛，才终于擦干净那些黑色笔迹。她不是哭，就是睡，要不就盯着他家的墙看。

干净的、暗淡的、灰绿色的墙上，挂了一张洛克波特港的微喷版画，画里有红色、黄色、橘色的浮标，有绿色的小船，有蓝色的天空。墙上还挂着一张菲利克斯日出时分拍的美国参议院宪法号铁甲舰的照片，前景是这艘著名的历史战舰，背景是现代化的大都市，黑色和银色的线条衬托着绯红的天空。最边上，还有一张黑白的版画，画的是纽约市的天际线。纽约是菲利克斯的家乡，那是凯蒂从来没有去过的地方。他的墙让她得到了宁静，给她提供了一处避难所，让她能暂时忘记那堵充斥着谎言和致命的 DNA 图谱的墙。那堵墙威胁着他们，要把他们一家人全都压垮。

现在的她生活在一部恐怖电影里，舞蹈症这个可怕的怪物在疯狂地攻击奥布莱恩家的家族树，它把枝干都扯下来，扔进了切片机。不把这棵摇摇欲坠的树摧毁到只剩下一截树桩，它不会罢休。而那截树桩，将变成他们存在过的唯一的证据，也是妈妈在悲伤时可以用她那戴了同心婚戒的手指来抚摸的唯一的证据。

先是奶奶，爸爸，后来是吉杰，现在是梅根。梅根会得舞蹈症。想到梅根未来会和爸爸一样不由自主地扭动身体，无法继续跳舞，凯蒂的心就碎了。即使闭上眼睛，还是会看到梅根得了舞蹈症的样子，她多希望自己的想象力可以瞎掉。梅根得了舞蹈症，就要死了。凯蒂不能想象没有梅根的生活，她不能，不能。

三天来，她都躲在菲利克斯的床上，蜷缩在内疚和羞愧织就的厚毯子下面。一直以来，她都把时间当成唾手可得的东西，大把大把随意地浪费。她一直有些嫉妒梅根，但更多的是羡慕和尊重，她一直渴望能表现出来，但不知该怎么表达。她经常拿自己和姐姐比较、和姐姐竞争，可她真正怀念的，是她们的友谊和姐妹情。表面来看，有那么几年时间，凯蒂总是对梅根表现出敌意和怨恨，但在内心深处，在她硬邦邦的盔甲之下，隐藏着深深的爱。

事实上，凯蒂这些年来一直渴望亲近梅根，但是两个人的不和是自己引起的，要先伸出手去求和，她有些畏缩。她就是一个胆小鬼，因此，她一直拖着，嫉妒梅根成了习惯，她越来越相信自己脑子里编造出来的故事——姐姐应有尽有，妹妹一无所有，梅根是她的对手，而她是受害者。她一直以为自己还有很多时间可以和梅根和好，可现在，梅根也查出了舞蹈症阳性。

该放下这些了。

凯蒂重新回到了她的世界里。今天早上，她上了九点半的流瑜伽课，中午替安德里亚上了力量课。动起来的感觉真好，做着日常做的那些动作真好。听着熟悉的提示音，做着瑜伽动作，她的心情开始恢复。

她回家了。她慢慢地上楼，走向自己的房间。一股新鲜的油漆味儿从她的房间飘了出来。卧室的门半开着，她从门缝里看到地板上铺着一块油漆斑驳的床单。

她推开门，站在门口，呆住了。梅根站在那里，手里拿着一根打开的黑色记号笔。她转过身面带微笑地看着凯蒂。

墙上黑色的“爆炸”痕迹和47个CAG都不见了，墙壁被涂成了知更鸟蓝，这是凯蒂最喜欢的颜色。让她吃惊的是，墙上的每句话都回来了，而且几乎都在原来的位置，只不过变成了梅根的笔迹。

“别生气。”梅根说。

“怎么会？”凯蒂问，“你全都写对了，把这些都复原了。”

“你不在家时，我偶尔会坐在你的床上，读墙上的字。已经持续很久了，从这些都没有发生的时候就开始了。这些格言帮助了我，我现在真的很需要它们。”她停顿了一下，接着说，“我觉得你可能也需要。请不要放弃我。”

梅根走向凯蒂，伸出双臂抱住了她。凯蒂也抱住了她，解脱、感激与关爱涌上心头。她们曾经疏离的身体贴合到一起，拥抱唤起了最美好的回忆。凯蒂后退了一步，擦着眼睛。

“我不会的，我发誓。”凯蒂说，“我想你，梅。”

“我也想你。”

“我不知道你这么在乎这些字，也没想过你会注意到它们。老实说，我以为你觉得我写的这些和瑜伽有关的话都很蠢。”

“你怎么会这么想呢？”

“我不知道。你们总是嘲笑我，嘲笑我的果汁排毒、梵唱和梵文。”

“大多数都是吉杰和帕特里克干的，但他们这样做也没有恶意。”

“对，但你们从来没去上过我的瑜伽课。”

“我以为你不想让我去呢。你从来没邀请过我，我就以为你不想让我去。”

凯蒂一直在等梅根上一节她的瑜伽课，但是梅根从来没去过，所以她认为梅根瞧不起瑜伽，也瞧不起凯蒂。事实上，梅根一直在等她邀请。

“我当然希望你来。”凯蒂说。

“那我就去。”

“没有那么难，我的课和跳天鹅湖不一样。”

“我觉得很厉害，做一个瑜伽老师很酷。我很想上你的课，但我唯一知道的姿势是舞蹈动作，我可能会丢人现眼。”

凯蒂摇摇头，笑了，梅根这辈子从来没出糗过。可梅根得舞蹈症了，凯蒂想到了爸爸的样子，趺趺撞撞、脸部抽搐、掉东西，在不知情的人眼里就是个傻瓜。那也是梅根的未来。

“对不起，梅。”

“没关系，我又不是明天就会死。”

“我知道。我的意思是，我一直对你这么坏，真的对不起。”

“噢，我也是。”

“我好希望我没有浪费那么多时间。”

梅根手里还拿着笔，她走到墙边写完凯蒂进来时她正在写的那句话：

“有人深爱你，会给你力量，而深爱着别人，会给你勇气。”

“让我们从今天重新开始，好吗？”

凯蒂点点头。

“等等，这是什么？”凯蒂指着墙上的字问。

永不放弃。

——波士顿警察局

“那是爸爸贡献的，”梅根说，“除了你原来写的还增加了一些。”

凯蒂的眼睛环视着房间，看到镜子上方的字时笑了出来。梅根也笑出了声，她知道凯蒂看到了什么。

妈的，这些魔鬼也不看看自己惹到了谁！

——帕特里克·奥布莱恩

还有妈妈写的。这是整个房间里最长的句子，用手写体写在她的床头板上方，就是三天前她写满 CAG 的地方。那是圣方济各的祷文：

主啊！

请让我做你和平的化身。

哪里有仇恨，就在哪里播下仁爱；

哪里有伤害，就在哪里播下宽恕；

哪里有猜疑，就在哪里播下信任；

哪里有绝望，就在哪里播下希望；

哪里有黑暗，就在哪里播下光明；

哪里有悲伤，就在哪里播下喜乐。

主啊！

请赐予我最渴望的，（那就是）

不是想着被理解，而是去理解别人；

不是想着被安慰，而是去安慰别人；

不是想着被人爱，而是去爱别人。

因为，

只有给予，我们才会获取；

去原谅，我们才会被宽恕；

死于旧我，才会获得永生。

"谢谢你，妈妈。"凯蒂读完后轻声说道。这段祷文中神圣的智慧让她深受感动，其中的一句话像合唱团的高歌一样在她心中盘旋。

哪里有绝望，就在哪里播下希望。

第三部分

亨廷顿舞蹈症的病程一般会持续十到二十年，可以分为三个阶段。早期阶段的症状一般包括失去协调能力、出舞蹈样动作、思考困难、忧郁及易怒。中期阶段，计划和推理困难的症状会恶化，舞蹈样动作会更显著，语言和吞咽功能会退化。到了晚期，患者不再能够行走、清晰说话、行动自如，日常活动完全依赖他人照顾。舞蹈症患者在各个阶段都保有理解力、记忆力和意识。大部分情况下，患者死亡都是由并发症引起的，例如窒息、肺炎、饥饿，甚至自杀。

尽管自 1993 年以来人们就知道，舞蹈症的唯一病因就是基因突变，但至今仍没有有效的疗法可以预防或减缓这一疾病的发展。

舞蹈症一般被称为家族疾病。因为舞蹈症是常染色体显性遗传，而且其发病过程长，所以一个家庭里的父母、兄弟姐妹和孙辈可能同时都在经历着这一疾病的不同阶段。通常上一代人接近最后一个阶段时，下一代人会进入第一个阶段。

20

卧室里弥漫着周日晚餐的味道。乔分辨不出来自己闻到的是煮肉还是煮蔬菜的味道，这味道并不诱人，但还是让他感到饥饿。他侧身站在镜子前，拍了拍自己放松的胃部，现在他的胃是扁平的，跟他过去用力收缩才能保持的形状一样，他腰上的赘肉和大肚子都不见了。他的理疗师告诉他，每天需要四千到五千卡路里来维持体重。即便医生告诉他想吃多少甜甜圈、比萨就吃多少，他的体重还是直线下降，因为身体一直乱动会燃烧卡路里。

乔才刚到家，正在换家居服。他顺利地解开枪带，脱掉裤子，但在脱衬衫时卡住了。他的手指不听使唤，有节奏地拍动着，好像制服衬衫的纽扣是一支看不见的长笛，而他正在吹奏一曲莫扎特。他努力把注意力集中到手指，像是要往世界上最小的针眼里穿线一样。他命令他的拇指和食指把扣子解开，可是它们都不听指挥，只是一个劲儿地乱晃。热气在他体内升起，他屏住呼吸，逐渐失去了耐心，差点把这该死的衬衫撕成两半。

“乔！吃饭了！”

可恶。一会儿再换衬衣吧。他穿上灰色的家居裤，走进厨房。

桌子已经摆好了，除凯蒂以外的每个人都围坐在桌子边。科琳的椅子离桌子有一段距离，因为她的肚子已经很大了。她那穿着短袜、有些浮肿的脚放在吉杰的膝盖上。这个可怜的女孩儿看起来就像随时会分娩，但她的预产期在十一月，还得再等上一个月。

乔每天都在祈祷孩子是健康的，四肢健全，没有舞蹈症。但这个孩子一旦出生，要不要知道自己的基因状态就取决于孩子自己而不是吉杰和科琳了，到了十八岁是最早进行检测的法定年龄。因此，这个孩子有没有携带致病基因，吉杰和科琳无权得知，必须得等十八年后，在孩子想知道的情况下才能检测。

十八年。十八年后乔可能已经不在人世了。就算在世，他应该也不会住在库克街自家的三层楼房里，只可能住在有人照看的疗养机构里。不管怎样他都不可能知道自己孙子的命运。这个被诅咒的疾病会将魔爪伸向这无辜的一代吗？或者舞蹈症的遗传会不会就在吉杰这里结束？他每天都祈祷在吉杰这里结束就好。

还有梅根。上帝啊，他很难接受梅根的 DNA 中居然也藏着这个怪物。梅根会得舞蹈症，这成了乔的心里不停流血的伤口，任何外科手术都无法缝合，这种痛苦有时几乎难以忍受。他有时会流着泪祈祷，祈祷她能不受舞蹈症的影响，一直跳到四十岁。他为所有的孩子祈祷，希望他们能过上好日子。但未来让他很苦恼，让他们所有人都苦恼。还有内疚。乔背负着这么沉重的内疚感居然还能站直，真是个奇迹。

罗茜把一篮苏打面包和一块黄油放到桌子上。

“我们不等凯蒂了吗？”梅根问，整理了一下戴在脖子上的黑色羊毛围巾。

“她还有一分钟。”罗茜说，威胁地看着钟表的分针。

乔吸了一下吸管，本来以为会喝到水，却没想到啤酒新鲜而刺激的味道给了他个惊喜。他咽下去，看了一眼帕特里克，帕特里克一脸淘气的笑容。乔冲他眨眨眼，又喝了一口。餐桌上其他人面前都有一个玻璃果冻杯，里面装的是水。罗茜规定晚饭前不能喝啤酒。乔的杯子不是透明的，是邓金牌甜甜圈的外卖杯，有盖子还有一根吸管。他已经不小心掉过太多玻璃杯了，罗茜已经疲于收拾玻璃碴了，而且婴儿出生后，他自然不能毫无预兆地扔玻璃器皿或泼洒热咖啡了，所以他现在不管喝什么都用有盖的塑料杯。有时，他觉得这有些丢脸，一个大男人居然只能用有吸管的杯子喝东西，但现在他看到了好处——在晚饭前可以偷着喝啤酒了。

凯蒂出现在厨房的门口，看起来有些拘谨和不安，她不是一个人回来的。

“大家好，”凯蒂清了清嗓子说，“这是菲利克斯。”她停顿了一下，“我的男朋友，菲利克斯。这是梅根，你见过的。这是吉杰和科琳，这是帕特里克，这是我的爸爸妈妈。”

菲利克斯微笑着和每个人打了招呼，和吉杰还有帕特里克握了握手。

“嗨，奥布莱恩先生，奥布莱恩太太。”

罗茜笑了：“欢迎你，菲利克斯。”

乔站了起来，和菲利克斯握了握手，还拍了拍菲利克斯的肩膀。

“嗨，菲利克斯，再次见到你很高兴。很高兴你终于来吃晚餐了。”乔说。

“我去拿把椅子。”梅根说。

“等等，‘再次’？”凯蒂问，她的目光从菲利克斯转向乔，然后又转回来。

“哼，我是你爸爸，也是警察。你以为过去六个月里有人从这座房子里进进出出我会一无所知？”

凯蒂的脸红了，她的眼睛不知道看哪里才好。

“你为什么不告诉我你已经见过我爸爸了？”凯蒂问菲利克斯。

他耸耸肩笑着说：“我有些期待这一刻。”

“我猜你调查了他的背景。”凯蒂说。

“是的，他的背景很干净，”乔说，“可是我们必须说服他不再支持洋基队。”

“如果她带你回来吃晚餐，那么她一定是真的喜欢你。”吉杰说。

“或者她是想把你吓跑。”帕特里克说。

“别理他们，”凯蒂对菲利克斯说，“菲利克斯在生物燃料公司工作。”

“我们知道，”乔说，“菲利克斯这些天和我聊了很多。”

“什么？怎么可能？”凯蒂尖声问。

“我们一边遛亚兹一边聊天很久了。”乔说。

“你在开玩笑吗？”凯蒂问。

“有几次他刚要离开的时候，我碰巧在门口。通常都是一大早。”乔说。他很享受现在的每一秒。

罗茜安排菲利克斯入座，递给他一个盘子。罗茜现在已经表现得很冷静了，但第一次听乔说起菲利克斯时，她完全是惊慌失措的，她觉得凯蒂是在故意和她作对。她以前明确地教导过两个女儿怎样选男朋友：他应该有信仰，来自体面的家庭，有稳定的工作，最好住在查尔斯镇。乔说菲利克斯基本上符合所有条件，但罗茜对此嗤之以鼻，憋了一肚子火。

乔知道她说的“理想丈夫”背后涵义是什么：“有信仰”，只能信仰天主教，最好也是圣弗朗西斯教堂这个教区的。“来自体面的家庭”，是爱尔兰人。“有一份稳定的工作”，在邮局、消防队、警察局、紧急医疗服务中心、交通管理局或洛根机场工作，而不是她听都没听过的公司。“住在查尔斯镇”，是在这里土生土长的本地人。

罗茜坐下来，做了餐前祷告。梅根给科琳以外的每个人递了一杯啤酒。今天的晚饭是火腿、烤土豆、煮萝卜和菠菜，还有沙拉。乔抓起盐瓶。

“菲利克斯，你吃肉吗？”罗茜举着火腿盘子问。

“我什么都吃。”菲利克斯说。

“那你今天就会知道自己错了。”帕特里克说。

“没礼貌！”罗茜冲帕特说，把盘子递给菲利克斯。

“妈，下周日我不回来吃晚饭了，”梅根说，“《胡桃夹子》要彩排。”

罗茜点点头：“好，菲利克斯，菜还合口味吧？”

“非常好吃，谢谢您。”

火腿吃起来像橡胶，土豆硬得像石头，萝卜烂得不成形，菠菜看上去更像乔感冒时咳出的东西而不像能吃的蔬菜。这位年轻人太有礼貌了，他肯定是真的喜欢凯蒂。

“我们的餐桌前很快就要有一把婴儿椅了，”吉杰说，他的宽肩膀耷拉着，胳膊肘笨拙地挤在身前，“我们这间厨房怎么放得下啊？”

“能放得下。”罗茜说。

“放哪里？”吉杰问。

“能放得下。”罗茜又重复了一遍。

乔觉得吉杰说得有道理，他看着科琳和菲利克斯，是时候改造下房子了。

“我一直想把那堵墙拆掉。”乔说，想到能为这个人口越来越多的大家庭扩展空间他便很高兴。餐桌前要多放一把婴儿椅，角落里要加一个婴儿围栏，还要给女儿的男朋友准备一个座位。

“什么？”罗茜问，“你可不能这么做。”

“为什么不能？我可以把那堵墙做成一个吧台，铺上漂亮的石材台面，放上一些高脚凳。打通女儿们的旧卧室，把那间卧室变成餐厅。我打赌到时候你会比现在舒服上十倍。”

“不行。”

“可以啊，那间屋子比这间大得多。如果我们把这些乱七八糟的东西都从这里搬出去……”

“你不能这样做。”

“为什么不能？”

“拆了那堵墙？建个石头柜台？你疯了吧？你根本不知道怎么做。你会搞得一团糟。”

“你不相信我。”

“我是根据以前的经验才这么说的。”

确实如此，他过去也曾尝试改善一下家里的居住条件，但从来没成功过。

“我会让唐尼来帮忙。我们还可以换掉这糟糕的旧地板和台面。”

“我也有时间，”菲利克斯说，“我可以帮忙。”

“好，爸爸，我也和你一起做。”吉杰说。

“我也想拆了那堵墙。”帕特里克说。

乔举起他的吸管杯，四个男人为他们即将进行的建筑工作干了一杯。

“谁也不能拆掉任何东西。”罗茜说。

“为什么不能，妈妈？”梅根说，“我认为那样做的话看上去会很棒。反正我们的旧卧室也没什么用。”

梅根说得对。她们以前的卧室现在被罗茜用来放圣诞节的装饰品（一年也用不了一次），一箱箱的旧衣服，还有各种没用的东西。他们可以把那些东西清理出去，放到地下室、橱柜里或捐给慈善机构。乔可以拆掉墙，给大家改造一个大小合适的餐厅，这个主意让他很兴奋。他们的厨房陈旧过时，需要重新布置一下。这正是他需要的那种工程，又大型又可以展现男子气概，而且很有意义。如果他不能继续上班，有点事做总是好的，否则他会发疯的。虽然他很不愿意面对，但那一天越来越近了。到时候如果不能拆墙，就得整天看罗茜的奥普拉录像带。一定得说服罗茜。到时候他还需要一把大锤子。

“以后再说吧。”罗茜说。

“爸爸，你今晚还上夜班吗？”帕特里克问。

“不上。”

“那你为什么还穿着制服衬衫？”帕特里克问。

乔把吸管杯重重地放在桌子上：“你管好你自己就行了！”

每个人都沉默了。银制餐具的叮当声停下来了，帕特里克的啤酒杯停在空中一动不动。凯蒂瞪大了双眼，一眨不眨，脸色就跟烤土豆一样难看。乔谁也没看。

一股热浪涌过全身。有那么一瞬间，他意识到自己反应过度了。他不该生气，不该训斥帕特里克，他应该道歉。但是，下一瞬间所有合理的想法都消失了，只剩下冲天的怒火。

他推开椅子站起来，但是因为用力过猛，椅子倒在了破旧的油布地面上。乔后退时，被椅子腿绊倒了，重重地摔在地上。

帕特里克忍不住笑了起来。

乔感到很丢人，所以更生气了。他站起来，抓住椅子的两条腿朝地板上猛摔。椅子腿断了，几根靠背也裂开了。他把没了脚的椅子扔到地上，愤愤地离开了厨房。

乔在卧室里来回走着。他想尖叫，想破坏东西，想撕扯头发，想划伤皮肤，想把该死的圣母玛利亚像从窗户里扔出去。他走来走去，走来走去，祈祷不要有人进来，祈祷他爱的人都不要被他的愤怒灼伤。这愤怒正在撕扯着他，他的身体已经不属于自己了。他觉得自己好像被施了魔法，变成一个被魔鬼玩弄于股掌之中的玩偶。

他来回走着，白热化的怒火吞噬了他。体内的每个分子都被施加了压力，开始膨胀、鼓起、互相挤压。他确信如果不把愤怒发泄出来，身体就会爆炸。他踱着步，想找一个安全的发泄方式。

乔在镜中看见了自己的倒影。他的制服衬衫。他抓住衬衫的中线，把它撕成两半，好像他是受到感召要去拯救世界的超人克拉克·肯特。扣子掉了，散落在木头地板上。他盯着镜子里的自己，盯着涨得通红的脸，和那双疯狂的眼睛。他用嘴急促地呼吸着，镜子很快就蒙上了一层雾气。他的胸前没有超人的S标记。他只是一个穿着白色T恤和马甲的普通人。

他脱下制服衬衫，扔到地板上，坐上床，慢慢冷静了下来，急促的呼吸也慢下来了。他能感觉到脸上的红潮正在褪去。

罗茜走进卧室，慢慢地靠近他，就像五月在维尔海滩的海水边缘用脚趾试水温那样小心翼翼。他的视线碰上了她的双眼，然后很快就移开，低头转向地板上的一个扣子。

“亲爱的，”罗茜说，“我觉得你吃的安定药需要加量。刚刚已经给海格勒医生打过电话了。”

乔叹了口气，盯着一颗掉落的扣子。作为一名警察，自控是至关重要的，他认识的每个警察都是控制狂。他不知道是因为工作让他们变成这样，还是因为他们本身有这个特点才都来做了警察。不管怎样，警察都需要自控。

而乔的脾气失控了，而且越来越严重，就好像舞蹈症掌握着方向盘，而乔坐在后座，手被铐上了，什么都做不了。他讨厌吃药，安定药能抑制他的脾气，帮他对抗舞蹈症，但也会抑制其他部分。这些药让他越来越没有精神，身体就像被浸到了糖浆里，思想也陷进去了，他根本没劲儿把它们打捞上来。但他更讨厌无助地坐在后座上，他没办法仅靠自己的力量把舞蹈症从驾驶座上赶走。

“好，”乔说，“很抱歉，亲爱的。”

罗茜坐到他身边：“没关系的，我理解。”

他把头靠到罗茜的肩上，罗茜抱住他。他吻了吻罗茜的头顶，也抱住她。罗茜的拥抱，让他的呼吸逐渐恢复正常，愤怒消失了，正常的他回来了。他又吻了吻罗茜的头顶，长呼了一口气，对罗茜的爱和耐心充满感激。

但乔有些担心。他的舞蹈症越来越严重了，一个人能有多少爱和耐心呢？虽然罗茜像圣人一样有着爱和耐心，但要长年忍受他与日俱增的怒气，他很担心她也会受不了。总有一天，安定药的剂量也会多到不能再加的地步，那时候罗茜该怎么办？他不靠药物也可以活，但他无法想象没有罗茜的爱和耐心该怎么活。他又吻了她一下，自私地希望她能永远包容他。

21

天空乌云密布，光线昏暗，乔和凯蒂在遛亚兹。最近这些天，“遛”这个字只是一种表达，而不是对实际情况的描述。亚兹老了，几乎失去了活蹦乱跳的力气，也没有耐力爬上查尔斯镇的陡峭山坡了，所以需要凯蒂抱着它。它安安静静地待在凯蒂的臂弯里，像一个毛茸茸的球。乔和凯蒂慢慢地走着。

今天周三，乔不上班，凯蒂到中午才有课，他们的时间很充足。十一月的湿冷空气毫不留情地刺入乔暴露在外的脸和手上。一路走来，他们没看到一个跑步的人或推着婴儿车的妈妈，就连遛狗的人都没看到。镇上很安静，安静得让人感到压抑，这种沉闷的气氛也影响到了父女两人，他们出来以后还没有说过一句话。

他们走到多尔蒂公园，凯蒂放下亚兹。它在草地上嗅来嗅去，在没人的长椅间走来走去，还在树干上撒了泡尿。墨菲坐在远处的长椅上，那是他的据点，一群鸽子围在他脚边，看起来至少有十几只。

“嗨，市长，”乔喊道，“有什么新鲜事吗？”

“纽约，纽泽西，新墨西哥[①]。”

乔笑了出来。他和墨菲在这个公园聊天很多年了，但对这个人还是一无所知。乔很期待这些有趣的对话，看到墨菲每天都在那里，他感觉

① 这几个词在英语中都是“新”（new）开头的，所以“市长”这样回答乔的问题。

很安心。墨菲就像一个士兵一样坚守着自己的岗位，但未来总有一天，乔走过公园时，会看不到墨菲。乔想象着这些鸽子聚集在长椅下面，饥饿地期盼、等待着，然后飞走，重新到另一个公园落脚，去忠诚于另一个有时间、有面包的善良灵魂。乔叹了口气，看着亚兹在黄色和棕色的落叶上漫步。每天都来这里的墨菲、亚兹、乔，还有凯蒂，都会在突然某天就永远消失不见了。而鸽子们却一点儿也不在意。

“嘿，”乔对凯蒂说，“我很抱歉在菲利克斯面前发脾气了。”

“没关系。”

“那不是真实的我。”

“我知道，爸爸。”

“希望我没有吓到他。”

“不会的，没事儿。他应该看看舞蹈症到底是怎么回事，知道自己即将面对的是什么。”

乔想起他母亲那骨瘦如柴、扭曲变形、被带子固定在图克斯伯里州立医院轮椅上的身体，猜测凯蒂可能也不知道自己将要面对的事。

“他看上去人很好。”

“是的。”

“我喜欢他。”

“谢谢爸爸，我也喜欢他。”

一个年轻的女人牵着一条黑色的拉布拉多，轻快地沿着小路向他们走过来。她似乎一直盯着乔，目光有意无意地一直落在他身上，但当他们四目相对时，她又看向别处。她的狗朝乔和凯蒂跑过来，摇着尾巴，嗅着他们的鞋子。

“吉尼斯，走！”那个女人说着把绳子一扯。

她径直从乔和凯蒂身边走过，眼睛盯着地平线，既没有微笑也没有跟他们打招呼。凯蒂的姿势变得僵硬了，明显有些防卫或是尴尬，可能二者兼有。乔什么都没有问。

一般情况下，乔很难意识到自己的动作不正常。其实正常人也会有动手指、抖脚、转关节这些肢体习惯，一般自己也注意不到，需要别人提醒才会停下来。但乔不仅仅是没注意，他是患上了“病觉缺失症”。这是海格勒医生说的，乔一直觉得这个花哨的医学名词通俗点的说法就是“无知”。舞蹈症慢慢爬进他的右脑，偷走了他的自我意识，让他患上了“病觉缺失症”，因此，他做动作的时候完全是无意识的。他只能从陌生人警惕而戒备的眼神中，看出自己的怪异。

一开始，他们会盯着他看，想知道他在做什么，是喝醉了还是大脑受损，会不会攻击人，会不会传染，是不是神经病？走近后，他们就会把目光移开，假装没有看到这个可怜的残疾人，尽快走开。在那些没教养、没爱心的人看来，乔很恐怖，所以，视而不见是最好的。

乔想到了吉杰和梅根，一想到他的孩子以后也会被陌生人或者街坊邻居用这种轻蔑、厌恶的眼光看待，他就觉得难受。他又想起了母亲，这些她也都经历过。每个人都以为她是个酒鬼。她确实酗酒，但乔相信她喝酒是为了掩盖自己无法控制的动作，是为了隐藏大脑和身体中可怕的变化。这些变化她无法解释，也不知道叫什么名字，因此只能用酒精麻醉自己，逃避她被周围的人嫌弃、厌恶的现实。他叹了口气，白色的水汽融进了晨光里。凯蒂双臂交叉放在胸前，盯着地面。

“你的基因测试做到哪一步了？”乔问。

“我见了两次医生，抽了血，随时可以去看结果，但我不确定我要不要知道。”

乔点点头，他也不确定自己是不是想知道。他把右手伸进衣服口袋里，摸到了那个25美分的硬币。他从圣帕特里克节那天起就一直带在身边，小心翼翼地保存着。他喜欢读硬币上乔治·华盛顿下巴旁边的字，那些字就像是专门写给他看的一样。我们信仰上帝。硬币上的年份是 1982 年，这是他母亲去世的那一年。他每天都把这枚硬币握在手里，用拇指和其他手指摩挲着，祈祷不要再有人得舞蹈症了。帕特里克，凯蒂，他未出生的孙子。不要再有了。他迷信地认为这枚还没有抛出的硬币是希望的象征，他需要一直摸它，来祈求他们基因里 CAG 的数量少于 36 个。他强迫症一般地用手指抚摸着这枚藏在他口袋里的硬币，硬币已经变得光滑且陈旧了。

拜托，上帝，不要再有人得舞蹈症了。

“菲利克斯要搬到波特兰市去了。”凯蒂说。

“在缅因州？”

“俄勒冈州。”

“噢，什么时候？”

“还没确定。可能就在这半年里的某一天吧。”

半年。乔远远看着墨菲。可能今天还在这儿，明天就不见了。

“你要跟他一起走吗？”

“我不知道，也许吧。”

乔点点头，思索着这句话的意思。

“你到了那儿会和他一起生活吗？”

凯蒂犹豫了一下说：“是的。”

嗯，这可不行。罗茜已经快发疯了，如果凯蒂跟着菲利克斯搬到波特兰去的话，罗茜一定会崩溃的。她已经相信她会失去每个人了。她的丈夫得了舞蹈症，两个孩子被确诊为舞蹈症阳性，帕特里克几乎不着家。先别管菲利克斯是不是爱尔兰天主教徒，还有邻居们会怎么想，凯蒂离开的话，罗茜可能很难面对这巨大的空虚。就算凯蒂搬到不远的萨默维尔去她都不会同意，何况是这个国家的另一边。波特兰市可能相当于月球那么远，这就好比失去了一个女儿，好像她死了一样。

乔必须说服凯蒂留下来，但是他不知道该怎样和她商量。对于父母来说，这是个很奇怪的转变，他曾经的小女孩儿现在是一个年轻女人了。凯蒂小时候是个很可爱的孩子，是梅根听话的小跟班儿，这好像是昨天才发生的事情。那时候，告诉她做什么是他的权利和责任。*去刷牙，去睡觉，去做作业，不要那样跟妈妈说话，等等。*

不要和你的男朋友搬到波特兰去。

他不觉得自己还有权提出这种命令而不会遭到反抗，他需要用温和一些的方式。

“嘿，你知道的，我喜欢菲利克斯，我也非常赞成在买下鞋子前先试试。但是你也知道，未婚同居会让你妈妈发疯的。”

“是，我知道。”

“而且还是跑到那么远的地方去和男朋友同居，不是在我们身边。你认识他的时间还不够长，可能你需要慢一点。先试试异地恋，用网络电话或者脸书视讯之类你们小孩子之间那些方式来沟通。”

“对，是可以这样，但是他不想异地恋。”

“那就不要让他强迫你做你不想做的事情。”

“我没有。我不知道我想做什么。”

她听起来很不知所措，好像她不确定的不只是未来住哪儿而已。

“你的基因测试结果会影响你的决定吗？”

“我不知道，我想这也是我害怕知道结果的原因之一。”

“亲爱的，很抱歉要和你说这些，但是为了你可怜的妈妈和这个家，我觉得你不应该跟菲利克斯去波特兰，不管怎样说这都太快了。现在还不是时候，留下来吧，好吗？”

凯蒂低着头，摆弄着手腕上的镯子，看着地面。正当乔还在猜她是没在听他讲话，还是忘了他的问题的时候，她抬起头来。

“好的。”

“谢谢你，亲爱的，我想这样做对大家都好。如果你和菲利克斯注定要在一起的话，你们两个会在一起的。”

她点了点头，面无表情。乔呼出一口气，感觉自己好像刚刚躲过了一颗子弹。这也太容易了，凯蒂同意了，而且没有不高兴的表情。他可以让罗茜少流一些眼泪了。他也在保护凯蒂，和男朋友在一个举目无亲的陌生城市生活，不管他怎样分析，这都是个糟糕的计划，就算不考虑舞蹈症也一样。她才二十一岁，太年轻了。虽然他和罗茜十八岁就结婚了，但是时代不同了，而且他们俩彼此还不够了解。乔和罗茜连他父母都不认识呢，这样做风险太大了，何况凯蒂还有更大的风险需要处理。

“听着，孩子，如果你决定要看检测结果的话，我知道基因顾问很可能和你说过不要带我去，但如果你觉得这件事对菲利克斯来说太沉重，而你也不想自己去的话，我很乐意陪你去，只要你希望我在场的话。”

“谢谢你，爸爸。我不知道我是不是准备好了。”

“好。如果你准备好了，我就在这里，你可以来找我，”乔手里摩挲着他的硬币说，“我在为你祈祷，每天都在祈祷。”

“谢谢你，爸爸。”

乔有魔鬼一样的直觉，他不想给任何事情带来厄运，所以他不想把自己的预测说出来。但他用幸运硬币和他拥有的一切打赌，他的宝贝女儿没有问题。

拜托了，上帝，别再让我的家人生病了。

22

睡眠是幸福而安宁的，可以让人暂时免受病痛的折磨。乔睡觉时没有无意识的摆动，没有摇晃，没有抽搐。他的身体静静地躺着，整晚都保持着一种正常的睡姿。很明显，舞蹈症只在有观众的时候才会发作，即使是魔鬼，也需要睡好。

闹钟吵醒了他，他睁开眼睛，又是新的一天。他感到精力充沛，一切都清零了。在他掀开被子之前，他感觉自己还是一个三十岁的小伙子，已经准备好去奋斗了，不管发生什么他都能应对。来吧！

可他站起来后，感觉身上的每块肌肉都很僵硬，紧紧地缩在一起。他弯下腰，一边呻吟，一边揉搓着下背，他的右膝盖也无法伸直了，这时他才想起来自己已经四十四岁了。他蹒跚着走到卫生间，看着镜子里的自己，看起来是有四十四了，真不知道时间怎么过得这么快。然后他不由自主地耸了一下肩，想起自己得了舞蹈症的事。妈的！

他在镜子里审视自己的脸，好像他是第一次看到这个人一样。棕色的短发丝毫不起眼，没有任何秃顶的迹象。眼角有了鱼尾纹，嘴角两侧的法令纹就像两个括号一样括住了嘴。乔用手摩挲着下巴上黑、棕、白三色相间的胡楂。他有着强健的下巴，像他父亲。他眼皮下垂，即使是清醒的时候看上去也昏昏欲睡。他靠近镜子，凝视着自己的眼睛。蓝色，清晨天空的颜色，他母亲的眼睛。

他四十四岁了，得了舞蹈症。每天早上都是同样的步骤，都要接受同样可怕而绝望的真相。他叹了口气，对着镜子里那个可怜的混蛋摇了摇头，镜子里那个可怜的混蛋也摇着头，表示不敢相信。

乔今天上夜班，在那之前他只有一件事要完成。他冲了个澡，穿上运动裤，在衬衫外又穿了一件爱国者牌连帽运动衫，戴上红狐队的帽子，穿上运动鞋。帕特里克还在睡觉，罗茜已经去上班了。

罗茜在餐桌上给他留了他的吸管杯、一盘炒鸡蛋和培根。他拿起杯子，吸了一口。热咖啡已经凉了，他放下杯子，没有吃鸡蛋和培根，在前门洒了点圣水就出门了。

他走到邦克山街，从圣弗朗西斯教堂门前走过，走向“四十段阶梯”顶端。他读着标示：献给凯瑟琳和马丁·奥布莱恩。这个奥布莱恩跟他家没有任何关系。

在圣弗朗西斯德萨勒教堂进行弥撒

日日夜夜

他们通往天国的阶梯

是这“四十段阶梯”

乔站在台阶边上，双手叉腰，低头盯着通向底部的陡峭的水泥台阶。这段斜坡很吓人，但是并没有名字说得那么吓人。这段台阶实际上只有7段，每段10级。乔不知道怎么有人会在7、10、70这些数字中得出40这个数的，也许是因为本地人不太擅长数学吧。

乔搓了搓两只手，准备离开。他需要做一些有益的事情来控制自己的愤怒和恐惧，所以自从梅根也检查出舞蹈症阳性后他每天都要来爬这些台阶。他在为吉杰和梅根而爬，为了证明自己可以做到，为了让体内的魔鬼筋疲力尽，为了继续保持战斗。

他跑下去，又跑上来，下去，又上来。他第三次爬上7段台阶的时候，身体一侧就像刀刺一样巨痛，他感觉自己的肺就像沙袋一样沉重。他跳下台阶，股四头肌像火烧一样疼。他没有停，继续跑上跑下，惩罚自己的肌肉，想把愤怒从血液里驱逐出去。

这是他每天的私人体能训练。集中，平衡，协调，力量，控制。他记得科琳和他的理疗师薇薇安给他的告诫，所以他上来下去都扶着黑色的铁栏杆，以防摔倒。在斯波尔丁康复医院的时候，他是躺在一张松软的蓝色垫子上做动作，每个动作都有人监护。乔知道，不管他有没有扶着栏杆，科琳和薇薇安都不会认可这种运动方式。罗茜也不会喜欢他这样做，所幸她们对此一无所知。

他承认，如果滑倒，他肯定会后悔。因为摔一跤很可能会把腿或背摔断，不管摔断哪个部位都会让他躺上很长一段时间。也有可能摔破头，眼前一黑，GAME OVER。不过细想一下，这种死法也不错。*乔瑟夫·奥布莱恩警官死于“四十段阶梯”上，这也是他通往天堂的阶梯。*这段话听起来还有一种别样的诗意。

不过他不会摔倒，尽管跑的时候会不由自主地晃动，但他能控制得住。即便累了，他还是专注于每一步的准确度，放下，抬起，踩在水泥地上发出的声音，就像平稳的鼓声一样在他心中回荡，激励着他，鼓舞着他，让他暂时忘记肋骨下的剧痛和双脚的疲惫，继续坚持！坚持战斗！

他累了，喘着粗气。他摆出帕特里克的叛逆态度。*妈的，这些魔鬼也不看看自己惹到了谁！*他想起凯蒂，做了一个深呼吸，蓄满力量，冲上一段又一段台阶。为了吉杰和梅根，他要保持速度。

他想起了他的妈妈。她被人用带子固定在轮椅上，戴着围嘴，一个护士在喂她午饭。一想到这些，还有其他类似的画面，他的大脑就开始疯跑，跑得比正在爬台阶的腿还要快，还要猛。妈妈像动物一样哼叫着，谁也听不懂她在说什么。她戴着一顶安全帽，护士尽力把她抬到马桶上。他可怜的妈妈那时候只有八十斤重了。然后他的大脑变成了一个魔术师，念完一通咒语，妈妈的每个形象现在都变成了乔。乔坐在轮椅上，戴着围嘴和安全帽，有人在给乔喂饭和洗澡，把他抬起来放到马桶上，他没有办法告诉罗茜和孩子们自己爱他们。

最后一个想法让他窒息。他有些喘不过气来，他的心跳像一面鼓一样敲击着他的头盖骨。那就是他的未来，那就是他将要去的地方，他逃不掉。

他提醒自己，又不是今天就会去，还没到那个时候。他的肺祈求着空气，氧气涌了进来，肌肉如饥似渴地汲取着。乔要求腿再用力一点儿，它们照办了。他今天还没有坐到轮椅上。今天，他还活着，还好好儿的。

一群十几岁的男孩子聚集在台阶最下面，穿着小混混的衣服，露着内裤边。乔永远都无法理解内裤有什么酷不酷的。这些孩子什么都不懂。他们瞪着他，看起来很生气，因为乔入侵了他们的地盘，而且乔的舞蹈动作让他们有些厌恶，他们希望这汗流满面的怪老头会从台阶上摔下来。乔感到有些不好意思，但他马上就释怀了。他就是要这样做，不管他看起来怎么样，不管是不是在一群小混混面前。他本来想问问他们为什么没去上学，但又决定不问了。

现在是十二月的早晨，气温很低，但乔却满头大汗。他擦了擦额头上的汗水，决定再爬一段台阶就脱下夹克休息一下。他喘着气，一步，又一步，就快爬完了。就在这时，他右脚在迈上下一级台阶时踩空了，向后滑了出去。他的心肺跳了起来，一直悬着，好像在他的胸膛里失重了一般。他摔倒了。他不假思索地伸手去够栏杆，一开始滑了一下，接着又抓住了，虽然扭伤了肩，但身体没有重重摔到水泥地面上，也没有从“四十段阶梯”上滚下去。

他在那儿悬了几秒钟，一只胳膊挂在栏杆上，肚子着地，脚垂在几级台阶下面。等心脏慢慢冷静下来，他放开栏杆，翻过身，坐在台阶上。低头看着台阶的高度，揉着肩膀开始数，35 级，要是摔下去肯定会受伤。那些男孩子漠不关心地看着他，一句话也没说。

如果科琳或他的理疗师或罗茜看到的话肯定会生气，幸亏她们没看到，他自己也稳住了。的确，他是个得了舞蹈症的老家伙，但他还像羚羊一样敏捷。坚持战斗，宝贝儿。

嘀嘀。

乔回过头，一辆警车停在台阶尽头，汤米站在台阶最高处，双臂交叉抱在胸前看着他。

“你这是要参加奥运会呀？”

“对啊。”

汤米走下台阶坐到乔身边。乔直直地盯着前方，目光越过了台阶的最低处，一直看向迈德大街。那帮男孩子已经离开了，他们一定是听到警笛声就走了。汤米叹了口气。

“你现在这样做可不明智。”

“我这是为了申请哈佛大学。”

“我说服不了你不要这样做，是吧？”

“是的。”

“那送你回家吧，好吗？”

“好的，兄弟，谢谢。”

汤米把手递给乔，乔拉住他的手，站了起来。他们的手多握了一会儿才松开，那是无以言表的敬意和兄弟之情。走到台阶最高处后，乔用手指敲了下“四十段阶梯”的牌子，承诺明天还会再来。

继续战斗。

坚持战斗。

23

清早，还没到六点钟，乔就着装完毕，准备好了。他坐在起居室自己的椅子上，等着罗茜和两个女儿。百叶窗还没拉开，房间里很暗，只有电视屏幕发出的亮光。是购物台，罗茜半夜肯定又起来过。他想看新闻，但是遥控器在熨衣板那边，他不想站起来拿。电视里两个鼻音尖锐的女人不停地吹捧家具脚垫有多神奇。自从把婴儿床搬走后，乔都有几百年没有动过这屋里的任何一件家具了，但电视里的女人们说服了他。这项发明真有创意，而且只卖 19.95 美元。他在口袋里摸索着手机想打电话订购的时候，凯蒂走了进来。

她睡眼惺忪地打了个招呼，把自己扔到沙发上。她穿着常穿的套装：黑色的瑜伽裤，UGG 靴子，连帽衫，但是有哪里好像不一样。噢，她没化妆。乔都记不清上次见到小女儿没化妆是什么时候的事情了，尤其是眼妆，每天都化。乔觉得她不化妆更好看，但她不会这样认为。简单就是美，她素颜就很漂亮。

他想和凯蒂聊聊，看看她近况如何，过得怎么样，但是他最近没有开启话题的本事了。他想等着她先开口，但她一直闭着眼睛，绵长平稳地呼吸着，面色平静。乔观察着她，不知道她是不是睡着了。也许她不想看电视购物节目，也许她只是不想看自己的爸爸。

可恶，家具脚垫的广告过去了。就在乔观察凯蒂的时候，购物节目开始推销另一件商品了，一个用来叠衣服的小工具，乔不感兴趣。梅根还在楼上，罗茜在浴室弄头发，那是个步骤很多的过程，乔知道不能着急，也不能省略任何一步。他们都不知道帕特里克在哪儿，也没想等他。梅根出现了，看上去很着急，她穿着一件臃肿的黑色外套，戴着一顶黑色的帽子，围着一条白色绒毛围巾，肩上挂着一个皮包。

“都好了吗？妈妈呢？”

“再等两分钟。”罗茜在浴室大喊。

梅根在门口徘徊，凯蒂还在睡觉，也可能是在思考或者故意不理他们。罗茜终于出来了，发胶的化学香味围绕着她，像龙卷风一样扑面而来。

“什么味儿？”罗茜问，她皱着鼻子，闻到了除发胶以外的其他气味。

乔之前没有注意到，但是现在闻到了。他把注意力转向了卧在罗茜摇椅下的亚兹，它屁股下是一泡稀屎。

“狗屎。”乔说。

“注意用词。”罗茜说。

“我就是在描述我看到的东西呀！”乔指着亚兹说。

“真恶心。”梅根说。

“噢，又来了。”罗茜说着匆匆忙忙冲到厨房。

亚兹长大后就没有发生过这样的意外，可从上周开始，它几乎每天都会拉到家里。亚兹抬起头看着乔的眼睛，眼神楚楚可怜，乔发誓它是在道歉。然后亚兹把头转向地毯，好像对于自己做出这样的事情感到无助而羞愧，这让乔的心都碎了。

凯蒂站了起来，蹲到亚兹旁边，说“可怜的宝贝儿”，然后小心地用手把它捧起来送到厨房去了。

罗茜拿着一瓶清洁剂、一些纸巾和一罐消毒水回来了。

“至少它这次没拉到沙发上。”罗茜说着，开始擦地板。

凯蒂用一块毛巾抱着亚兹回来了：“怎么处理它？”

“放到它床上别管了。”罗茜说，她往空气中喷了些消毒水，然后用手在空中挥舞了几下。

“帕特里克在哪儿？”梅根问。

“我们不等他了。”罗茜说。

他们向门口走去，罗茜跟在最后。乔在门厅前停下脚步，沾了些圣母像上的圣水，画了个十字。罗茜也做了一遍，抬头看着乔笑了笑。

“我们走吧。”乔说。

他们出发去医院了。

麻省总医院布莱克大楼的电梯停在十四楼，他们走了出来。乔跟在罗茜身后，一种明显的轻松感让他的脚步也变轻快了。

他们走过等候室，这里的人们瘫坐在椅子上，好像已经等了一晚上。尽管他们看上去倦怠无力，但这是一个等待庆祝的地方。昏昏欲睡的人们中间点缀着铝箔气球和毛绒玩具，还有一瓶瓶漂亮的鲜花。这里和王氏门诊服务中心七楼那通往地狱一样的等候室截然不同。

罗茜停下来，乔跟着她走进一间病房。吉杰和科琳一起坐在一张病床上。他就在那儿。乔瑟夫·弗朗西斯·奥布莱恩二世，裹着一张白色的毯子，戴着罗茜给他织的两千顶薄荷绿婴儿帽中的一顶，被科琳抱在臂弯里。

罗茜迫不及待地朝婴儿走过去，她抱了抱了吉杰和科琳，然后把目光转向小宝宝。

“我可以抱抱他吗？”罗茜问，“我刚刚把手消了毒。”

“当然可以。”科琳回答。

罗茜把孙子接到怀里，她的脸变成了相册里一张二十年前的照片，表情充满简单的喜悦和爱意，这种表情乔好久没有见过了。罗茜摘掉孩子的帽子，手指滑过他光秃秃的小脑袋。

“他真完美。”她热泪盈眶。

“恭喜，”凯蒂说，“他很可爱。”

“让我也抱抱他吧，”梅根说，“你感觉怎么样，科琳？”

“很好。”

科琳的脸没有化妆，有些浮肿，也不太干净。她的头发发际线湿乎乎的，眼睛里幸福和疲惫交织在一起。她盖在床单下面的腹部高高鼓起来，还和怀孕时一样，但乔没有笨到说出这件事。

“她太厉害了！”吉杰说，“生了十六个小时，宫缩四十分钟，没有服药，撕裂了一点……”

“你说得太多了，吉杰。”梅根举起一只手说。

“谢谢你，”科琳的父亲说，他坐在窗边的一把椅子上，“我不想再听到他接下来要说的话了。”

“对不起，比尔，”乔说着走过去和科琳的父亲握了握手，“我没看见你坐在那儿。”

“没关系，我有三个女儿，我已经习惯被忽视了。”

乔笑了：“我们小冠军的各项数据怎么样？”

“重七磅八盎司，高二十一英寸。”科琳说。

乔站在罗茜身边，审视着孙子睡梦中起伏的眼皮，圆圆的小鼻子，娇嫩而紧闭的嘴唇，长着小酒窝的粉色小脸，光秃秃的小脑袋。说实话，他看来丑死了，但他仍是乔这辈子见过的最美的景象。

乔瑟夫·弗朗西斯·奥布莱恩，这个名字现在传了三代了。乔的心中突然充满了骄傲，但又希望他们当初选的是柯林、布兰登或其他爱尔兰名字，那些和舞蹈症没有关系的名字。乔希望这个婴儿只从他这里继承了姓氏和爱尔兰人的丑脸。

乔的孩子们出生时，他记得他当时心想每个孩子都有无限的可能，每个粉嫩的婴儿都是一张白纸，但是现在，他看着几个小时前才来到这个世界上的孙子，他想的是，是不是每件事情都已经安排好了，是不是所有的参数都预设好了，这个孩子的未来已经被注定了，在他脐带被剪断前就已经写在了星星上。对乔的母亲、乔、吉杰和梅根来说，舞蹈症是不可避免的，这是在他们出生之前就注定了的。这个故事还要重复多少遍？一组重复的DNA序列导致了重复的悲剧故事，一代一代传一代，一代传一代。

出生。舞蹈症。死亡。

开始。过程。结束。

罗茜打开小毯子，婴儿的小脚丫露了出来。她亲吻他小脚趾的时候，乔已经在脑子里想象了一遍孩子的一生，想象着他长大后得了舞蹈症的样子。罗茜重新包好这个沉睡的、丑陋又美丽的婴儿，然后送到了梅根早已准备好的双臂里。现在乔脑子里想象的是，这孩子到中年的时候就已经干瘪了，他孤独地在医院里死去，没有一个人抱着他。

就在罗茜把绿色的小帽子戴回乔瑟夫那形状有点奇怪的头上时，乔试图占卜出他的小脑袋里有多少对CAG，他害怕最坏的结果发生。拜托了，上帝，请不要把我遗传给吉杰的东西遗传给他。

乔深吸了一口气，摇摇头，努力让自己摆脱这世界末日般沉重的感觉，但是这感觉就好像一个大星球的引力一样难以摆脱。他应该开心起来。他环视房间，除了乔和小宝宝以外，每个人都在微笑。

“怎么了，乔？”罗茜问，用胳膊肘捅了他一下。

“我吗？没事儿。”乔说。

他必须要振作起来。他们并不是受到了诅咒，遗传是随机的。该死的运气。要幸运啊，小宝宝。罗茜用怀疑和生气的眼光看了他一眼。

“你要抱抱他吗，乔？”科琳问。

“不了，谢谢。”乔说。

他已经摔碎过水晶水罐，手机（他已经换了两个手机了），还有那么多玻璃酒杯和果冻杯了，这些都没关系，但是如果他把这个刚出生的小孙子给摔了，那他永远都不会原谅自己。他要让自己因为患病而笨拙的手远离这个无辜的婴儿，在安全距离以外欣赏他就好。听到乔的回答，罗茜和科琳的父亲都松了口气。乔注意到比尔一直用机警的眼光观察着他，乔一点儿都不怪他，这是身为外祖父的保护本能。他是个好人。

帕特里克拿着一个白色的泰迪熊进来了，带着伤的脸上挂着笑容。

“天哪，帕特里克。”梅根说。

“在酒吧和人打架了。你应该看看那四个家伙成什么样儿了。”

他的右眼肿成了一条缝，左眼又青又紫，嘴角也撕裂了。

“你的嘴唇在流血。”凯蒂说。

“我没事儿。恭喜啊！”帕特里克对科琳说，把手里的熊递给她，“好样儿的，哥哥。”

“你看看你，”罗茜说，“你的伤口需要缝合。”

“我很好。”帕特里克说，他摸了摸裹着宝宝的小毯子，看了一眼。

“你不能离孩子这么近。”罗茜说，拍开了帕特里克的手。

“我不会把血弄到孩子身上。”

“你已经来医院了，先去楼下急诊室看看吧。”罗茜说。

“妈，我不想在急诊室待上二十个小时。”

“伤口不会自己长好的，不要跟我争了。梅根陪他去。”

“噢，为什么让我跟他去呀？”梅根问。她吻了吻乔瑟夫的头，给他围上一条柔软的围巾。

“因为我说了算。”罗茜说。

“好吧，”梅根说着把婴儿递给凯蒂，“你真讨厌，帕特里克。”

“看到你们以后要面对什么事了吧？”罗茜对科琳和吉杰说。

乔看着帕特里克在梅根的陪同下，一瘸一拐地走出房间，知道自己该和这个儿子坐下来谈谈了。最近帕特里克从酒吧下班后很少回家，他们都不知道他去哪儿了，也不知道他是不是有女朋友。乔和罗茜不喜欢他夜不归宿，但这还不是最过分的，最过分的是打架。过去一个月里他打了好几次架，这在以前从来没有发生过。乔觉得是梅根的基因情况对帕特里克的打击太大了。他叹了一口气。

科琳的妈妈和妹妹们带着一盘咖啡从餐厅回来了。大家互相拥抱、互相恭喜，都很激动。她们把咖啡递给比尔和吉杰，病房里热闹起来，像是在聚会一样。

“很抱歉，大家，但是我真的累了，”科琳说，“你们介意我和小乔瑟夫睡一会儿吗？”

当然不会介意，每个人都很理解。凯蒂把小小乔交给他的母亲。科琳的妹妹们计划一个小时后再来看她。乔吻了吻科琳的额头。

“你真棒，亲爱的科琳。”

“谢谢你，爸爸。”

凯蒂和罗茜决定去咖啡店吃早餐，乔和吉杰准备先去看在急诊室的帕特里克。突然，吉杰说想让乔和他在外面待几分钟，于是他们走出大楼，在一个长凳上坐了下来。吉杰从外套口袋里拿出两根雪茄，扬起眉毛，递给乔一根。

“完全可以。”乔说。

乔不抽烟，而且他讨厌雪茄那种难闻的味儿，就算是上好的雪茄他也不喜欢，但要是有人邀请他的话，即使是便宜的细雪茄，他也不会拒绝。一起抽雪茄是男人之间培养感情的方式，就和女人们一起购物或做指甲一样。他们点燃雪茄，沉默着抽了好几口。

“我有儿子了。”吉杰说。听得出来，他还是有些不敢相信这个事实。

“是的，你当爸爸了。”

“真让人吃惊，是不是爸爸？”

“是。”

“你还记得我出生的时候吗？”

“当然记得，那是我一生中最幸福的一天。”

吉杰伸出胳膊搂住爸爸的肩膀，吐出一个烟圈。

“你知道的，爸爸，我爱你和妈妈，爱帕特里克、梅根、凯蒂，也爱科琳。而这个小宝宝，虽然我都没有见过他，但我对他的爱——”吉杰清清嗓子，用手背抹了一把突然湿了的眼睛，“比对你们的都多，为了他我甚至愿意去死。我以前都不知道原来还可以更爱一个人。”

乔点点头：“这才刚刚开始。”

以后，他会抓着你的手指，冲你微笑，说他爱你，在你怀里哭。再以后，他会在他第一个孩子出生后和你一起抽雪茄。

强烈的爱在乔的体内壮大，把不祥的预感以及那种压迫着他的恐惧推到一旁，为现存的以及即将到来的美好腾出了空间。是啊，这才刚开始，除了舞蹈症还有很多东西。舞蹈症或许会置乔于死地，但他的人生、吉杰和梅根的人生，将有很多和舞蹈症无关的事情。这个小宝宝的人生也一样，不管他的命运如何，他都有无限的可能。

乔抽着雪茄，他讨厌这种苦涩的味道，但很喜欢这个甜蜜的经历：吉杰的第一个孩子出生了，而他正在和吉杰分享生命中这壮丽的一刻。

然后他突然想到，这在乔的生命中也是壮丽的一刻呀。波士顿一个寒冷的十二月早上，他和他的儿子坐在这个长椅上，证明了就算人生被舞蹈症诅咒，也可以过得很美妙。

“这才刚刚开始，吉杰。”

24

外面只有 -12℃。-12℃，天哪，简直太冷了！风就像一个骂街的泼妇一样，喋喋不休，尖酸刻薄，原本就已经很冷了，现在更是雪上加霜。这寒风至少会让体感温度再下降 10℃。

雪也下起来了。波士顿估计会有 5 ~ 10 厘米的降雪，虽然没有到让学校停课或者早放学的程度，但足以造成多起车祸了。听起来，这个城市的人们好像从来没有跟雪打过交道一样，可实际上，他们已经忍受了三场冬天的大暴雪了，而且这才刚到一月的第二周。每一场暴雪都给这里带来超过 15 厘米的积雪。人们应该慢点儿开车，或者不开，但没有人会吸取教训。总是会有机动车相撞，翻下城中陡峭而狭窄的道路，像弹珠一样撞上停着的车。乔最讨厌的是小型车，比如菲亚特和斯玛特，还有老式的后轮驱动卡车，这两种车总会在原地打转，搁浅在大街上，堵塞交通。

乔被派到邦克山和塔夫茨大街繁忙的十字路口，指挥上学的小学生。交通协管员今天早晨打电话请病假了，所以乔替他来了。这个人可能是得了流感，因为最近流感很猖獗，一周以来警局里已经病倒好几个人了。不过乔也有点怀疑这位协管员根本没病，因为前几天见他挺有活力的，可能是今天早上看了一下天气预报，觉得为了那么一点儿钱去冰天雪地里站着不是很值得，所以就请假了。乔也觉得这钱领得实在不值得。

他在荧光柠檬绿马甲下穿了最厚的警察制服，戴了帽子和一副白色的连指手套，里面还贴身穿了一套秋衣秋裤，但天太冷了，穿这么多也无济于事。寒风就像一千个锋利的刀片刮着他露在外面的脸。他的眼睛不停地流泪，鼻涕不断地往下流。眼泪在睫毛上结成了冰，也在脸颊上形成冰柱。上帝啊，就连呼吸也让人疼痛。每吸一口气都会让肺的内层冻结，让他从里到外冻个彻底。他的手指和脚趾都麻木了，就像一块在指挥交通的冻肉一样。

全球变暖？才怪。那些北极熊应该搬到波士顿生活。

在人行道上等着过马路的孩子们，穿戴着五颜六色的帽子、手套、外套和靴子，背着印着超级英雄、公主或波士顿体育队的书包，拉着父母的手。早晨马路上的车太多了，乔让车辆先停下，挥手让冻得瑟瑟发抖的孩子和家长们先过马路。以前他通常会时不时友好地问候一句“早上好”，冲孩子们微笑，还会说很多次“祝你今天开心”，父母们也会开口道谢，但今天太冷了，谁也没说什么。

护送孩子们到达学校后，一群妈妈聚集在人行道旁。乔挥手让她们过马路，但是有四个人还停留在路边。乔一只手挥动着催促她们快点儿过马路，另一手拦住不耐烦的公交车司机。快点啊，女士们！这种天气不适合在外面闲聊或磨蹭。她们一直盯着他。他看到她们看自己了，但是她们还是站在那里不动。其中有一两个还在打电话。可恶，不能边走边打电话。乔放弃了，挥手让校车先通过。

一辆闪烁着警灯的巡逻车在学校对面停下了。汤米和阿蒂下了车，向乔走过来。阿蒂戴着白色的手套，穿着荧光柠檬绿马甲。

“嘿，乔，”汤米说，“阿蒂来接替你，把警车钥匙给他，你和我一起走。”

阿蒂避开了乔的目光。他的下巴僵硬，双腿站开，一副公事公办的样子。急着要冲进学校的父母和孩子们停了下来。乔感觉到路边的妈妈们都在盯着他看，想知道发生了什么事。乔也想知道。他照做了，但是他一点儿也不喜欢这种感觉。

乔跟着汤米上了车，汤米发动了引擎，但没有开走。乔觉得他们应该是要去离这里只有两个街区的警察局，但他不知道为什么汤米不走。他等着汤米开口。车里暖洋洋的，他的皮肤暖和过来了。汤米看着前挡风玻璃，看着过马路的孩子和父母们，看着正在指挥交通的阿蒂。也许，他只是在看飘落在挡风玻璃上的雪花，雨刷每隔几秒就把它们推到一边。

"我们接到了几个报警电话，说一个喝醉了的警察在指挥交通。"

汤米转过头看着乔，对自己得告诉乔这个消息感到抱歉。

"可恶。"乔说。他疾病感的缺失让他很难意识到自己不由自主的动作。

"事情就是这样。"

"应该没有那么糟吧。外面太冷了，兄弟。我就是想活动一下，加速血液循环，免得被冻死。"

汤米紧闭双唇，又开始盯着挡风玻璃。

"不仅仅是这些报警电话，乔。警察局里也有很多谣言。"

"比如说？"

"吸毒，酗酒，某种精神失常。"

乔摇着头，激动地咬牙切齿，他完全不知道大家在他背后议论他。其实他也没必要意外，本来警察们八卦起来就比一群长嘴女人还厉害，但他还是不敢相信没有一个人当着他的面说这些。

"你知道的，我像亲兄弟一样爱你，老兄。"汤米停顿了一会儿，用手拍了拍方向盘，"我觉得你只能走到这一步了。"

不，不可能。就因为一点舞蹈样动作、胡说八道的谣言和一些假报警电话？外面冷得就像珠穆朗玛峰峰顶一样，让阿蒂待上十分钟，他也会跳来跳去，只要能让自己暖和起来他什么都会做。那就等着看阿蒂十分钟后会不会像喝醉了一样。

乔内心深处燃起一把怒火，很快就充斥着他的全身，无情地吞噬了他。该死的汤米。对，他们约定好让汤米做他的镜子，一旦到了该公开病情的时候就告诉他，但乔没想到的是汤米这么快就让他妥协。就因为该死的护送小学生过马路吗？如果角色对调，再过一百万年乔也不会这样对他。汤米一直就像他的亲兄弟一样，可现在他变成了该隐，乔变成了亚伯[①]。可恶！他不需要汤米的帮助了，同事们也都滚吧，他不在乎他们怎么想，他不需要他们！乔握紧拳头，咬紧牙关。

他还有唐尼，他和唐尼从小一起长大。他们都是本地人，唐尼一定会支持他撑到最后的。

“这都是胡说八道。”乔透过挡风玻璃看着阿蒂，特别想施展绝地武士的心灵控制术让他失去平衡，希望能看到他全身颤抖的样子。

汤米点点头：“很抱歉，兄弟。麦克多诺队长从 A1 分局回来了，他在等你。”

汤米开动车子，滑进车道。阿蒂冲他们挥了挥手，他的脚稳稳地站在地面上，沉稳地用白手套指挥着人行道上的孩子和家长们，完全不受寒冷的影响。巡逻车驶过他身边时，他还是没有看乔。

A15是一个分局，人员较少，只有基本的一些编制，一般没有主管在。乔走进去时，正碰上里克·麦克多诺队长，很显然，他很生气。十多年来，里克一直是乔的主管。他们在工作上关系还算不错，但也仅限于此。

---

① 出自《圣经》，该隐和亚伯是兄弟，后来该隐背叛并杀死了亚伯。

乔知道他结婚了，有两个孩子，但是乔从来没见过他的孩子们。里克的私生活没人了解，他总是独来独往，下班后也从来不跟他们去喝酒。他总是公事公办，毫不留情，而且他太过于注重媒体对他的看法了。

乔一言不发地跟着里克进了一间办公室。乔关上门，他们俩都坐了下来。

“我们刚才把你从指挥交通的岗位上调下来了，你有什么想说的吗？”里克问。

他用细长的灰色眼睛注视着乔，态度很坚定，既有耐心也有威严。他的做事风格一向是雷厉风行，公平公正。乔看着上司的脸，那会儿快要吞噬他的怒火消退了，他疲惫不堪，手足无措。他太累了，累到连走出自己所处的这个角落的力气都没有了。他希望能先和唐尼谈一谈，看看自己还有什么选择，然后再张嘴说话。

如果他不承认自己得了舞蹈症，如果他耸耸肩什么也不告诉里克，那么即使里克是乔的主管，他也没有任何办法。但里克不会善罢甘休，他会照规则办事。他会把乔送到波士顿医疗中心进行尿检，同时把这次事故记到乔的档案里。当然了，尿检结果会是阴性，因为他既没有吸毒也没有喝酒。因此，如果乔什么也不说的话，他不会丢掉工作，但每个人都会知道他在指挥小学生过马路时被人替下来了。如果在这之前，谣言只是在警局流传，那么在这之后，这些谣言可能会传到月球上去。

乔在椅子上坐立不安。他环视着这间没有窗户的小屋子，很清楚身后十几厘米处就是关着的门，他好想逃离这里。里克的目光还在审视着他。我觉得你只能走到这一步了。该死的汤米竟然说对了。里克还在等他回答，双手紧扣放在桌子上。或许开诚布公会比较好。或许他们会给他别的安排。现在的情况还有转机，或许他不会失去工作。他的人生还可以继续。乔深吸了一口气，鼓足勇气，集结起上帝愿意给他的所有运气。

“我得了舞蹈症。”

他们都沉默了。里克细长的眼睛里一片茫然。乔的身体僵硬了起来。

“这意味着什么？”

说实话，乔到现在都不知道这个问题的答案。

25

第二天刚过中午，乔已经在苏利文酒吧喝第四杯吉尼斯黑啤了。两个男人和克里·佩里在吧台旁喝着百威，谈论着棕熊队。那两个家伙肯定是本地人，根据他们和酒吧老板杰克互动的熟悉程度来看，他们也是常客，只不过乔不认识他们。他们比乔要年轻一点，比乔可能小两三届。克里和乔一样大，她年轻时是个辣妹，是啦啦队队长，每个男同学可能都喜欢过她，乔在和罗茜开始约会前也暗恋过她。她离过两次婚，和两任丈夫都生过孩子。虽然看上去风韵犹存，但是那曾经甜美柔软的少女容貌变得粗糙了，而且有种凌厉的、咄咄逼人的感觉，她应该过得不太好吧。克里捕捉住乔的目光，她朝他飞了个媚眼，像是在邀请他过去，但乔对克里和棕熊队都不感兴趣，他冲她笑笑，匆匆地走到空荡荡的酒吧后部去了。

他缩进紧靠着墙的座位，那里灯光昏暗，墙上挂着 2004 年红袜队夺得世界冠军的海报。他希望海报上的瓦瑞泰克和福克能让他开心一点，有那么一瞬间他们可能让他振作了一点，但这感觉转瞬即逝。今天他没有任何办法感受记忆中那夺冠的感觉和无与伦比的快乐。他舔去吉尼斯黑啤最上面那层浓稠的泡沫，以前他很享受这庄严的一刻，但今天，和前面喝的那三杯一样，他感觉不到任何快乐。

关于棕熊队的争论越来越激烈了，他们越说越激动。克里也插话了，她的声音是那么尖利刺耳，听起来很不舒服。乔喝了一口啤酒，希望他们都能闭嘴。

只有唐尼知道他在这儿。罗茜以为他去上班了，他没有告诉她发生了什么，只有汤米和唐尼知道。见鬼，可能整个A1和A15分局都知道了。一群大惊小怪的家伙。但罗茜什么也不知道，他没办法告诉她这些。

里克让他休假，直到警察局的医生看完乔的病历为止，昨天海格勒医生才刚把病历交了过去，他可能还要等好几天。乔有一种甩不掉的不祥预感。他喝了几大口酒，想麻醉自己。

首先，他在服用安定药。根据警察局的规定和程序，乔应该把自己服用的所有处方药物以书面形式上报。所以，他违反了规定，但要是惩罚的话，最多也不过是轻微的处罚。可一想到某个医生正在读那一长串的舞蹈症症状，而且能轻松地对应上他近期的行为，乔就感觉胃里好像有一块生肉正在腐烂一样。

失去平衡，灵活性降低，舞蹈样动作。如果乔需要使用枪的话怎么办？如果他的手无意识地收缩扣动扳机杀死了一个普通市民或同事怎么办？如果他开车时突然加速或不由自主地拐弯撞到行人怎么办？执行功能障碍综合征，这意味着他遇到复杂问题时无法进行推理和解决，情绪非常不稳定。他们会相信乔能完全控制自己，保持头脑冷静，准确按步骤行动，保护这个城市的人民、做同事的坚强后盾吗？

不，他们不会相信的。乔翻腾的胃开始收缩。他又喝了一大口啤酒，无济于事。

那么这意味着什么呢？最好的结局是，医生可能会向主管建议，收回警察局发给他的枪，让他去做文职，不再让他去抓犯人或跟公众打交道，禁止他加班和做细节性工作。他可能会去接电话，做些文书工作，成为秘书。文书工作一般是留给受过伤的警察的。这是临时职位，是回到原来岗位前的过渡职位，但对乔来说，他再也回不去了。

而且，被调到做文书工作是最好的状况了，他得足够幸运才会发生这种事。最糟糕的情况是，他们会让他马上交回警徽。一想到这种可能性，乔胃里的东西就又开始翻滚，他吞咽了好几下，努力控制住自己呕吐的冲动。让他现在就失去枪和警徽，可能比舞蹈症对他的杀伤力还大。

乔不顾胃里翻江倒海般的抗议，喝光了剩下的啤酒，走回吧台，又要了一杯不加冰的威士忌。乔把酒杯放到鼻子下闻了一闻，威士忌的味道很清爽，但这仍然无法让他高兴起来。

唐尼出现了，他穿着急救医生棕色的工作服，坐到了乔对面的座位上。

“你是下班了，还是准备去上班？”乔问。

唐尼看了看手表。

“我下午三点的班，在那之前我得去看看我妈妈，不过我还有点儿时间。你看到克里·佩里在外面了吗？”

“看到了。”

“她看上去还是很漂亮。”

“对。”

“那么这里发生什么啦？”

“刚喝了两三杯。”

“没轻没重的家伙，你喝了可不止两三杯。”

“那又怎样？”

乔已经厌倦了要控制一切，厌倦了要继续战斗。可恶。他低头喝光了威士忌，把空酒杯扔到桌子上，好像他就是约翰·韦恩一样。过了大概一秒钟他才意识到，烧灼般的疼痛顺着整个喉咙向下蔓延。他咬紧牙关，忍住这种燃烧的痛感，决意不把酒吐出来。

“行了，硬汉。你觉得罗茜现在要忍受你发脾气、容忍你摔东西、天天担心孩子们的未来还不够，还得应付你喝得酩酊大醉回家才可以吗？”

乔能听到他在说什么，但他不想听。唐尼的话在他的脑袋里进进出出，现在又在他头顶上方盘旋，就像一根拴在线上的气球一样飘来飘去。

“我知道了，奥布莱恩，”唐尼说，“换作是我可能也会这样，你也会坐在这儿给我讲道理。我知道你不会甩手不管的。不管警察局做出什么决定，你都不能整天坐在酒吧里喝酒。”

“看在上帝的分上，就今天。”

“好，今天就疯一天吧，但一定到此为止。这样不是办法。而且我不会每天把你这头喝得醉醺醺的蠢驴送回家。”

乔笑了，但他马上就想不起来自己为什么笑。他又有点想哭。他用手抹了一把脸，长长地呼了一口气，想振作起来。唐尼在一边耐心地等着。

乔看向对面，唐尼跟他说话的口气就像他上司一样严厉，他想生气，但他做不到。对面这个鼻子受伤、穿着急救医生制服的秃头家伙，从幼儿园起就和他一起理平头、穿绿巨人的 T 恤。他是乔忠实的伙伴，在少年棒球联合会里他是游击手，打篮球时他是控球后卫，打曲棍球时他是左前锋。他曾在周六做忏悔时和乔一起跳出教堂的篱笆，偷偷溜走。上高中时他也喜欢罗茜，但是他退出了，所以乔才能毫无压力地和罗茜在一起。现在的唐尼，长成了一个严肃但受人尊敬的成年男人。记得有好几年他每周三晚上都去唐尼家吃意大利面和肉丸，好多次他们都一起在邦克山战役纪念日大游行中喝得烂醉如泥。他看着唐尼结婚、离婚，看着两家的孩子一起长大。

“你觉得我在看什么？”乔问。

“除了我英俊的脸你还能看什么？你现在可能得去做文职工作了，我觉得他们不会马上解雇你。”

乔点点头，很感激他的朋友没打击他，但他仍然希望还有别的可能。

“你发病多久了？”唐尼问。

“十个月了。”

“到现在为止，你当了多少年警察？”唐尼掰着手指问，“二十四年？”

“差不多二十五年吧。”

“你能拿多少退休金？”

“我不知道。”

“如果他们让你去做文职的话，你能按残疾退休吗？”

“我不知道。”

“好了，兄弟。你需要分析一下这件事，现在该做个计划了。你应该在他们替你做出计划之前自己先做一个。”

乔点点头。

“这绝对不是喝酒能解决的。”唐尼指着他的空酒杯说。

“好啦，好啦，我知道了。”

“你想和我哥们儿克里斯谈一谈吗？”

“那个律师？”

“对。”

乔点点头说：“好，你把他的电话号码发给我吧。”

唐尼看了一眼表。“我得走了，”他叹了一口气，“每年这段时间都很残忍。昨天我们那儿有三个自杀的。要我开车送你回家吗？”

“不用，我还要在外面待几个小时，然后再回家。”

“让我送你回家吧！”

“走吧，我没事儿。”

“如果我回来后看到你还在这儿，我会踢你的屁股。”

乔大笑：“我相信你说到做到。”

唐尼站起来拍拍乔的肩膀：“回家去找罗茜吧，我明天上午过去。”

“好的。再见，兄弟。”

唐尼走了，又剩下乔一个人了。尽管唐尼的陪伴令人安慰，但他也让乔最恐惧的事得到了确认。他们要收走乔的枪和警徽，即使不是马上收走，最终也会收走。乔用右手的指尖碰了一下手枪，然后把右手放到胸前的衬衣上，如果他穿的是制服的话，那里是警徽的位置。失去枪或者失去警徽，对他而言，都像是做手术摘除一个重要器官一样。收回他的枪就好比摘掉他的睾丸，失去警徽就好比切除他的心脏。

他在想，今天没有执行巡逻任务会错过什么，明天又会错过什么，下周呢，明年呢。在严寒或酷暑中在外面站八个小时，被枪击中，错过喜爱球队的总决赛，错过和家人共度节日，应对奄奄一息的吸毒者、杀人犯和各种疯狂的人，受到他牺牲自己幸福去保护的人们的轻视，等等，谁不想结束这一切呢？乔。乔不想。如果他想在既安全又有空调的室内做文职，他早就去做会计了。

他是个警察。永不放弃。继续战斗。波士顿警察学校的那些信条深深烙到了他的心里。把枪和警徽交回就等同于放弃，等同于背叛自己。乔闭上眼睛，脑子里每个想法都跟“失败”这个词挂上了钩。他对不起同事，对不起这个城市，对不起他的妻子、他的孩子还有他自己。没了枪和警徽，他就是个废物，是行尸走肉，每个人都会烦他，直到他变成一把灰为止。

他的计划从来都不是这样的。他原本计划工作三十五年，五十五岁就退休，和罗茜一起享受他辛勤工作换来的美好生活，含饴弄孙，领全额退休金，让他们夫妻能够生活无虞，即使他先去世的话，罗茜也可以衣食无忧。但现在，他不能等到五十五岁才退休了。还差很多年，他只能领部分退休金，可能还有一些残疾补贴，也可能没有。他会在病痛中度过余生，而这些时间他本来可以和同事们一起工作。然后呢？罗茜年纪轻轻就没人养活了，而且乔将来看病需要的钱会让他们倾家荡产。

他不想告诉罗茜发生了什么，不想再给她打击。她的痛苦居然是自己造成的，这点让他无法忍受。他们的孩子也正行走在一条不合情理、难以想象的地狱之路上。他用一生来保护波士顿这个城市，但他却没办法保护自己的家庭，正是他的存在才给孩子们带来这么多伤害。除非医学研究很快有突破，否则吉杰和梅根年纪轻轻就都会死去，而这都是因为他。乔每次想到这个现实，灵魂里的那道光就会黯淡下来，一点一点地熄灭，将他杀死。

每年的这段时间很残忍。乔知道唐尼这样说是什么意思。现在是一月份，刚刚过完圣诞节，对大部分人来说，这是和家人团聚、互赠礼物的美好时刻，但对另外一些人来说，这段时间只会带来让人难以忍受的抑郁。这时候的天气太冷了，下午四点半天就黑了。这些年，乔和唐尼每年都会接到很多自杀案件，令人难过的是，冬天是自杀事件最多的季节！他们发现过尸体，有时甚至是尸块，乔一点也不怀念这样的工作经历。自杀死去的人里，有过量吸食海洛因的青少年，有吞了一瓶安眠药的母亲，也有从托宾大桥上一跃而下的父亲，还有吞枪自杀的警察。

如果乔计划自杀的话，那他就是最后一类人。

26

乔和罗茜坐在克里斯托夫·坎尼斯特拉罗律师的办公室里，等着他接完电话。克里斯是里维尔海滩“著名的”专门办理交通事故的律师，但他也涉足家庭法、房地产业务、残疾人业务等。他在日间电视时段买了个重复到令人作呕的老掉牙广告：他在黑发上涂满发胶，油光满面地近距离盯着镜头发誓，无论谁因车祸受伤，他都会替他们奋斗到底。乔觉得他是想讲得很诚恳、很坚决，打造替人伸张正义的高尚形象，但乔觉得这个广告让他看起来很油腻，很虚伪。

但是乔绝对不会去找素不相识的律师。除了检察官以外，律师这类人总会让他感到不安。检察官和警察是站在同一阵线的，所以乔觉得他们是好人。而其他律师给乔的印象，大多都是能言善辩、见钱眼开的骗子，其中，公设辩护人是最差劲的。乔知道他们是正义车轮上必不可少的齿轮，但每当他们卖弄才华，帮助某个坏到人尽皆知的混蛋逃脱法律制裁时，乔都会气得发抖。就因为某个穿着廉价西装、道德观扭曲的律师，警察的努力全都白费了，而那位律师还得意扬扬地认为自己才是法律和秩序的北斗星。说实话，乔不知道他们晚上怎么能睡得着。

当然，克里斯不是公设辩护人，他和唐尼是在万德兰德认识的。他们过去常常一起赌狗，每次赢了就一起去圣塔皮奥吃比萨庆祝。克里斯帮助唐尼打赢了离婚官司，帮他赢得了联合监护权，还让他免于被前妻搞破产。如果他能得到唐尼信任的话，那么他对乔来说就已经是个好律师了。

克里斯的桌子上胡乱堆了很多文件夹，乔只能看到他肩部以上的部分。他穿着灰色西装，白衬衣，打着蓝领带，右耳朵后面夹着一根铅笔，不知道跟谁在通电话，一边大声说“对”和“嗯哼”，一边在笨重的老式电脑屏幕上看什么东西，旁边的书架上摆满了引人注目的参考书。乔很好奇克里斯是真的读过这些书，还是用来装装门面。

乔看了看表，克里斯注意到了，他举起食指，并告诉电话那头的人他得挂电话了。

“很抱歉让你们久等了。”克里斯说着，站起来和乔、罗茜握了手。

“没关系，”乔说，“谢谢你抽出时间来见我们。”

克里斯从一叠文件夹里抽出一个，翻动着里面的文件。然后他合上文件夹，放回原处，手指轻点着桌子，像在弹钢琴一样，演奏了一段无声的序曲。

“好吧，”他终于说，“这不是我的专业领域，不过我保证我已经做足了功课，考虑了你所有的选择。你目前的情况是这样的，你已经工作二十五年了，现在你被调去做文职工作。我不知道你还能撑多久，但是你需要在他们解雇你之前离开。你如果被解雇的话会一无所获，这点很重要。对，我们现在有‘遗传信息反歧视法案’，可以起诉他们。但你不会想要把剩下的大部分时间都花在和我一起打官司上吧。”

根据“遗传信息反歧视法案”，雇主根据遗传信息解雇雇员是非法的。当然，如果雇主解雇雇员是因为他不能安全高效地工作，那仍然是合法的，例如乔这种情况。

“不，无意冒犯，但我不想。”乔说。

“嘿，大多数时候我也不喜欢和自己待在一起。所以你要在被解雇之前辞职。”

乔点点头。

“首先你要用掉所有病假。你还剩多少？”

“十个月，我可能还可以从同事那里拿到更多。”

“那么你可以走普通残疾退休，你能拿到 30% 的退休金。”

“30%？就这些？”

“恐怕就这些。”

乔看向罗茜，她目瞪口呆，一言不发，面无血色。他怀疑自己脸上的表情也一样麻木。完整退休的话是 80%。他现在挣的钱勉强可以让他们过得下去。他已经好几年没有涨过工资了。30%。就这点儿钱罗茜怎么生活啊？他也想过，自己应该拿不到全部退休金，但没想到会这么低。二十五年的牺牲和服务，加起来只有可怜的 30%。乔不知道是该大哭还是该把架子上最重的法律书扔到克里斯油光可鉴的脸上。

“妈的。”乔说。

“我明白你的心情，但不幸的是，这还不是最糟糕的，还可能有别的意外发生。以你目前的健康状况来看，未来你很可能需要进医院治疗，那么你所有的退休金，不管有多少，最终都会被支付给护理院，你去州立医院的话就会支付给州政府。”克里斯停顿了一下，“如果你不离婚的话。”

克里斯又开始用手指敲桌子，在隐形的琴键上弹奏出一段悬疑紧张的插曲，沉默的等待着。乔抓了抓长满胡楂的脸，然后揉了揉眼睛。他回想着克里斯刚才说过的话，试图找出哪一部分比较难以理解。

“你说什么？”乔问。

“我说，要想保证你的退休金不会被交给护理中心或州政府的话，唯一的办法就是离婚。你需要签协议把你全部的退休金都给罗茜，你需要把房子和其他资产都转给她，让自己一无所有，而让罗茜获得一切资产。否则的话，你的退休金会被用来支付你的医疗费，如果不够的话，他们很可能把你的房子也拿走。”

乔和罗茜被吓到了，房间里一片寂静。他以为他们今天已经准备好了接受任何可能性，准备好了替未来做出任何艰难的法律上的决定——伤残认证、授权委托书、预立医嘱、放弃急救同意书，等等。但他没想到还有这一项。这绝对不行。他一点心理准备都没有，就好像他正望向东月台上即将进站的列车时，却被突如其来的西向运货火车撞得粉碎。

“不，”罗茜双手交叠放在胸前说，“我们不会那样做。我们不能离婚，必须要另想办法。”

乔花了一点时间来处理这突如其来的信息，这是一个他应该想到但从来没有想到过的新方案。他自顾自地点了点头。这很不公平，但这个方法很好。他不能连累罗茜，如果离婚可以保护她，让她衣食无忧，不管有多不公平有多糟糕，他都会去做。而且，他不能让她守寡，更不能让她破产。

“只是形式上离婚，亲爱的。”

“你疯了吗？不行，这太荒唐了。这是罪过，我父母在坟墓里也不会安生的。”

“不管在我们心里还是在上帝眼里，这都不是真的离婚。我觉得我们现在应该听克里斯的。”

“不行，我不会跟你离婚的，乔。那都是胡说八道，我觉得我们应该再找个律师，这个家伙不知道自己在做什么。”

乔看了一眼克里斯，准备为罗茜这些不礼貌的话向他道歉，但是克里斯一脸平静。他大概见过比这更糟糕的情况吧。

“克里斯，能让我们俩单独谈谈吗？”乔问。

“当然可以。”

克里斯看了一眼电脑屏幕，接着转动椅子，起身离开办公室，关上了门。

“罗茜，这不是真离婚，这只是一张纸，什么意义都没有。”乔听到自己说的话，觉得自己现在好像变成一个辩护律师了。

“咱们的结婚证也是一张纸，可它有意义。”罗茜说。她的声音里充满了恐惧和愤怒。

“罗茜，真正有意义的是，二十六年来每天早上在你身边醒来，和你一起把四个漂亮的孩子抚养长大，在我还能说话的时候每天告诉你我爱你。有意义的不是结婚证，而是我们在彼此身边。这张纸是用来保护你的，可以把我挣来的钱留在你口袋里，它没有任何真正的意义。”

他不能保护吉杰和梅根，不管帕特里克和凯蒂身上发生什么事情他都无法改变。但是他可以为罗茜，他美丽的新娘，做到这件事情，她应该得到这些退休金，应该和一个得了舞蹈症的丈夫离婚。得了舞蹈症的人就不配有妻子。

乔低头看着自己的手，看着手上 35 美元的婚戒，这是他拥有的最珍贵的东西。他们可以走形式上的离婚，但谁也拿不走他的婚戒，除非他死了，他们才能从他冰冷僵硬的手指上把它取下来。他举起左手，用拇指摸了摸朴素的戒指，然后握住罗茜的手。

“这些都会留着。上帝会理解的，罗茜，这不是罪。因为这个病失去退休金、房子还有一切，剩下你自己一无所有，这才是罪。”

泪水顺着罗茜苍白的脸庞滑下来。她凝视着乔的眼睛。她被逼进了这个黑暗的角落，她想逃出去。乔捏了捏她的手，这是在向她保证，他会和她一起待在这个黑暗的角落里。她也捏了捏乔的手，然后紧紧握住。

“好吧。”她低声说。

“好的。”他也低声说，额头抵着她的额头。

沉默了几分钟后，有人轻轻敲了下门，然后门开了一个缝。“还需要再给你们一点时间吗？”克里斯问。

“不，”乔说，“不用了，我们都准备好了。”

克里斯回到座位上，手指轻敲桌面，等他们开口。

“好的，”乔说，“我们离婚。”

“很抱歉没有办法给你们提供更好的方案，但是我认为这是最明智的决定。我马上给你们起草文件。”

“接下来会怎么样？”乔问。

“你们俩都要签字。我们会安排开庭日期，虽然协议内容一边倒，但如果法官有疑问的话，我会解释说你有绝症，就可以了。你们法律上正式离婚会在——”克里斯翻着自己的日程安排，“三个月后。”

二十六年的婚姻，只需两个签名和三个月时间就能一笔勾销了。乔摸着下巴，用指尖狠狠按着脸上粗糙的皮肤，提醒自己，这个决定是涉及他和罗茜的，不是别人的。可这样做是对的，这只是形式而已。

乔站起来想从书架上拿一盒纸巾给罗茜，但他的腿摇晃着，支撑不住直立起来的重量，好像他没有了骨头一般。他抓住克里斯桌子的边缘，差点儿摔倒。就算舞蹈症是他们来这间办公室的原因，可这么赤裸裸地在克里斯面前呈现病症，表现出身体这么弱，无法保住工作也无法留住妻子，他还是觉得丢脸。

接着他突然想到，同意签离婚协议不仅是个形式，这也意味着他向舞蹈症妥协了，接受了它带给他的一切。他们已经准备好迎接这头野兽的最后一击了。舞蹈症晚期。死亡。未来，他肯定要被长四寸宽两寸的厚木板固定着胸部，钢做的靴子从脚上一直穿到胯部。

他的枪，他的工作，他的妻子，他的家人，他的生命，他都将失去。

他无法呼吸，可怜的心脏既沉重又无用，他想投降，想独自滑入那失败的沥青池。罗茜站在他身边，满脸泪水，紧紧地抓着他的胳膊，支撑着他的身体，告诉他他不是一个人。乔腿上的骨头回来了，心脏也重新开始跳动。

舞蹈症会拿走他的枪，他的工作，他的尊严，他行走、说话的能力，他的生命，最终还会带走吉杰和梅根的生命，但不会把罗茜从他身边带走。不管州政府说什么，不管法官或上帝怎么判决，不管舞蹈症会从他身上夺去什么，他的家庭以及他对罗茜的爱都会一直在。他会一直爱罗茜，直到死神带走他的那一天。

27

周一菲利克斯就要去波特兰了。不是去了就不回来了，他就去一周，帮忙安顿新的办公室，在西海岸面试一些新员工，见见市长以及能源、废物处理、城市规划等相关领域的人，为集体搬迁做准备。

集体搬迁要等到六月一日，离现在还有四个月的时间，但菲利克斯已经开始收拾自己的公寓，准备打包行李了。凯蒂窝在他的沙发上，一边喝着夏敦埃酒，一边看他把书装进纸箱。

“想去看电影吗？”她问。

“好啊，我先把这个书架收拾完。”

“我不知道你为什么非要现在收拾这个。”

“现在收拾了以后就不用收拾了。”

她摇摇头，不理解他。如果让她负责打包的话，那些书可以等到搬家前四天再装箱。这不是因为她有拖延症，只是谁会想在一个到处都是棕色纸板箱的起居室里生活四个月呢？要是在六月到来之前他想看哪本书了怎么办？她又摇了摇头。她想象自己所有的书都被装箱，突然胃里有些泛酸。如果她四个月后也搬到波特兰去……想这些太让人难过了。

“下周的事情你考虑得怎么样？”菲利克斯问，手里举着一本纳撒尼尔·菲尔布里克的《邦克山战役》。

“你说什么？”凯蒂装聋作哑。

“你和我一起去吗？”

“我不知道。我得找人替我上课，这都是没准儿的事儿。”

“天哪，凯蒂。这事儿你好几周前就知道了，你只是故意拖延。我知道你不想来，你只是害怕告诉我。”

她现在害怕的事情有几百万件那么多。

“不是这样的。”

“那和我一起去吧。我们一起探索波特兰，看看那儿都有什么好玩的。你会爱上那些小啤酒厂的。我们可以多走一点，说不定还能给你的瑜伽工作室找到一个凉快的地方。我们还需要找一套公寓，很快就要搬家了，我们还没有地方住呢。”

每一个“我们”都让她心痛得皱眉，希望他没看到。他一直都在说“我们”“我们”。他很乐观，满怀希望，如果她心情好的话，他的劝说可以说很有吸引力，但今天菲利克斯说的每一个“我们”都让她生气，这就像是在逼她去一样。

她没有告诉他自己不会去。

“你自己选房子就行，我不在也没事儿。”

“我觉得我们应该一起。让我们找一套房子，然后我们就可以真正开始规划在那里的生活了。”

她能想象到，她未来唯一可以确定待的地方就是疗养院。那里没有“我们”。

“我不确定会不会去。”她说，试探着说出自己真正的想法。

菲利克斯停了下来，用拇指刮着下唇。他的嘴唇很漂亮。

“你说的是下周一还是六月？”

凯蒂犹豫了，她不想谈六月的事情。她想喝酒，想缩进沙发里，想去看场电影。

“都一样。”

菲利克斯紧闭双唇。他用力盯着她，好像想看透她的眼睛，看进她的心或者她的灵魂。或者他可能想看看能否在她眼睛里看到舞蹈症。

“是因为舞蹈症？”

“对。”

他抛开书和纸箱不管，坐到凯蒂身边。

“舞蹈症怎么能阻止你周一跟我一起去波特兰呢？”

“我不知道。”

“你的基因可能会是阴性的，你以为自己有一天会得病，围绕这些想象所做的计划，可能只是在浪费大把的时间。”

“我知道。”

“那么和我一起去吧！”他微笑着说，想用自己的酒窝说服她。

“没有那么简单。”

“你知道的，只要你想，你可以找到很多替你上课的人。”

她本能地耸耸肩，感到自己就像一个和父母闹别扭的孩子。被逼得走投无路的时候，最好什么也不说。

“如果你知道了检查结果，而且是阳性的，你会和我分手吗？”

“我不知道。”

可能。也许。

“天哪，你不知道下周一要不要和我一起去，不知道六月份要不要和我一起搬走，不知道要不要知道检查结果，不知道如果有舞蹈症基因的话会不会和我分手。你到底知道什么，凯蒂？”

她不怪他生气，但是她受不了他冲她发火。她垂下头，盯着自己的克拉达戒指，想象要是没了它，这根手指会多孤单。她想耸耸肩，再说一句“我不知道”来逃避他的问题。她想逃避一切——她的检查结果、考虑六月份的事情、看爸爸乱动和摔倒、想舞蹈症、成为菲利克斯愤怒和挫折的来源。也许她应该马上就和他分手，没了她菲利克斯的生活会容易得多。

有时感觉她脑子里除了舞蹈症其他什么都没有，什么都不知道。舞蹈症。舞蹈症。舞蹈症。她抬头看着菲利克斯，他棕色的眼睛紧紧盯着她，充满期待。他需要她，她也需要他。舞蹈症以外的东西又回到了她的脑子里，那是无法避免的事实，也是她说话的勇气。

“我爱你。”

菲利克斯的态度软了下来，他抱住她，温柔地吻她的唇。

“我也爱你。我知道你正在经历什么，真的很可怕，很不公平，也很艰难，但是你必须撑过去。现在，你还站得稳稳的，你知道的，这种病很晚才会发病。让我拉着你的手，我们一起撑过去。”

凯蒂点点头：“你说得对，我也想那样做。”

菲利克斯笑了：“不管你有没有这种基因我都爱你，但是我不想异地恋。我不想和你视频通话或在脸书上看到你。我想和你在一起，和真正的你在一起。如果不是全部，那我宁愿不要。”

“但是——”

“很抱歉这样和你说，但至少我很清楚我想要什么。你清楚你想让我，或者让我们过什么样的生活吗？”

“好像你在给我下最后通牒。”

“我还有四个月就要离开了，”他说，伸出手指着纸箱，“而你看上去还不理解这意味着什么。我觉得你在逃避，你不想决定。然后，到那天我就走了，而你还是没有做出任何决定。”

他说得对，但也不对。他太了解她了，的确，她的思维停滞了，什么决定也做不了。她想不想知道基因检测的结果？如果检测结果是阳性的，她要不要和菲利克斯分手？违背爸爸的意愿、在家人需要她的时候和菲利克斯搬到波特兰去，还是留在查尔斯镇？她通通没法决定。

如果今天她必须回答的话，她会尊重爸爸的意见，留下来。有趣的是，如果没有舞蹈症，爸爸肯定也会禁止她和菲利克斯一起搬走，而那足以惹恼她让她收拾东西准备马上搬走。但舞蹈症闯了进来，成了重心，爸爸的话又给了她犹豫的理由，她留下来就更合理了。

生存还是毁灭，这是个问题。但是她明白，不管她做不做决定，菲利克斯都会在四个月后搬走。每一天的每一刻她都明白这一点。

"很抱歉，我不知道该做什么。"她说。

"你说的是检查结果吗？"

"这件事肯定是首要的。"

"我认为你应该知道结果。"

"你真这样认为吗？你以前不想让我去做检测的。"

"不知道结果一点儿也不适合你，你活得就像个死刑犯。"

"我有吗？"

她以为他没有注意到。

"有啊。我认为，如果你真的不在乎，你可以不用知道结果，否则，你应该知道结果。"

说得太对了。但是她该怎么选择呢？选择不在乎结果，活在当下，还是知道结果，让心里的石头落地。这个选择很艰难。她每天都花好几个小时在心里权衡每种选择的利弊。无知是福。知识就是力量。活在当下是明智的。规划未来是负责任的。做最坏的打算。抱最大的希望。每天结束时，计分表要么两边都一样，要么就乱得数不清，所以每天她都被内心的挣扎折腾得筋疲力尽。

凯蒂像解答一个深奥而神圣的谜语一样思考着这个问题。转换视角想一想，如果她没有得舞蹈症，那她把那么多脑细胞都花在思考自己有病的问题上，岂不是很傻。这时，她仿佛听到了父亲的声音，那是她一直信任并且尽力去服从的声音，他告诉她要留下，留在查尔斯镇。这个想法就像一个绳索，紧紧套在她的脖子上。留下来。她的未来似乎已经被预先设定好了。

她凝视着菲利克斯的眼睛。从他的眼睛里，她看到了通往自由的邀请。远离舞蹈症，远离这里令人窒息的种种限制，自由地去爱，活出真实的自己。如果她的基因是阴性的话，那这就是她的机会。对不起，爸爸。

“嗯，”她说，“如果结果是阴性的，我会和你一起去。”

菲利克斯的脸上绽开一个大大的笑容，他很激动。她意识到自己刚刚大声答应了，激动之中很快又渗入了恐惧和内疚。她明明告诉爸爸自己不会走。她要是走了妈妈该多心碎。吉杰和梅根的基因都是阳性的，她又凭什么认为自己的基因会是阴性的呢？她凭什么获得这样的自由？菲利克斯拥抱着她，紧紧搂着她的肩膀，不知道她心里正在经受折磨。

“这就是进步！很棒。好，那么现在我们知道是什么阻止你了。如果结果是阳性的呢？”

菲利克斯放在她肩上的双手突然重得让她无法承受，她被钉在原地，动弹不得。

“我不知道。”其实她知道。

“好，我们可以到时候再说。周一和我一起去波特兰怎么样？就当是度假了。”

凯蒂用手指按着太阳穴，她头疼得想尖叫。她巴不得去度个假，巴不得逃离这里。但是就算她跑到斐济去，住在私人沙滩上的五星级酒店里，她还是会想到舞蹈症。无处可逃。

“我真的去不了。”

“好。”

菲利克斯突然站起身回到了书架旁。

“你还想看电影吗？”

“无所谓了。”

凯蒂看着他把书装到另一个箱子里，而他看也不看凯蒂。他以前给凯蒂讲过工作上的事情，凯蒂能想象出他在公司很能干。她看待问题的方式一定快要让他发疯了。只是他不是一个爱发脾气的人，不会因为没有得到自己想要的东西就生气。他的肩膀向前垂下，眼睛也看着地面。读懂他的表情后，她的心揪紧了，血液在血管里猛烈地冲击着太阳穴。他看上去很害怕。她一直都以自己为中心，从来没想过他也会害怕。

“很抱歉，菲利克斯。你会在六月份之前再去一次波特兰吗？可能我下次能跟你一起去。”

菲利克斯耸耸肩，她现在也尝到被拒绝的滋味了。

“下周就去的话我还没准备好，我还没找到人替我上课。”

他一言不发。

“你自己去选一套房子吧，我相信你。只要你喜欢我就喜欢。”

六月一日是周一，凯蒂想象着那天早上醒来后，她的书还放在书架上，衣服还挂在衣橱里，行李箱还没有装好，而菲利克斯就要动身去洛根机场了，她吻别了他，目送他离开，一动不动地站在那里，因为自己是舞蹈症阳性。她爱他，但他应该离舞蹈症远一点。可是，如果她不搬走，不开自己的瑜伽工作室，和菲利克斯分手，她的基因就会变成阴性的吗？

如果基因是阳性的，她就要白白放弃这一切吗？

28

亚兹已经有三天没有走路了。时候到了。乔没劝罗茜什么，她就同意送亚兹走了。她知道现在只能这么做了，但她还是没法儿目睹。乔感谢上帝她还有小宝宝乔瑟夫，可以分散她的注意力，否则她会伤心欲绝的。

“谁开车？”凯蒂问。

“你开吧，”梅根说，“我不想去，太难受了。”

“给我钥匙，”帕特里克说，“我开车，你和凯蒂留在这儿，我和爸爸去吧。”

凯蒂把钥匙递给帕特里克，乔带头走了出去。他知道这场对话是因他而起，尽管他假装没听到，但他还是感到惭愧和无助。

两周前，乔被要求交回发给他的武器。三天后，根据警察局医生的建议，里克告知乔，他们不得不通知了机动车辆注册处，因为从医学角度来讲，他不适合再开车了。里克说得非常详尽。如果乔开车出事故撞伤了人的话，那么伤者就会发现乔有舞蹈症，波士顿警察局也知道他有病，他们就得负责任。不上班的时候让乔开车也很危险，会引来官司，还会招来媒体的疯狂报道。所以里克还没通知乔就先通知了交管局，吊销了他的驾照。

没了枪也没了驾照，这已经是明摆着的事情了，乔不需要有人来跟他解释什么。他四天前正式但又随意地辞去了工作。然后，好像要和他的行为保持一致一样，亚兹不能走路了。这一周可真可怕。

乔还有一个执照，可以合法拥有和携带个人枪支。但是他怀疑这个执照也会被吊销。

所以帕特里克在开车，乔抱着亚兹坐在副驾驶座。从家到兽医站很近，但现在是交通高峰期，路上还至少有六、七个红绿灯，所以乔现在有足够的时间和儿子谈一谈。乔注意到帕特里克放在方向盘上的指关节都受伤了，呈现出像生牛肉一样的粉红色。乔想说话，但只能坐在那儿，一言不发，拍着亚兹的头。乔本来就需要很大的心理建设才能开启话题，何况现在又有了舞蹈症。

“你这一阵儿怎么样，帕特？”

“没什么。”

“总打架是怎么回事儿？”

帕特里克耸耸肩：“酒吧一直很乱。”

“你们不是有保安吗？”

“对，对方人太多。我就帮了一把手。”

“就这样？”

“对。”

“我们有一阵子早晨没见过你。”

帕特里克直视着前方，好像没听到乔在说什么。凯蒂·佩里在Kiss108电台上唱着《咆哮》，车窗蒙上了一层水汽。舞蹈症消耗了乔很多卡路里，所以会产生很多热量，乔现在坐哪辆车都会让窗玻璃上蒙上一层雾。帕特里克打开雨刷器，把除霜装置调到了最大。车里充满了气流的声音和凯蒂·佩里的声音。

“你都在哪儿过夜？”乔问，重新组织了一下措辞，直接提出了问题。

“没在哪儿。”

“你有女朋友了？”

“算不上。”

“那你在哪儿睡觉？”

“大部分时间在这个女孩儿那儿。”

“这个女孩儿不是你女朋友。”

帕特里克耸耸肩：“算不上。”

乔摇摇头：“你有吸吗？”

“什么？”

“你有吸毒吗？”

“天啊，爸爸，当然没有。”

“不要骗我，帕特。”

“我没有。我只是下班后和朋友喝喝酒，没什么大不了的。”

“离毒品远点儿，帕特。我是认真的。”

“我不需要你给我上课，爸爸。我没有吸毒。”

“你可怜的妈妈已经有够多事情要担心了。”

“不用担心我，我什么事都没有。”

雨刷器和除霜装置没有什么大用，帕特里克身体前倾，用手去擦前挡风玻璃，蒙了一层雾气的玻璃上显现出一条条手指印儿，就像一个复杂的蜘蛛网。乔看着帕特里克开车，想着是不是应该相信儿子。他拿不准他。即便帕特里克就坐在他身边，但乔还是感觉离他很远，而且他还在逃离，离乔越来越远。

乔也没办法怪他。帕特里克有太多东西要逃避了——他爸爸、哥哥、梅根身上的舞蹈症基因，他自己、凯蒂和小宝宝乔瑟夫身上50%的遗传概率，还有对这个女孩儿的感觉。

“到了，”乔指着窗外说，“就是这儿。”

帕特里克把车停好，先下了车，站在车前，双手插在口袋里，透过模糊不清的挡风玻璃看着乔。乔双手捧着亚兹，亲了亲它皮毛打结、柔软的小脑袋，希望再为它多做些什么。他用一块绿色的羊毛毯整齐地包住亚兹虚弱的身体，然后用食指在副驾驶旁边蒙着雾气的车玻璃上写道：

亚兹曾在这里。

他又亲了亲亚兹，打开了车门。

回到家，乔坐在起居室的椅子上，喝着第五罐百威，舒服地沉醉于微醺之中。亚兹的窝空了，只剩下点点污渍。它已经不在了，这太不真实了。走了，就那样走了。乔把衬衣袖子按到眼睛上，擦掉眼泪。

他转过头继续看晚间新闻。新闻里正在播放运动赛事，重述昨晚棕熊队遗憾输给了加人队的赛况。这时，主持人史黛西·奥哈拉插播了一则重大新闻。

下午五点刚过，一位身份不明的白人男性走进了查尔斯镇斯波尔丁康复医院的大厅。他背了一个黑色的双肩背包，经搜查发现其包里装满了半自动武器。这时这位不明身份的男子用另一把藏在夹克里的枪开始向周围扫射，有一名波士顿警察受伤。现该男子已被制伏并羁押，枪手的动机尚不明确，受伤的警察已被送往麻省总医院进行抢救，目前状况不明。我们稍后会进行更加详细的报道。

一阵电流穿过了乔麻木的大脑。他给汤米发短信，然后是唐尼。他盯着手机，心脏快要跳到喉咙里了，一直一直等回复。他看了一眼通讯录上的其他人。罗茜和科琳应该在楼上照看孩子。但如果科琳今天为了和同事聊天炫耀一下自己的宝贝儿子顺便去医院了怎么办？他发短信给科琳。

你在哪儿?

又发短信给罗茜。

你在哪儿?

新闻还在继续，现在在播报天气。该死，外面很冷，大家都感觉得到。够了，快播斯波尔丁医院的新闻。这个警察叫什么名字?现在状况怎么样?

乔的注意力在电视屏幕上蓝色的地图和手机屏幕之间来回移动，哪个都没有用。受伤的警察情况很糟糕。乔能听到自己脑子里响起的播音员声音，受伤的警察情况很糟糕，这让他的心脏几乎停止了跳动，但这其实是记忆中某一天的声音。受伤的警察情况很糟糕。乔本来应该在场的。他应该在现场而不是坐在起居室的椅子上，穿着昨天的 T 恤和运动裤，只能做一个电视新闻报道的旁观者。这简直就是在浪费氧气。

乔的手机响了。科琳发来了一条短信。

我们在楼上。罗茜和乔瑟夫在睡觉。

乔回了一条短信。

好的，谢谢。

乔的手机又响了。这次是汤米的短信。

我没事儿。西恩胃部中枪了。在麻省总医院做手术。

妈的。乔把手机扔出去，茶几上一个瓷制小天使被撞到了地上。小天使躺在地板上，头已经摔破了。

乔看向左边，看到了亚兹空荡荡的窝。他快要崩溃了。罗茜的天使碎了，他们的狗死了，他的同事中了枪正在垂死挣扎，而乔坐在起居室里，对所有这一切都无能为力。

他站起身走向厨房，中途不由自主地停在亚兹的食盘前。盘子里仍然盛满了食物和水。他们需要把盘子清理掉，洗干净，然后呢？扔掉？乔做不到。

他转过头，面向把厨房和女儿们的旧卧室隔开的那堵墙，他从三天前，也就是亚兹不能走路的那天，开始了改造工程。用一项工作代替另一项工作，一开始感觉还不错，但他很快就发现自己对这项工作没有热情。相反，他怀念之前恐惧的生活。所以这堵墙就拆了一半，每次罗茜从厨房进进出出时都很生气，早饭和晚饭时还会嘲笑他。

他盯着拆了一半的墙，感到那种熟悉的、原始的怒火正从他体内苏醒过来。它伸展着长而多毛的手臂，握紧了拳头。那个混蛋的白人男子，他竟然想杀死无辜的平民，想杀死兢兢业业治愈病人的医生，想杀死像他儿媳和孙子那样的无辜的母子。

怒火继续诅咒着那个向西恩开枪的混蛋。乔听到新闻播音员在讲林赛·罗韩那个明星，而不是他朋友的现状，怒火沸腾了。这都什么时候了，还有心情报道这些！西恩一定要活下来，他有妻子和孩子需要照顾。

突然，怒火开始捶打乔的胸膛，朝他大声怒吼，责怪他辞去了工作。在斯波尔丁医院的应该是他而不是西恩。他没有坚持战斗，他放弃了，所以他能穿着运动裤待在家里，喝着啤酒看着电视。他不够坚强，他是个该死的懦夫。

他内心深处发出一阵怒吼，声音传到了身体的每个角落，全身每个细胞都听到了。乔从杂物柜中重新找出大锤子，开始继续拆墙。他高高举起锤子。砰。又高高举起锤子。砰。继续举起，可他摔倒在了地板上。他艰难地站起来，舞动锤子，砰。锤子每次撞击发出的声音让他很满足，比用球棒在最佳击球位置击打棒球的感觉还要好。

他呼吸着墙上飞散的粉末，举起，猛击，落下。砰。墙体的碎片飞进了他脏兮兮的白袜子里。砰。他听到自己在胡乱吼叫，发出了谁都听不懂的咕哝声。墙倒了。砰。砰。砰。

乔终于累了，他把锤子扔到地板上，揉着眼睛坐到床上。床？他不是在厨房吗？房间里很暗，他居然在自己的卧室里。墙上到处都是砸出来的坑洞，地板上到处都是墙体的碎片。

可恶，怎么会这样？

他摇摇晃晃地走向门厅，从起居室到厨房这段路上到处都是锤子砸出来的坑洞。他走进起居室，好像在勘查犯罪现场。这间屋子除了那个掉了头的小天使外完好无损。他回到厨房，墙都毁掉了。

乔用手指抓着汗津津的脸。他到底怎么了？他简直是疯了。要是罗茜或帕特里克在的话会怎样？他们能说服他恢复理智并阻止他吗？他会不会冲他们挥起锤子？他会不会伤害到他们？

乔走回光线昏暗的卧室，看着面前的一片狼藉。他完全失控了。这太可怕了，他低头看着自己的双手，双手不停地在颤抖。

要是乔暴怒的时候，科琳或吉杰抱着孩子过来了会怎么样？他不敢再想下去。他坐在床上，哭了。罗茜看到会杀了他。

他就该被人杀死。

他的手机响了。

西恩做完手术了。情况稳定。他会康复的。

乔回短信：

歇歇。主语安全。

该死的自动输入法。手机键盘也太小了。该死的手指，短信都发不了了。他又试了一次：

谢谢。注意安全。

谢天谢地，西恩没事儿。接着他又看到了被毁掉的墙，感激瞬间被无法承受的羞愧所代替，他为自己做的事情、为他得的病、为他自己感到丢脸。

他曾经是一名警察，现在已经不是了。他不能保护波士顿这座城市就算了，他连家人也保护不了，甚至他还有可能会伤害到他们。吉杰和梅根会得舞蹈症，这都怪他。帕特里克和凯蒂还有小宝宝乔瑟夫，上帝保佑他们，他们都有可能会得这种病，这都是他的错。他都没有抱过自己的孙子，因为害怕某种无意识的动作会伤害到他。仅靠30%可怜的退休金他连自己的妻子都养活不了，靠这点钱根本活不下去，而且他要跟她离婚了。

他看着墙上的洞。他刚刚把自己家砸了个乱七八糟，他把家给毁了。

那么他还剩下什么呢？日复一日地待在起居室里看电视，接下来，在州立医院里一年年萎缩下去？每天由一个可怜的护士给他擦干净瘦骨嶙峋的屁股，直到他饿死或得了肺炎死去？

这有什么意义？为什么要让他们都经历这苦不堪言的羞辱？

乔想到了亚兹。亚兹的一生幸福，充实。当它的生命渐渐消逝时，他们没有让它受罪。兽医注射五秒后，它就离开了，走得平静而有尊严，迅速且没有痛苦。

这样做是符合人道主义的。乔注意到了“人道主义”中的“人道”这个词，但是那种“人道”的怜悯仅限于对待动物。对乔来说没有五秒钟的注射可以选择，法律不允许医生对人“人道”。乔和每一个像他这样的人都要忍耐痛苦，忍受零质量的生活，直到病痛把他折磨致死。

可恶。

乔走向梳妆台。外面传来警笛声，接近，经过，远去了。乔停下来听。没声音了。

他打开最上层的抽屉，拿出手枪，他的史密斯·韦森牌贴身护卫。他取下扳机锁，把枪拿在手里，握着枪柄，欣赏着它小小身体里装填的火力，它在他手心里是那么服帖。他取出弹夹，仔细打量着。6 轮，再加上枪膛里本来就有的一个，全部装满了子弹。他把弹夹装回去。

“乔？”

他吃了一惊，抬头看去。

“你干什么呢？”罗茜站在卧室的门口问，门厅的灯光照亮了她。

“没干什么，回吉杰屋里去。”

“乔，你吓到我了。”

乔看了看墙上的黑洞，又看了看手里的枪，没看罗茜。

“别害怕，亲爱的。我就是想看看这枪是不是还能用。”

“能用。把枪放起来，好吗？”

“这跟你没关系，罗茜。回吉杰屋里去吧。”

乔等待着。罗茜一动不动。压抑的怒火又在他心里翻滚。他咽了一口唾沫，狠狠咬着牙齿。

“乔——”

“我说了，你走！出去！”

“不，我哪儿也不去。不管你做什么都要在我面前做。”

29

手枪还是在他的计划里。乔没有向罗茜做出任何承诺。前几天晚上她有说服他不要想不开，但他仍然沉迷于自己的决定，沉迷于这个决定给他带来的控制感。不臣服于舞蹈症带给他的悲惨结局，这种想法让乔感觉自己充满了正义感，甚至感觉到了成功的甜美。他要按照自己的想法冲出困境，不会让舞蹈症这个恶魔结果他，不会让它得逞。好人最终都会赢，舞蹈症会输。当然，好人赢的结局也是死，但这样至少不会让舞蹈症为所欲为。正义战胜了邪恶，这个题材很好，迪士尼可以拿这个拍一部电影了。

他打开梳妆台最上面的抽屉，把熟悉的步骤又重复了一遍。拿起枪，打开扳机锁，取出弹夹，数数有几颗子弹，把弹夹放回去，扣上扳机，把枪放回抽屉里，关上抽屉。准备放开抽屉把手时，他又打开了抽屉，让自己又看了一眼枪，确认它还在那里之后，放心地把抽屉关上了。

他呼出一口气，那把枪和那些子弹还在那儿，这让他感到非常满意。一种轻松的感觉贯穿全身，又迅速又彻底，比他爬完“四十段阶梯”后的感觉还要愉悦。他希望这种感觉会持续下去，但每次都不会。

他每天会去检查手枪好几次，有时一个小时就好几次。他停不下来。看过后过不了几分钟，那种轻松就消失得一干二净，而不安则继续开始唠嗑他。要是枪不见了怎么办？要是子弹不见了呢？这太荒谬了。他知道枪和子弹就在梳妆台里，他刚刚查看过的。但怀疑越来越迫切，脑袋中央就像有一个门铃在不停地响，响得越来越急、越来越刺耳，他得去开那扇该死的门，不然门铃会一直响下去。

看看枪还在不在！看看枪还在不在！看看枪还在不在！

因此要摆脱这强迫性的想法只能去看看那该死的枪还在不在。因此他就去看了。瞧，没事儿，枪还在，子弹也在。但是这令人发疯的不安几分钟后又回来了，就像一条热切的狗刚接住了一根棍子，不管乔再扔多少根棍子它也不会厌倦这个游戏。

他从冰箱里拿了一罐百威。橱柜上已经有三个空罐了，他从今天清晨就开始喝了。不过又怎么样呢，他想做什么就做什么。他拿着酒回到起居室的椅子上。

前门开了，有脚步声从大厅传过来。罗茜去上班了，那么来的可能是唐尼或者汤米，来指责他吓到了罗茜，指责他不停地喝酒。他一直在等他们来。他在椅子上坐得更直了，挑战似的握紧啤酒罐，有些啤酒晃了出来，洒到了他的运动裤上。他准备在唐尼或汤米面前为自己的计划和行动辩解，他们会理解的。他抬头一看，来的是凯蒂，他没有准备好如何在凯蒂面前进行辩解。

凯蒂双手叉腰，上上下下打量着他，什么也没说。她转过身，走向窗户，把三个百叶窗帘都拉到了顶。光线涌进了房间。晴朗的天气让乔感到不安，他将目光瞥向一边，转过了头。他之前没有意识到起居室里这么暗。尘埃在咖啡桌上方漂浮，桌上放着一叠没翻过的《爱国者纪事报》、两个空的薯条袋子和他今天早上落在这里的吸管杯。

凯蒂转过身，径直向乔走去。她从乔椅子的扶手上拿起遥控器，关掉电视，然后把遥控器丢到电视柜上。

“嗨。”乔说。

凯蒂一言不发。她拉过来一把摇椅，放到乔面前。她坐了下来，又想起点什么，小心地向后退了一英尺。根据以往的经验，她知道现在不能离父亲太近。他可能会因为舞蹈样动作而扇她耳光、撞击她的肋骨、踢她的小腿、把她撞倒在地。他上周用胳膊肘撞到了罗茜的眼睛，撞得她眼圈都青了。虽然她为遮住它们化了妆，但他仍能看到她的瘀青。这个可怜的女人看上去就像受到了虐待。不过从很多方面来说确实如此。

凯蒂盯着爸爸的眼睛说：“妈妈把事情都告诉我了。”

乔一言不发。他想马上制止她，跟她说，妈妈不应该告诉她这些，她不用担忧，这与她无关，但这些话被锁在了舞蹈症的牢笼里。所以，他只好看着女儿的蓝眼睛，她目光中的决心和恐惧正在相互斗争。凯蒂等待着，她以为乔会反驳，但是他没说话，于是她继续说下去。

“我不会说什么陈词滥调或名言，也不会只跟你谈瑜伽。我想说的是我的真心话。”

她停了一下，注意到他手里的百威啤酒罐。这让乔很气愤，为什么不能让他想做什么就做什么。但看到凯蒂眼里的失望之后，他有些难受。他放下了啤酒罐。

“我想说的是，爸爸，我们小时候你教给我们那么多东西，那些让我们成长为今天的样子。是你告诉我们怎样分辨是非，告诉我们要尊重别人、遵守职业道德。是你教给我们要诚实和正直，教给我们怎样去爱别人。对，我们在学校也接受了教育，但是我们真正的教育来自你们。你和妈妈一直都是我们的第一任老师，也是我们最好的榜样。”

乔缓缓地点点头，深受感动。

“吉杰和梅根会得舞蹈症，帕特和我也可能会得……”她说，声音突然因为恐惧而颤抖。乔想不惜一切来保护她的女儿，不让她发出这样悲痛欲绝的声音，但他是那个声音的罪魁祸首，他无能为力。凯蒂用食指按了按眼角。乔一只胳膊甩了出去，碰到了边桌，百威啤酒洒到了地板上。

凯蒂跳起来冲向厨房，拿来一卷纸巾，擦掉了地板上的一摊啤酒。

“谢谢你，亲爱的。”乔说。

凯蒂坐回摇椅上，盯着爸爸，深吸了一口气继续说：“爸爸，我们不认识其他舞蹈症病人。我们只认识你，我们要跟你学习怎样带着舞蹈症生活，怎样面对死亡。”

乔把目光移开，想到了他的计划，他完美的计划。这是一个人道的决定。他会教他们做人道的事情，找到胜利的方法。枪。他应该去看看枪还在不在。

“我不是在要求你做什么，爸爸。我也不知道该怎么办，我们大家都不知道该怎么办。我们不知道怎么做是对，怎么做是错。但不管你做什么，都是你给我们的建议。”

枪就是计划。这才是对的事情，这才是他要教给孩子们做的事，他要教他们在舞蹈症发病前自杀。他想起身走到梳妆台那儿去，但是凯蒂在这里。去看看枪还在不在。这个想法挥之不去，就像身上哪里很痒但又挠不到。他每在椅子上多坐一秒，这种感觉就会加剧一分。

“好吧，我想教你练一些瑜伽。”凯蒂说，她的声音还在颤抖。她把摇椅向乔的方向拉近了一些，两人膝盖相抵。她向前倾身将手放到乔的腿上，“如果你现在结束这一切，你就是在逃避还没有到来的明天。你有理由活下去。我还想让你活着，我们都这样想。我们需要你，爸爸。拜托了，我们需要学习怎样和舞蹈症相处。”

她的蓝眼睛看着他，洞穿一切，坚定又充满爱意。他在她身上看到了那个毫无防备的小女孩儿，那个三岁大的凯蒂。突然，所有关于枪的想法都消失了，只剩下了凯蒂，他勇敢而美丽的小女儿，这个孩子这么爱他，爱到可以这样面对他，她是他的宝贝女儿。一股解脱了的感觉席卷了乔。他放声大哭，任由眼泪从脸上掉落。凯蒂也哭了，他们面对面，哭作一团。

乔内心深处有什么东西苏醒了。他记得他曾经教吉杰怎样拉外套的拉链、怎样扔棒球，教帕特里克滑冰、过马路时要注意看两边，教梅根打响指和吹口哨，教凯蒂下象棋。他教他们关于钱的知识，教他们开车，教他们换轮胎，教他们守时有多重要，教他们全力以赴有多重要。身为父亲的责任曾是他的荣幸，一直都是，即使在孩子们都长大后，他们也永远都是他的孩子。他可以结束自己的舞蹈症，但他遗传给孩子们的却会继续存在。

这段时间，他就像一个可悲的存在，待在黑暗的起居室里，穿着脏兮兮的运动裤，还不到中午就开始喝啤酒，把每个人都吓得要死。这不是他想给孩子们树立的榜样。这时，一个完整而明确、有力而具体的新计划出现了，这才是他应该做的：他要教给孩子们怎样带着舞蹈症生活。这才是真正人道的决定。

乔用衬衣袖子擦了擦脸，叹了口气，说："你想让我出去？"

凯蒂湿漉漉的眼睛亮了："对，你想去哪儿？"

"瑜伽馆怎么样？"

凯蒂脸上又惊又喜，好像她刚拿到一张中了奖的彩票："真的吗？"

"对。"

"你会喜欢上瑜伽的，爸爸。"

"我是不是需要一张印着水果图案的瑜伽垫？"

"我给你一张。"

"我不知道怎样做，所以对我要求不要太高。"

“这才是瑜伽的魅力，你只需要知道怎样呼吸就行。”

乔注意到自己胸膛自然地起伏。呼吸。今天，他还能够呼吸。

“嘿，凯蒂。”

她等他说下去。

“谢谢你，亲爱的。”

“不客气，爸爸。”

“你怎么变得这么聪明的？”

凯蒂耸耸肩笑了：“是妈妈的功劳。”

乔大笑，身体前倾，带着所有的爱和骄傲抱住了他的小女儿。

30

罗茜在厨房里找蜡烛，乔和其他人在等她。他们要在新餐厅里举行第一次家庭晚餐。乔坐在一张野餐风格橡木餐桌的桌首。这张桌子是从乔丹家具店买来的，能坐八个人，每个人的地方都足够大。这张新桌子让大家吃饭的地方宽敞了很多，但罗茜还是不高兴。隔开厨房和女孩儿们的旧卧室的墙拆掉了，没有了，让乔在暴怒中毁掉了，但是他并没有像曾经许诺的那样在原来的地方建个吧台。现在跟以前在厨房吃饭相比，是另一种拥挤，因为周围都是装了旧衣服和节日用品的纸箱，这些东西还没来得及收起来或捐出去，都靠墙堆着，几乎紧贴着每个人的椅子背。头顶也没有灯，女孩儿们把这里当卧室时用的是台灯。下午四点钟，这个房间里只有从明亮的厨房和过道透过来的灯光。

“找到了。”罗茜说，拿着两根祈祷用的蜡烛凯旋而归。

放第一根蜡烛的玻璃容器上写着“圣母玛利亚，解开绳结的人”，放第二根的容器写着“圣迈克尔用长矛杀死了魔鬼”。蜡烛点燃后，房间里并没有明亮多少。

“怎么样？”她问。

“非常浪漫。”梅根说。

“也许我应该从起居室拿个台灯过来。”罗茜说。

“坐下吧，妈妈，挺好的了。”凯蒂说。

罗茜坐下来，敷衍地做了餐前祈祷，大家参差不齐含混不清地说了“阿门”，然后晚餐开始了。乔看着罗茜熟练地把一盘盘羊肉和一碗碗煮萝卜递给大家。她的头发还有些湿，因为刚洗过澡没多久。在圣母玛利亚蜡烛投下的阴影中，她绿色的眼睛昏暗无光，她坐在餐桌另一端，但感觉却那么遥远。要是她知道乔心里在想，他看起来比四十四岁还要老很多，她肯定会一星期都不理他。

乔的舞蹈症折磨得她疲惫不堪——即将到来的离婚、手枪事件和偏执、墙上的洞、经常无休止地给她打电话和发短信。光是吉杰和梅根就已经让她够难过的了，她还要担心帕特里克、凯蒂和宝宝乔瑟夫。她也睡不成美容觉了，每周有三个晚上在吉杰他们卧室上夜班，睡在他们的客房里，随时准备等乔瑟夫醒了后给他喂奶或唱一段摇篮曲，好让吉杰和科琳可以睡个好觉，不至于全天候照顾孩子。重要的是，她现在一周要工作三十个小时，以前是二十个小时。虽然她说没什么，但乔能看到，这已经开始影响她的身体了。

吉杰和科琳在餐桌上时隐时现，他们时而弯下腰，时而又直起身来，忙着照顾孩子。乔瑟夫坐在地板上一个能摇动的小椅子上，而他们俩一口晚饭都还没吃。

“孩子没事儿，你们俩吃饭吧。”罗茜说。

“我刚调整了一下他的头。”吉杰说。

科琳用一块蓝色的布擦掉孩子嘴角几乎看不见的一点点白色唾液，然后给他嘴里放了一个安抚奶嘴。他熟练地吮吸了几秒钟，然后停了下来，奶嘴掉到了地面上。吉杰弯腰从桌子底下捡起奶嘴，正要放回乔瑟夫嘴里，科琳用手拦住了他。

“不行，掉在地上了。等一下，他围嘴的口袋里还有一个。”科琳说着从吉杰手里拿走了那个脏了的奶嘴，起身离开了餐桌。

其实在乔看来，乔瑟夫没什么需求，要是吉杰和科琳不管他的话这孩子可能已经睡着了。新手爸妈就是这样，每一代人都要自己去学习。

“菲利克斯呢？”乔问。

“去波特兰了。”凯蒂没有多加解释。

“我以为他六月份才去呢。”帕特里克说。

凯蒂没说话。

“没有，”梅根说，“他就去一周。”

凯蒂头也不抬，专心致志地吃她的沙拉。自从去年十一月份凯蒂带菲利克斯回家后，他每个周日都来吃晚餐。乔喜欢这个小伙子，他很聪明，也有事业心，但看上去不是工作狂，也不会谈起工作来没完没了。他仍然是洋基队的球迷，这点可能不容易改变，但他和乔在起居室里看过几次棕熊队的比赛，乔注意到他至少有一次为棕熊队欢呼过，所以他还是有机会改邪归正的。除了支持洋基队外，他没有什么令人讨厌的缺点。菲利克斯是新教徒，但乔并不反对这一点。他是个诚实善良的人，乔以前以为他会是个狂妄自大的外地人，但他不是，他很有礼貌。只要他在场，凯蒂的脸就像在发光一样，乔据此推断他对凯蒂很好。凯蒂平时的举止不太像罗茜，但每当菲利克斯在场时，她的某些地方又很像年轻时的罗茜。

乔看着凯蒂吃沙拉，她沉着脸，面色沉重，一丝悔意渗透了他。为了保护罗茜，他实际上是在命令凯蒂和这个好小伙儿分手，很明显她这么爱他。他看着罗茜，看着她背后走廊墙上的大洞，衬得她的脸越发憔悴。他实际上并没有保护到罗茜什么。为什么要让凯蒂也背负上这个重担呢？生命如此短暂，不管他喜不喜欢，他都在吞咽舞蹈症给他带来的诸多教训之一。

一块发了霉的土豆突然掉到了吉杰盘子中，哗啦一声，吓到了每个人。

“天哪，帕特。妈妈上周不是让你清理天花板了吗？”吉杰说。

对乔来说，把食物用叉子或勺子送进嘴里越来越艰难了。舞蹈症的恶化让他总是把食物送到别的地方。他的手会抽搐，手指会丢开餐具，胳膊会乱挥，会把食物甩到别人脸上、衬衫上或天花板上。甩到天花板上的食物大部分会马上掉下来，但要是罗茜做的土豆泥的话——乔总说她做的土豆泥像胶水——会粘在天花板上。乔看到之前吃晚饭时甩到天花板上的一团团土豆泥已经变硬了。

“我忘了。”帕特里克说。

“你也没有修补走廊墙上的洞。”吉杰说。他把卧室墙上的洞都修好了，填补了沙子，还刷了漆。

“我很忙，我正在做呢！”

“你根本就没那么忙。”吉杰说。

“我没看到你帮什么忙。”

“我不是白住在家里啃老的。至少你可以动动你那懒驴一样的手指头帮帮他们。”

“你也不算真的付房租，你们的房间多大呀。”

“你说什么呢？”吉杰大喊，他的脸因为生气变成了粉红色，“我有妻子和孩子要照顾，但我也会做这些。既然你就跟一摊狗屎一样没半点儿用，那就我来做，我会清理好天花板，然后把剩下的洞修补好。”

“吉杰。”罗茜用责怪的语气说。

“不，妈妈。我受够他了，不负责任的东西。你的大事告诉大家了吗，帕特？”

帕特里克没说话，但他的目光好像要跨过桌子，杀死吉杰。

“你告诉他们呀，帕特？”

“闭上你妈的臭嘴，吉杰。”

“别说脏话。吉杰，别说了。帕特，什么新闻？”罗茜问。

“没什么，妈。没什么大事，我吃完饭就清理天花板。”

“不，有大事，和帕特同居的那个女孩儿怀孕了。”

整个房间安静了下来，似乎大家的心跳都停止了。乔盯着蜡烛上正在杀死魔鬼的圣迈克尔，然后抓紧手里的叉子，就像握着一根长矛一样，抬眼看向帕特里克。他看着小儿子苍白、长着点点雀斑的脸，垂下来的肩膀和一团乱糟糟的浅茶色头发。

“告诉我这不是真的。”乔说。

帕特里克犹豫了一下，然后点了点头：“至少她是这样说的。”

“谁说的，帕特？那个女孩儿是谁？”罗茜问。

“艾希丽。”

“姓什么？”罗茜问，她闭着眼睛问，每个字都极为克制。乔猜她在向上帝祈求足够的耐心和力量，让她克制住杀了帕特里克的冲动。

“唐纳休。”

“凯瑟琳的女儿？”罗茜问。

“侄女。”吉杰说。

“为什么不带她来见我们？”罗茜问。

帕特里克耸耸肩：“我们就是在一起玩玩儿，不是什么大不了的事。”

“好了，现在还没什么大不了吗！”乔喊道，每个字都充满了愤怒，“你怎么能这样不负责任？你妈妈给了你避孕套，可你还是让这个女孩儿怀孕了！”

“你也让妈妈怀孕了，你们当时也只有十八岁。”

“我没做错，我娶了她。要是你有舞蹈症怎么办？你就没想过吗？

你可能已经遗传给了某个无辜的孩子。”

“没有人因为吉杰可能遗传给了他的孩子冲他喊叫。”

“闭上你那愚蠢的臭嘴，”吉杰警告他，“我结婚了，而且我在我妻子怀孕前不知道舞蹈症的事情。”

“帕克，你告诉她你可能会得舞蹈症了吗？”

“没有。”

“你去做检查，看看结果到底怎样。”乔用叉子指着帕特里克的头说。

“不，我不去。”

“那个女孩儿应该知道。”乔说。

“我不想知道，我不去。”

“你不仅要去检查，还要娶她。”乔威胁他说。

“我不，我不去做什么愚蠢的检查，我也不会娶艾希丽。”

“你要对那个姑娘和你还没出生的孩子负责。”

“我不能还没结婚就当爸爸。我不爱她。”

罗西站了起来。“我再也受不了了，我听不下去了。”她看着乔说，避开帕特里克的视线。她的声音在颤抖，尖锐而空洞。她把餐巾扔在餐桌上，离开了。餐厅的门“砰”的一声关上了，天花板上又掉下来了一块石头一样的土豆，落在了餐桌上，就落在圣母玛利亚蜡烛旁。乔瑟夫哭了，科琳抱起他，想用安抚奶嘴让他平静下来，但是他不停地往外吐奶嘴。梅根用灰色的厚羊毛围巾捂住耳朵，好像要把自己藏到里面。

“帕特，你怎么能这样做？”乔问，不管乔瑟夫的大哭，“怎么能这样做？”

帕特里克一言不发。流过乔全身的怒火冷却下来，汇聚成了一片深深的无助感，盘踞在他心头。帕特里克坐在那儿，一副傲慢、无动于衷的样子，本来就糟糕的事情变得更糟了，乔看到他就来气。

乔把叉子扔到盘子上，笨拙地从椅子上站起来，在四个已经长大成人的孩子看到他哭之前匆忙离开了餐厅。

31

乔跟着凯蒂练瑜伽已经好几个星期了。他每天两次按时服用罗茜称之为“上帝知道里面是什么”的药。这是随机双盲临床实验的一部分内容。他签了一个协议，参加了一个舞蹈症人体生物学项目。他一直在教堂里为他们所有的人祈祷，尤其是帕特里克和他还没出生的孩子，向上帝祈求指引、恩泽和健康。在吉杰、帕特里克和菲利克斯的帮助下，厨房吧台的建造工作取得了真正的进展。他已经不在晚饭前喝啤酒，也不碰他的枪了。他每天都全力以赴，用心给孩子们展示怎样有尊严地与舞蹈症共生。

但是一想到未来，他仍然会感到迷茫，尤其是怎么面对即将到来的死亡。得了舞蹈症，不管怎么死都很糟。肺炎，饿死，像个行尸走肉一样活着，直到有一天上帝终于仁慈地打开天国之门。关于死，他能给孩子们做出什么可敬的榜样呢？他想不出来，未来完全无法控制，这让他有些恐惧。

但他离死亡还有很长时间。正如凯蒂说的，“活在当下”。所以他努力不去想死亡的事情。

乔和凯蒂站在瑜伽馆的瑜伽垫上。凯蒂带领他上了一节为他定制的课，她管这叫“私教课”。她给两个女人定期上私教课，她们都是外地人。

其中一个是麻省综合医院眼耳科一位世界知名的医生，这位医生工作时间很长。凯蒂每周给她上两节课，都是晚上九点。另外一位是上不了时间固定的大班课，因为每周都会跟她做头发、做指甲和做理疗等时间冲突，再加上她不喜欢在别人面前流汗，所以就跟着凯蒂上私教课。

乔和凯蒂并肩站着，面向镜子，他知道在普通班里，凯蒂是站在前面给大家上课。她让乔站到镜子前，让他能亲眼看到自己身体的动作，这样做确实很有用。

大部分时间，他的想象力和本体感受要么都放在工作上，要么是关闭的。再加上疾病感缺失，他基本意识不到自己的动作。他通常不知道自己的腿、胳膊和手在做什么，除非摔倒、撞到墙或人、弄坏东西，他才能知道自己做了什么。昨天他本来舒舒服服地坐在椅子上看棕熊队比赛，可后来他发现自己不由自主地滑到了地板上，四脚朝天。他就是自己的替身演员，是谐剧明星，只是演出并没有那么有趣。舞蹈症的幽默感很病态。

让他陷入困境的不仅是舞蹈样动作、疾病感缺失和缺乏本体感受。他毫无意识就使出非同寻常且不当的力气，才让大家都大为吃惊。到现在为止，他已经有两次在掀起马桶圈准备小便的时候把马桶盖拽下来了。但愿他能控制住自己像超级英雄一样的力气。

凯蒂稳稳站在自己的瑜伽垫上，双脚张开，与臀部齐宽，双腿平行。乔看着镜子，他看到自己的脚在乱动，在瑜伽垫上前后移动，好像在踩入侵的隐形蚂蚁一样。发生枪支事件后，罗茜和乔聊了聊，海格勒医生给他减了丁苯那嗪的药量。这种药的标签上有用黑框圈住的警告：20%的服用者可能会产生抑郁和自杀倾向。抑郁已经是舞蹈症的症状之一了，再加上这种药的副作用，就会更严重。但如果乔想抑制舞蹈样动作的话，丁苯那嗪是效果最好也是唯一的药物。

乔喜欢把丁苯那嗪想象成一支由药物组成的巡警，正在追捕舞蹈症这个坏蛋，这个坏蛋犯了罪，警察要抓住他，给他戴上手铐，把他关起来。所以执勤的丁苯那嗪减少了，体内就会有更多坏家伙可以随心所欲地制造可耻的舞蹈样动作了。他走来走去的时间更多了。

但是罗茜很高兴，因为乔不会总想着开枪自杀了。乔争辩说，是凯蒂把他拉出了那个黑洞，而不是药量的减少。但是罗茜一听到要增加药量就会伤心，所以大家都不提了，默默忍受乔越来越严重的乱动。

但是，去检查某样东西的冲动依然存在，只是从枪转移到了手机。他一天可能会给罗茜发 100 条短信。他需要确定她好好儿的，这种感觉对他来说就像需要氧气一样强烈，等她回短信等得他都要窒息了。因此如果几秒内她没有回复的话，他会再发。他知道他要把她逼疯了，但是他停不下来。

“举起双臂。”

乔模仿着凯蒂的动作，他们现在正在一起做“拜日式”。

“身体前倾。”

凯蒂胳膊前伸，双手平压到瑜伽垫上，鼻子靠近膝盖。乔的胳膊也伸了下来，手指在小腿前晃动，离地板还很远。

凯蒂的身体是一把折叠刀，而乔的身体是《巴黎圣母院》里的卡西莫多。

“身体抬高一点。”

好了，亲爱的，我已经在做这个姿势了。接着是“平板式”“伏地挺身”“上犬式”“下犬式”。和往常一样，他们在这个姿势上多停留了一会儿。

“放松进入这个姿势。你能不那么用力吗？”

乔大笑：“没别的办法，只能用力，亲爱的。”

凯蒂看上去好像可以一直保持这个姿势，但乔在呻吟和喘息，全身的血液都流进了他汗津津的粉红色脑袋，他祈祷“下犬式”赶紧结束。

凯蒂也笑了：“你可以在做‘下犬式’时，每一秒都恨它，也可以冷静地对待，平静地呼吸。但不管怎样，你都必须保持这个姿势。所以这次经验的品质取决于你自己的决定。要做自动调温器，学会转换和调节自身。”

很有道理，但乔还是希望自己亲爱的小女儿能让他结束这个姿势。他的胳膊在颤抖，脚还在动来动去忙着消灭隐形蚂蚁。他双手用力伸向地面，但是只有右手能做到，左手做不到。乔趴在了地上。他跪起身来，用袖子擦了擦鼻子，又摆出“下犬式”。

“你没事儿吧，爸爸？”

“没事儿，‘下犬式’后面是啥？”

凯蒂又笑了：“走到垫子顶端。”

乔膝盖着地，上身前倾。凯蒂在等他，他站了起来。

“举起双臂，然后双手合十来到胸前。”

阿门。

他们做了一遍又一遍。乔气喘吁吁，左右晃动，摇摇欲坠。而凯蒂的动作优雅流畅，坚定有力。她做起动作来看上去毫不费力。就算没得舞蹈症，乔也不可能做得和凯蒂一样好。对乔而言，每一秒都很费力，他的肌肉变了形，大脑努力运转想要模仿凯蒂的姿势。这玩意儿没有耐力根本做不来。

他忍耐着，一遍一遍重复。接着，他的肌肉开始能够预测下一个动作了，动作流畅了很多。凯蒂看上去也感觉到了这一点，她的提示开始更多地放在了呼吸上。

“吸气，双臂上举。呼气，身体前倾。吸气，前屈。呼气。吸气。”

然后，神奇的事情发生了。动作变成了背景，乔开始变成一个碰巧在做动作的呼吸体。他开始通过鼻腔长呼长吸，就像凯蒂教他的那样，他发现自己可以在移动中找到静止的点了。他正处在最佳状态中，再也没有隐形的蚂蚁了，再也不会摔倒了，让他做出舞蹈样动作的那个坏家伙已经逃走了。

他到现在已经跟着凯蒂上了五节私教课了，这是他第一次体会到这种动作的平稳，体会到不受舞蹈症支配的苏醒的感觉。他过去不得不去爬“四十段阶梯”，让自己累得筋疲力尽，一次又一次摔倒在台阶上，膝盖、胳膊肘和手都擦破了皮，搞得满身是血、乱七八糟才能打败舞蹈样动作。这样好多了，而且也安全得多。

做完“拜日式”后，他们躺到地板上。三组“眼镜蛇式”，三组“蝗虫式”，接着是“桥式”。他害怕“桥式”。他躺在那里，脚踩在地板上一动不动，膝盖弯曲，然后跟着凯蒂的提示，臀部向上提起，或者说至少向上提一点。

“保持住姿势，不要憋气。从 1 数到 10。”

乔的腿在颤抖，他的喉咙感觉又窄又紧。他绷紧脸，发出吭哧吭哧的声音，呼吸急促。他每块肌肉都是紧绷的，尽力让臀部离开地面，尽力保持这个姿势不动，尽力保持战斗。

“姿势会从你想要挣脱时开始。停止反应，停止思考，停止挣扎，静静地去感受呼吸。”

乔先放松脸部，然后放松下巴。他呼吸着，刻意放松全身，双脚除外，因为双脚顶在地面上。他看着自己的腹部一起一伏，一起一伏。他做到了，做桥式时他找到了最舒服的感觉。

乔还是个警察时，“坚持战斗”这句话很有用。这句话在乔扮演丈夫和父亲角色时也很有用，但是作为一个舞蹈症病人就不怎么有用了。

坚持战斗是一种挣扎，是战争。尽管有思瑞康和药量不足的丁苯那嗪，但他还是有随意摆动、无法协调、没有本体感觉、强迫症、偏执、易冲动、疾病感缺失、情绪变幻不定、异常执行综合征，以及说话含糊不清。他没有真正的武器去对抗舞蹈症。他不会向唐尼或汤米等朋友承认，但他或许应该改变策略，对抗舞蹈症的方式可能不是“坚持战斗”而是“保持姿势”。

凯蒂终于大发慈悲，提示乔可以结束这个姿势了。他们开始进行“坐式前屈”“快乐婴儿式”“脊柱旋转”。

终于到了他最爱的“挺尸式”，死人的姿势，这个姿势名字里的讽刺意义很适用于他。乔躺在瑜伽垫上，胳膊放在身体两侧，双腿分开，双脚外展，眼睛闭合。呼吸。完全放松。交出一切，把自己的每一斤重量都交由垫子和身下的硬木地板承受。这一刻感觉比躺在床垫上还要舒服。

有时，在他保持这个姿势的时候，凯蒂会读瑜伽书里的励志文字，但今天她什么也没读。虽然没有睁开眼，但他能感觉到她就在自己身边的瑜伽垫子上。乔呼吸着，但并不用力，也什么都不想。他沉了下去，放松身体和思想，放空自己。

在那真空之中，母亲的形象浮现了出来。她住在州立医院，和别人一间病房，坐在装了坐垫的斜躺式轮椅上，一根白色的安全带围在她胸前，一根黑色的安全带紧紧围在她的腰部。一件蓝色的短袖衬衣穿在她消瘦的身上，又肥又大，几乎透明的手腕上围着一条荧光黄的纸环，上面写着“有跌落风险”。她的手腕向下扭曲，瘦骨嶙峋的手指扭曲而僵硬。

她含糊不清地嘟哝着，发出低沉的野兽般的咆哮。脸会突然挤成一团，好像受到了重击。她又开始嘟哝了，下巴朝天花板扬起来，嘴大张着，口水从下唇滴落到蓝色的衬衫上。

乔当时十一岁。他感到恶心，丢人，憎恶。他把头扭向一边。他想离开。

姿势会从你想要挣脱时开始。停止反应，停止思考，停止挣扎，静静地去感受呼吸。

保持姿势。

乔以“挺尸式”躺在那里，开始重新感受这段鲜活的回忆。但是回忆改变了，好像上帝进入了他的大脑，将它旋转了几度。

不是那样。是这样的。

母亲坐在轮椅上，绑着安全带，穿着蓝色短袖衬衫，戴着黄色手环，咆哮着，留着口水。乔没有把头扭开，他的目光和妈妈的目光相遇了，他看到妈妈在冲他微笑。她的脸抽搐了一下，她嘟哝着，但是这次乔的目光毫不害怕地和她接触了。动物一样的声音变成了人的声音，能听明白她的话了。

“吓——吓。”

谢谢你。

他的妈妈在感谢护士喂她吃午饭，她在感谢乔的父亲给她梳头，她在感谢乔和麦琪给她画的画。

又有一周在他们要离开时，母亲聚起全身所有力气发出了一声尖锐的呻吟。

“哦——唉——哪。”

我爱你们。

这是乔听到母亲说出的最后一句话，他直到现在才理解，这是“谢谢你们”和“我爱你们”。感激与爱。

乔重温回忆，他一次又一次看到了妈妈。她不能走路，不能自己吃饭，不能保护自己免受那些流言的伤害——她是个酒鬼，是个罪人，是个坏妈妈，不能在家生活，不能拥抱孩子们更不能在晚上哄他们睡觉。她的眼睛在冲乔微笑。母亲不是一个在医院等死的活死尸。她是个爱家的妻子和母亲，因为能见到他们而感激，只要她还有一丝力气就都会爱他们。

眼泪顺着乔的两鬓流了下来，打湿了他的头发。妈妈不再是他轻视、责备并为其感到羞耻的怪兽。她是露丝·奥布莱恩，他的母亲，一位得了舞蹈症的病人，她没有任何错，尽管她后来一无所有，但她仍爱自己的家人。

经过这么多年，他终于能以完全不同的心情去回忆她了。

我爱你，妈妈。请原谅我。乔的心舒展开来，他知道母亲已经原谅他了。他得到了爱，还有原谅。

就像一道闪电划过一样，他有了榜样。母亲就是他的榜样。她教给他的，他也会教给自己的孩子——那就是以爱和感激勇敢地面对每一次呼吸。

“好了，爸爸。我们活动一下手指和脚趾吧。把双臂伸过头顶。如果你准备好了，我们开始坐式吧。”

乔和凯蒂盘腿坐着，眼睛张开，在镜子中彼此凝视。凯蒂的脸上也有泪痕。

“让我们双手合十，来到胸前。”

乔模仿着凯蒂的动作。他们在沉默中静坐了一会儿，祈祷着。

“我身体内的光向你身体内的光鞠躬致敬。Namaste。”

“Namaste。”乔冲着镜子里的女儿微笑着说。

“我爱你，凯蒂。”

“我也爱你，爸爸。”

“谢谢你，亲爱的。”

爱与感激。

32

乔站在前厅，试着想弄清眼前的一切，或者说，弄清自己没看到的一切。大理石圣水池不见了。他盯着螺丝钉在墙上留下的两个洞，圣水池挡了二十年的那块地方比周围的墙更白一些。他想象不出来会是谁干的。如果这事放到几个月前，他可能都不会注意到，因为洒圣水的仪式一直是罗茜的事儿。但随着乔舞蹈症的恶化，他总觉得圣水可能和任何现代的药物一样有效，而且还便宜很多。所以在过去几个月中，他就开始相信这种虔诚的行为了，每次离家或回家时都会以圣父、圣子和圣灵的名义给自己涂圣水。甚至有天早晨，趁没有人看到，他把自己吸管杯里的吸管拿出来放到圣水池里喝了一点水，反正也不会有什么坏处。

他把钥匙扔到门厅的桌子上，准备和圣母玛利亚击掌，这是另一个他痴迷的仪式，可他的手停在了半空中。圣母像也不见了，桌子上除了他的钥匙和象牙色桌布外一无所有，什么也没有。它们都让某个疯狂的天主教教徒偷走了吗?

他在起居室里也发现了类似情况。壁炉上方的耶稣受难像不见了。天哪，圣帕特里克、圣克里斯托弗、天使们、祈祷用的蜡烛，甚至圣诞节欢唱圣歌的人和马槽的图片都不见了，只剩下了青蛙、小宝宝、史努比和他们的全家福照片。对乔来说，这间屋子没了这些宗教物件看上去要好很多，可他的皮肤开始发冷。那些雕像和蜡烛对乔没什么意义，但是对罗茜的意义太重大了。

他继续审视着起居室，好像这是犯罪现场一样。罗茜的熨衣板支在那里，但是熨斗没插在插座上，洗过的衣服还皱巴巴地堆在地板上的篮子里。消失的宗教物件，没有完成的熨烫工作，其他东西看上去没什么问题。不。他的眼睛落到了电视柜上：奥普拉录像带没了。

是罗茜崩溃了。

“罗茜？”

他走进卧室，看到她穿着那身粉色的睡衣，以胎儿姿势蜷缩在床上。她的脸又红又肿，眼睛凹陷，红褐色的头发乱蓬蓬的，就好像20世纪80年代的摇滚乐队成员一样。乔走到罗茜身旁，以小男孩儿睡前祷告的姿势，靠在床边，跪坐在地板上，靠近她的脸。他可以闻到她轻柔的气息，是酒味。

“怎么了，亲爱的？”

“没什么。”

旁边夜桌上抱着婴儿耶稣的圣母像也不见了，只放着两瓶夏敦埃酒和一个果冻杯，而且都空了。

“你喝多了。”

“那又怎样？”

“怎样？现在才上午十点。”

“狗屎，我才不管这些。”

“‘狗屎’，嗯？”

“没错。”她故意挑衅地说。乔做梦都想不到会这样。

“你把那些宗教物件都弄到哪儿去了？”

“我都收起来了。”

“为什么？”

“因为我不再相信上帝了。”

“原来是这样。”

“我不相信了。我受够了。他怎么可以这样，乔？”她坐起来，好像突然活过来了一样。她身上有股在酒精中酝酿了一早上的怒气，只是在等着爆发。他能从她的眼睛里看到愤怒。“我怎么能再相信上帝呢？他对我的家人做了这样的事情，我怎么还能再相信他呢？我们是好人，乔。”

“我知道，可每天都会有坏事发生在好人身上啊。”

“噢，不要用那些陈词滥调来敷衍我。你会死的事情，我早就看开了。”

“谢谢你，亲爱的，那真的太好了。”

“噢，不，你不知道我是什么意思。我和你参加过太多警察的葬礼了，见到过他们妻子脸上的悲痛，所以我从二十多岁起就准备好迎接这样的命运了。”

他懂。葬礼总是像当头棒喝一样提醒他们，这不是警察抓小偷的游戏，这是事实。有时候好人也可能会牺牲。当他们立正站好，向棺材里死去的战友致敬时，每个警察想的都是一样的。

我可能也会有这一天。

“过去我只替你祷告的时候还好，”罗茜说，“我能处理好。海格勒医生说这种病发展得很慢，所以还好，我们应该庆幸，不是吗？我们还有时间，不是马上就要面对死亡。我向上帝祈祷赐予我力量和尊严来忍受这一切，来照顾你，来感激我们拥有的每一天。你知道我总是信任上帝的计划。”

乔点点头。

“更何况我们是爱尔兰人，我们知道怎么忍受那种压断脊梁、摧毁灵魂的痛苦，我们的血液里都流淌着坚忍不拔。”

乔同意她的话。他们是强大而坚韧的民族，就跟患了便秘的驴子一样固执，他们一直以此为傲。

“但接下来是吉杰，梅根。他们的血液和大脑里也有这种可怕的基因，他们会比我死得还要早。乔，我接受不了。我接受不了！”

这是一个母亲最可怕的噩梦。在这残忍的压力之下，罗茜的声音哽咽了。她哭了，乔不知道该怎么安慰她。他想用手指抚摸她的头发，给她擦去眼泪，想摸摸她的背抱住她，但又担心自己的胳膊和双手会不受控制。他可能会把拳头打在她脸上，抱她抱得太紧，捅到她的眼睛或用指尖抓破她的皮肤。他知道有这种可能，因为发生过这样的事情，就好像他大脑里控制运动中心已经被一帮淘气孩子控制了，他们一边随意反复地按压开关，一边疯狂大笑。或者反过来说，这些孩子双臂抱胸站在那里，有些很固执，有些好逸恶劳，竭尽全力地拒绝乔简单而有礼的请求——请求启动正确的运动顺序去做出拥抱的动作。因此他强忍着不去碰她，眼看着她在自己身边孤独地哭泣。

“我想到了他们的葬礼，想到了他们美丽的脸和年轻的身体躺在棺材里，被埋进土里。一想到我的两个孩子要被埋进土里，我就不想活了。”

“嘘，亲爱的，不要这样想。”

“我管不住自己。我不停地想象他们被埋在地底的样子，冬天他们的身体该有多冷啊。我受不了。”

“你必须要停下来了，不要再想了，他们不会那么快死的。你要坚守信仰。”

“不行。我的信仰已经破碎了，消失了。我试过，我试过卑微而满怀希望为他们祈祷，后来转为祈求，可最后，变成了对上帝、天使和教堂的愤怒。要是凯蒂、帕特里克和乔瑟夫也有这个病怎么办？我可能会失去每一个人，乔。”

乔注意到罗茜“每一个人”的清单中没有提到帕特里克还未出生的私生子。

“他们不会的。你不会失去每一个人的。”

“我现在就可以告诉你，我会和最后一个人一起爬进棺材里，他们要把我活埋掉，因为我不会一个人活下去的。”

“罗茜，亲爱的，想这些对你不好。你要关注还活着的孩子们。”

“如果两个女儿因为这个病永远也不能结婚生子了怎么办？如果吉杰和科琳决定不再生孩子了怎么办？”

“他们可以做试管婴儿，还可以领养。”

“如果吉杰也出现症状丢掉工作怎么办？他怎么养家？谁来教乔瑟夫打棒球，谁来教他那些本该是父亲要教的事情？”

一个又一个问题被抛出来，她的声音越来越高，乔害怕她会被这一堆假设的问题逼出焦虑症来。

“他没有症状，我们必须期望他至少再过二十年才会出现症状。科琳也可以教孩子那些东西，你没见过她扔棒球吗？她胳膊可长了。”

“我想我看到帕特里克出现症状了。”

“不会的。你就是吓坏了才胡思乱想的。看，孩子们还有很大希望，那些科学家会发现有效疗法的。”

“你怎么知道？要是他们发现不了怎么办？”

“他们会的，我相信他们。海军工厂那边的实验室里那些非常聪明的家伙们正在拼命干这个呢。他们已经知道基因突变是导致舞蹈症的唯一原因了，所以他们会找到办法的，有一天会治好这病的。希望能及时找到办法可以救孩子们，希望我们家不会再有这种基因，这是我每天都在祈祷的内容。”

“你也祈祷？”

“上帝啊，你不用看起来那么震惊。对，这段时间我一直去教堂。”

“什么时候开始的？”

“大概一个月前吧，我想现在应该去祈祷并寻求更大的毅力和更多的仁慈。”

“你去做弥撒吗？”

“不，我不需要神父，也不必在那边一会儿站起来一会儿坐下。因为我可能会脸朝下摔倒，引发混乱。我通常都在等早上七点半人们都走了以后再去。”

“那么你会做什么？”

“就是坐在那里祈祷。”

乔其实是因为他姐姐麦琪才开始去教堂的。上个月他终于和她接通了电话，把一切都告诉了她。她十分震惊和难过，问到乔的孩子们时她都哭了，虽然她都没有见过他们。麦琪没有什么症状，乔很替她高兴，但同时也忍不住感到气愤。他和麦琪每个人都有 50% 的概率从母亲那里遗传到舞蹈症，为什么麦琪没事儿，他却遗传到了呢？麦琪没有孩子，即使她得了病，这病也可以在她身上终结。但上帝为什么要用这种可怕的疾病诅咒乔的孩子们呢？这种想法很快就让他感到羞愧。可他控制不住自己，他恨上帝选中了他，恨上帝给他家人带来舞蹈症。最重要的是，他恨自己。

于是，第二天早上他便怀着歉意去了圣弗朗西斯教堂，独自一个人瘫倒在教堂里的长凳上，向上帝祈祷。那天他祈祷了很多，最主要的是祈求上帝原谅，原谅他恶毒的想法。让他吃惊的是，他很快就感觉到了上帝的赦免，感觉自己变得更轻松更干净了，有毒的仇恨离开了他的身体。所以后来他几乎每天早上都去教堂。

上帝，请帮助科学家们快点找到治疗舞蹈症的方法，这样我的孩子们就不会因此失去生命了。

上帝，请让帕特里克和凯蒂还有乔瑟夫宝贝儿的基因是阴性的。

上帝，请让吉杰和梅根的病得到治愈，请让我活得时间足够长，让我看到他们都好好儿的。或者，如果还没有办法治愈的话，请让他们更晚一些再出现症状。

上帝，请保佑罗茜。不要让我成为她沉重的负担，请让她时刻感觉到我对她的爱。请在我死后照顾好她。

最后，上帝，如果不是太贪心的话，请让红袜队赢了世界职业棒球大赛，让棕熊队赢了斯坦利杯，让爱国者队赢了超级碗赛。

阿门。

然后他会画一个十字，吻一下自己的幸运硬币，回家。

“要不这样？”乔说，“我为你和孩子们祈祷，你为我祈祷。只为我一个人祈祷的话，你就不会太难过了。我非常想帮你。”

罗西摇了摇头，不为所动：“但是为什么，乔？为什么上帝要这样对我们？”

“我不知道，亲爱的。我不知道。”

他停顿了一下，希望自己能有更聪明的见解。

凯蒂和她那些鼓舞人心的瑜伽语录去哪儿了？他现在需要她。

“你想把耶稣的那些东西放回去吗？”

“不要，”她抽噎着说，“我不想，我还是感觉宗教就像一场骗局。”

“好的，没关系。我们不需要它。史努比还在墙上挂着呢，我们可以向史努比祈祷。以史努比、查理·布朗和圣·伍德斯托克的名义祈祷。”

“别说了，这太可怕了。”

“或者我们可以向青蛙克米特祈祷。神圣的克米特，神圣的母猪女士。”

“住嘴，这太荒谬了，你是在亵渎神灵。”

“看吧，你还是相信。不要丢掉信仰，亲爱的。”

乔扶着床边站起来，膝盖发出“咔嚓”一声，他忍不住呻吟了一声。他张开双臂，邀请罗茜下床。

“跟我来，我给你倒杯茶。”

罗茜默许了。他们一起走着，东倒西歪，不是碰上走廊的墙壁，就是屁股撞在一起。一个醉酒的妻子和一个得了舞蹈症的丈夫，他们真是天造地设的一对儿。就在他们歪歪扭扭地穿过走廊到了厨房的时候，乔突然想到，一个人一生中最希望得到的是，一个陪你走过艰难时刻的爱人。

33

乔的理疗师是一位年轻的女子，叫薇薇安，乔叫她“薇薇”。她有着一头金色的卷发，漂亮的脸上总是挂着平易近人的微笑。她身材很好，很有女人味儿，但是不要被她甜美的外表欺骗了，她的心跟钉子一样硬。她对乔毫无怜悯之心，每周他们会花一个小时来进行平衡和核心力量的锻炼，薇薇管这叫“步态训练”。就是“走路”的另一种说法。乔对于需要付钱来找一位专业人员训练他走路这件事感到很郁闷。但是，谁让他别无选择呢。

他四肢着地趴在地上，凯蒂会称这种姿势为“桌式”。

“好的，现在我来推你，你要保持这个姿势。”薇薇说，“准备好了吗？坚持住。”

薇薇的手放在乔的肩膀上，用力往后推他，乔则顶住她的手，这样腿、胳膊和全身都能得到锻炼。一开始他很稳，保持着“桌式”不动，但是他已经这样训练过太多次了，多得没什么好值得炫耀的了。乔使出了百分百的力气，可他知道薇薇可能只用了百分之二十五。

“好样的。跪到脚后跟上，休息一下。”

她让乔摆出一个姿势休息一下，凯蒂会称这个姿势为“婴儿式”。

“胳膊保持伸展。”

薇薇按摩乔的臀部，然后揉捏他的脖子。她的小手干净整洁，但力气大得惊人。她开始按摩他的斜方肌下侧。这种肢体接触让乔觉得很舒服，也不会过于亲密。

罗茜一直避免触碰他，乔也知道为什么。现在，和乔亲密接触对她来说很危险。他会不由自主地挥出拳头、扔出食物或说一句伤人的话，任何一种情况都有可能会伤害到罗茜。她现在每晚都在楼上的客房睡，她要照顾孩子，让吉杰和科琳可以睡个好觉。她太喜欢“奶奶”这个差事了，说很高兴自己能帮上忙，她想把每一分钟都花在这件事情上。但是乔认为这只是她逃避他的一个借口，也或者她是在试着去习惯未来没有他的生活。

“好，休息结束。双手双膝着地，我们再来一遍。”

薇薇这次更加用力地推他的肩膀，乔拼命顶住，全身颤抖。在乔快要坚持不住的时候，她又让他摆出“婴儿式”，乔的身体重新恢复了平稳。

“好了，最后一次。后退。”

现在轮到她打败他了。有一次，他想扛住她最猛烈的攻击，保持不动。不幸的是，尽管进行了这么多次体育训练，他还是会变得越来越不敏捷，越来越失去协调性，越来越虚弱而不是越来越强壮。

“挺住，乔。加油。使出全身力气。挺住，乔。”

他用尽全身力气，又是挤又是推，气急败坏，气喘吁吁。不出所料，薇薇又逼他站了起来。他又输了。比分，薇薇 52，乔 0。

接下来，他站在那里，另外一位理疗师乔治也加入进来。乔治很年轻，体格健壮。他是个光头，留着山羊胡子，看上去总是一副凶巴巴的样子，乔没见过有谁的小臂和肱二头肌像他这么发达。他简直就是个大力水手。

薇薇和乔治分别站在乔的前面和后面。训练开始了，乔要是向前倒，薇薇会接住他，要是向后倒，乔治会接住他，如果乔倒向右边或左边，两个人中有一个会接住他。

“把右脚从地面上抬起来，坚持别动。”薇薇说，双臂伸展，就像飞机的翅膀一样。

乔模仿薇薇伸展胳膊，抬起一条腿，薇薇开始数数。

“1，2，再试一次。1，2，再来一次。1，2，3，好，换另一边。”

乔抬起另一条腿，勉勉强强撑了几秒，然后就失去了平衡。他有好几周的时间都没有突破 3 秒大关。

“现在顶住我的手，”薇薇说，站成弓步，伸出双臂，强有力的双手顶住乔的臀部，“不要让我推你。”

第一次做这个训练时他就不是薇薇的对手。他后退了几步，于是他们又来了一遍。她推他时他低头看着她。他后退了几步，再来一次。他失去了平衡但是没有后退。他要跌倒了，有半秒的时间他吓坏了，然后乔治接住了他。

“谢谢你，兄弟。”乔说。

“不客气。”乔治说。

乔看着镜子中的自己。距离他被诊断出舞蹈症已经一年了。他亲眼看着自己的身体发生一系列变化。之前，他的衬衫穿在身上总是紧绷绷的。他的胸膛很宽，肌肉发达，斜方肌和肱二头肌也很发达，撑得衬衣袖子鼓鼓的。他身高不到一米八，但是块头相当大。

而现在，他腰部的脂肪都没了，内脏向外突出着，就像刚学会走路的小孩儿。他的胸大肌、斜方肌还有肱二头肌，所有的肌肉都萎缩了，变成一个瘦骨嶙峋、个子矮小、虚弱无力的中年男人，连一个女孩儿都能轻易打倒他。

他可以去给减肥商业广告当代言人了，但也未必。没有人会说：“嗨，乔，你看上去棒极了！”他看上去就像缩了水，有点扭曲，软弱无力，接下来就会骨瘦如柴，病态毕现。

“好了，乔，坐一会儿吧。”薇薇说。他们像孩子一样围坐在蓝色的垫子上。

“罗茜告诉我你吐字不清了。”

“哦，对，是这样。”

薇薇点点头。“好的，接下来我们得加快点速度。伸出舌头，别动。对，一直伸着。不，不要缩回去。伸出来。保持住别动。就这样，别动了。现在向右移动，现在向左，回到右边。嗯。”

好吧，这感觉也太荒唐了，从薇薇说的“嗯”中乔判断出自己没通过测试。

“等一下。”薇薇说。

薇薇朝她的大工具包跑去，她在里面藏了挤压球、橡皮圈，可能还有鞭子和链子。她拿了一个红色的棒棒糖回来了。

“乔，来吃棒棒糖吧。”

她张开嘴，让乔模仿她的样子。他照做了，她把棒棒糖塞进他嘴里。

“不要让我把糖拿出来，好吗？”

薇薇捏着棒棒糖的柄，毫不费力就从乔的嘴里拿出来了。

“我们再来一次。不要让我拿出来。好，好。”

然后薇薇坐在那儿手里拿着一根红色的棒棒糖。

“我们再来一次。”

薇薇把棒棒糖塞进乔的嘴里。这次，乔用牙齿咬碎了棒棒糖，开始咀嚼。薇薇拉出来的塑料棒上没有棒棒糖了。乔笑了，薇薇摇摇头。

“我要拿你怎么办呢？”她问。

“你就是把糖从孩子那里抢走的坏女人。”乔开玩笑。

“买些棒棒糖吧，可以在家里和罗茜一起练习，这有助于强化你嘴部和下巴的肌肉，还能改善吐字不清的症状。”

“我会照做的。”

“好的。趁你还没走，我觉得是时候谈谈给你准备助行架的事儿了。”

“不，不。我告诉过你不要跟我说‘W’开头的词。对你这样年轻的女士来说，这个词不合适。”

乔知道关于“W”的对话又要开始了。之前训练结束时，薇薇都跟他谈论过这个两次了。现在，“W”指的是助行架，以后“W”会变成轮椅。乔讨厌“W”这个字母。

“除非你想谈文斯·威尔福克。”乔说。

“我们必须要考虑你的安全问题。摔倒……”

“没什么大不了的。跌倒了再爬起来，这是生活的一部分，亲爱的。”

薇薇摇摇头，尽管无可奈何但依然很有耐心。她在努力地劝说他使用助行架，但就目前来看，他还能坚持得住。

“好吧，”她语气变得温和，“但是你不能再逃避下去了。”

乔赢了。W 词语对话：薇薇得分 0，乔得分 3。乔笑了，品味着这一天仅有的一次胜利。即便是很小的胜利对他来说也很重要。

凯蒂走进斯波尔丁康复医院的大厅，她爸爸已经上完了体育训练课，坐在等候区等她了。她本来可以准时到的，但为了找停车位不得不绕着海军工厂转了好几圈，最后花了十分钟才把该死的车停好，真让人尴尬。他在看墙上的电视，凯蒂在离他还有一段距离时停了下来。

他一直在座位上动来动去，好像想让自己更舒服一点，但是怎么都不舒服。他一直在动。他的头以脖子为轴滑动，倾斜，点头，摇摆，好像有人把连接他的脊椎和头盖骨的螺丝拧松了。他四肢的运动一开始是随意的，但是通常会变成一种模式，如果她观察的时间够长的话，她会发现这些肢体运动带有一定的节奏。脚跟提起来，脚跟放下去，脚趾轻拍，脚跟提起来，脚跟放下去，脚趾轻拍，脚趾轻拍，肩膀耸动，胳膊猛动，眉毛扬起，脚跟提起来，脚跟放下去。他在跟着无声的音乐跳舞。

他的面部扭曲得很厉害，凯蒂从没见过扭曲得这么厉害的脸。这让他看上去精神不正常，有时她不得不提醒自己他没有精神失常。尽管她知道这些鬼脸和扭曲背后的真正原因。陌生人肯定会觉得他很危险，要么是精神错乱，要么是喝醉了。

这也是他为什么穿 T 恤的原因。那个专做“本地人”T 恤的家伙免费给他爸爸印了十几件。她爸爸现在只穿这种 T 恤。自从吉杰把自己的基因状况告诉了消防队的同事们之后，他们就没有理由继续保密了。带着吉杰的祝福，爸爸现在是在执行教育整个世界的任务，或者至少教育查尔斯镇的好人们。他的 T 恤是灰色的，胸前印着蓝色的字母，每件 T 恤上都印着这些文字：

我是一位亨廷顿患者

更多内容详见 HDSA.org

或者来问我

他还想了更多关于舞蹈症的口号，想定做一系列的 T 恤，但是被她妈妈阻止了。从政治的角度来看，这些口号大部分都是错的，她妈妈说在大庭广众之下穿着一件会得罪人的衬衫实在太容易被注意到了。凯蒂认为有些口号很滑稽：

我有舞蹈症，你的借口是什么？

这是我得了舞蹈症的大脑。

生活很美好但舞蹈症很操蛋。

你盯着看的这个人得了舞蹈症。

去你的。这是舞蹈症。

现在她朝他走过去，“嗨，爸爸，你准备好了吗？”

他用手掌拍着大腿说：“对，我们走吧！”

凯蒂拉开门让爸爸先走出去。这是一个温暖的下午，气温大概有18℃。凯蒂对着天空仰起脸，眯起眼睛，感觉到阳光在抚摸着她的鼻子和双颊。这样的温暖让她不自觉地勾起了嘴角。她受够这个冬天了。波士顿还没有人收起帽子、手套和厚外套。明天就可能会下很厚的雪。凯蒂喜爱的花朵还要再等上一个月才能开放。她静静地待了几秒钟之后才开始担心防晒的问题，她没有涂防晒霜。

爸爸吸了一口气，笑着说：“多好的天气啊！你着急去哪儿吗？”

“没有。”

“想散个步吗？”

“当然。”

和爸爸一起散步压力很大，她开车来接他的唯一原因就是要避免和他一起走路。但是这么好的天气，她实在无法拒绝。

她想如果他快摔倒的话，她只要靠得足够近就可以接住他，但又不能太近以免被他挥舞的拳头打到脸。她和他之间保持了足够的安全距离。他走路时她不得不看着他，但是他看上去又太吓人了。每个关节——他的踝关节，膝关节，臀部，肘关节，腰部，手指，肩膀——都用力用得过了头。每一步都很夸张、不稳、失控，可以说很疯狂。她发现自己一路上都屏住呼吸，就好像一个妈妈看着自己刚会走路的孩子迈出蹒跚的步伐一样。他没摔倒，真是个奇迹。然后他摔倒了。

事情发生得太快了，快到她都没能及时反应过来。他运动鞋的脚尖打滑了，然后他脚下就乱了，两条腿都跑起来了，就好像卡通人物一样。

现在他四肢伸展脸朝下倒在人行道上，就像一只展开双翅的鹰。而她就站在那里，尽管已经预想到会发生这样的事情，但她仍目瞪口呆，不知所措。

“爸爸！你没事儿吧？”

她冲到他身边，蹲了下去。他坐了起来，拍掉手上和胳膊上的砂石。

“没事儿，我没事儿。”

凯蒂查看他的全身，没有血。等等。

“爸爸，你这里在流血。”她指着自己的额头中央说。

他用手指轻轻擦了擦额头，看到了血，然后撩起 T 恤的下摆去擦。

“就破了个小口子。”他说。

可不是个小口子。

“等一下。”凯蒂说。

她在皮夹里翻找。

“我这有一个创可贴，不过是凯蒂猫的。”她说着把创可贴举起来，以为他会拒绝。

“没关系，”他说，用 T 恤下摆又吸了吸血，“反正我看上去已经够可笑了。”

凯蒂撕开创可贴小心地贴到了爸爸额头的伤口上。她看着他擦破皮的手掌和胳膊肘，衣服上“我是一位亨廷顿患者”一行字下面血迹斑斑，额头中央贴着一个凯蒂猫的创可贴。

“不，你看上去更可笑了。”她笑着说。

爸爸放声大笑：“坦白说，亲爱的，我一点儿也不在乎。我们去那边的公园吧。”

他们朝马萨诸塞州朝鲜战争纪念碑走去，他爸爸选了一条长椅坐下。那些长椅排成了一个圈，实际上是个六边形，她数了数有 6 根柱子，每根柱子上都刻着朝鲜战争中牺牲的马萨诸塞州的士兵的名字。还有一些名字刻在路边的砖上和大理石长椅上。在这个六边形的中央站着一个比真人还要大的青铜像，是一位披戴着雨具的士兵。

凯蒂都没有意识到这是哪儿。大部分本地人都会忽视城里的这些历史性东西，他们不会去爬邦克山纪念碑，也不会参与宪法号铁甲舰巡游。她妈妈说她二年级的时候学校组织实地考察时去过铁甲舰，但她不记得了。

纪念碑很高，船很旧。她和爸爸并排坐着，保持着一段安全距离，俩人都不说话。太阳晒过的大理石长椅摸上去暖烘烘的，很舒服。砖地上有一只麻雀从她脚边跳过去，飞进了草地。她听到温暖的空气中传来孩子们的声音，附近应该有一个操场。

她一有时间就会想象自己基因检测的结果，印在一张纸上，封在一个信封里，在埃里克的办公室里等着她。那张纸上写的是什么呢？她总是在想象结果是阳性的。

很抱歉，凯蒂，你会患上舞蹈症，就和你的祖母、父亲、吉杰和梅根一样。

然后她就开始相信这种设想，她的大脑也随之编出了后续情节。一位二十二岁的女孩儿舞蹈症基因检测结果是阳性的，一个悲剧。

她每天都会不由自主地想到这些，她的大脑告诉他，是的，你的结果是阳性的。即使她知道这仅仅是种可能性，是她自己想象出来的，不是真的，但这种想法已经在她心里引发了恐惧。她的恐惧很沉重，太沉重了，重到她无法放下。

她怀着沉重的恐惧去上瑜伽课，和菲利克斯上床。她把这种恐惧藏在心里，她就像一个装得很满的行李箱，但每天还是在想检测结果是阳性的，因此恐惧更加沉重，她必须要往心里藏更多的东西。她必须要这样做。

眼泪总是一触即发，但是她忍着。她什么都忍着。她非常确定自己这个箱子很快就拉不上拉链了。恐惧感把她挤得无处容身。肺部的每一次扩张，心脏的每一次跳动，都会增加她内心深处的恐惧。恐惧藏在她每次呼吸的脉搏中。恐惧就像她胸腔中一台黑色弥撒，不断膨胀，挤压着心脏和肺，很快她就会无法呼吸。

每天早上总有那么一瞬间，她会忘记这一切。然后她的天空又变黑了，她不知道为什么，然后就想起来了。她可能会得舞蹈症。

所以她每天都在伪装。她说的每句开心的“嗨”，她教的每个班，都在宣扬优雅、感激和平和，每次她和菲利克斯做爱时，她都是一个骗子，做出文明社会的那些动作，假装一切都好。

嗨，凯蒂！你好吗？很好。我很好。

她不好。她就是一个大骗子。她在预演自己的舞蹈症，彩排和基因顾问最后的见面，听到那个逃不掉的噩耗。你是舞蹈症阳性。她在练习怎么回答，要回答得有力、冷漠甚至骄傲。好，我知道了。然后她开始想象最开始的症状，想象自己不会结婚，也不会生孩子，住在疗养院里，孤独地死去。

沉溺于这些负面的想象对她没有任何好处，她知道。她有办法停止。如果她的脑海里会产生恐惧，那么她也能消除恐惧。但是出于某些病态的原因，她选择继续想。她在恐惧中翻滚，就好像在喝果汁清理肠胃时吃了一块布朗尼蛋糕，或者本来是素食主义者却偷偷吃了一片培根。

“你最近怎么样？”爸爸问。

她刚要抛出自己烂熟的回答，她完美的谎言。“很好”两个字都到嗓子眼了，但她放弃了。

“我很害怕，爸爸。”

她低头看着自己的鞋，脚后跟贴地一动不动。她看向爸爸的鞋，脚后跟提起来，脚后跟放下去，脚趾轻拍。

“我知道，亲爱的，我也害怕。”

要是在以前，他会用一些权宜之计掩盖自己的恐惧，例如拍打伤口上贴的凯蒂猫创可贴。和大部分想保护女儿的爸爸一样，他也会尽力战胜恐惧，把恐惧藏起来或处理掉。不要害怕。没什么好怕的。不要担心。都会有办法的。他这样做只会让她感到更害怕，但是今天，让她出乎意料的是，他和她感同身受。

她挪到他身边，紧靠着他，一只胳膊搂住他，他也搂住她。两个人在一起就没有那么害怕了。

“我一直在想你和菲利克斯的事儿，”爸爸说，“如果你决定要和他一起搬到波特兰去的话，我祝福你们。你妈妈也祝福你们。”

“可以吗？”

“过你自己的生活，亲爱的。不管发生什么事情，生命太短暂了。去做你想做的事情，不要感到遗憾和内疚。”

她爸爸得了舞蹈症，但一直活得好好的，活得让人钦佩，给孩子们做出了正面榜样，但是他的回心转意来得太突然了。她感激他的祝福，但是阻止她收拾行李的不是父母的反对，而是她内心深处的恐惧。

“你总是让我惊喜，爸爸。”

“什么，你认为只有你们瑜伽信徒才会开悟吗？”

凯蒂笑了。她的微笑落进了他的眼睛里，他就在那里，她的父亲。她能在他眼里看到他对女儿的爱。

“你是说警察们也开悟了？”她逗他。

“哦，对，要是没有参加禅修训练的话，他们不给我们发警服。”

她又笑了。

“我们去那边吧。”她爸爸朝人行道点点头。

那条人行道是砖铺的，曲折不平，凯蒂看到爸爸每一步都走得摇摇晃晃，不确定如果他再摔倒的话自己是不是还有多余的创可贴，但是他们顺利走到了小路的尽头。他们站在一个小喷泉前，一个圆形水泥池子里是一个浅浅的水池，水池中央有一个龙头在喷水。喷水池的周围是那些熟悉的摩天大楼，波士顿市政府中心和金融区。

“这是座美丽的城市。”她爸爸盯着地平线说。

“是的。”凯蒂说，她完全同意爸爸的话，她想知道波特兰市看上去会怎样。

“我有东西要给你。”她爸爸说着在裤子前面的口袋里掏着什么。他拿出了一枚 25 美分的硬币，放在手心里给凯蒂看。“我想把这个给你，它会带来好运。”

他把硬币递给凯蒂，然后握住她的手。

“谢谢你，爸爸。”

她捏着硬币，闭上眼睛。想象着涌在心里的恐惧，用尽全力深吸一口气，将肺部撑到最大，然后呼气，把恐惧从嘴里呼了出去，放走了它。然后她睁开眼睛，甩开手臂，把硬币抛进了喷泉里。

她看向爸爸，他脸色苍白，看上去很震惊。

“我不相信你居然会这样做。”他说。

“什么？我许了个愿。”

他笑着摇了摇头。

“你想让我用它做什么？”

“我不知道。我没想到你会扔掉它。”

“我许了个愿。”

“好，亲爱的。我希望你的愿望能成真。”

“我也是。”

他们在那儿又站了一会儿才去找车，在阳光明媚的天空下，他们一起恐惧未来，又一起满怀希望。

34

刚过中午，凯蒂和梅根坐在门口的台阶上。梅根在抽烟，她只有在妈妈看不到的时候才敢抽。他们的爷爷死于肺癌，所以只要妈妈看到梅根抽烟就会非常生气。帕特里克还在睡觉，科琳带着孩子出去遛弯了，妈妈和吉杰还没下班，爸爸去做体育训练了。库克街沐浴在阳光下，一片宁静。路上没有车开过，没有人在跑步，也没有人遛狗。周围空无一人。

凯蒂有很多年没有像这样和梅根坐在一起放松了。她们住在一起，所以每个人都以为她们整天都能见面。其实她们大多数时候不过是睡眼惺忪地道声“早上好”，要么就是在凯蒂匆匆忙忙出门去上课或梅根急匆匆地去赶往市中心的公交车时简单说句“嗨”，或者是在梅根演出前整理化妆箱或凯蒂换下瑜伽服穿上牛仔裤和毛衣去跟菲利克斯约会时俩人匆匆擦肩而过，再或者就是各自回屋关门睡觉前草草拥抱一下道句“晚安”。她大部分晚上都在菲利克斯那里过夜。即便两姐妹之间自己修建的那道屏障已经消除了，但她们俩还是习惯睡在那堵旧墙的两边。她们虽然没有理由疏远，但也没有办法亲密起来。

“所以你和菲利克斯怎么了？”梅根问，弹掉香烟顶端松散的烟灰。

“我不知道。我们最近老是吵架。”

她点点头。“因为什么吵架？”她问，完美如雕刻一般的右眉拱了起来。她已经知道了。

“他总是向我施加压力，问我去不去波特兰，这都快把我逼疯了。现在好像有很多事情要处理。”

她的基因检测结果还在她脑子里悬着，就像一个断头台，锋利的刀刃就悬在她毫无防护的颈部几寸之上。可能她的舞蹈症基因是正常的，她永远也不会得舞蹈症。可能她是自由的。

她试着去想象自由的感觉，她坐在姐姐梅根身边，一位有成就的漂亮的舞蹈演员。但是梅根得了舞蹈症，所以她即使检测不出舞蹈症也不会感到自由。而是会感到不公平。

“好像现在的时机再糟糕不过了。”凯蒂说。

“或者说非常完美。”梅根说。

凯蒂观察着姐姐，看着她光滑的棕色头发，绿宝石一样的眼睛，她脸上的5个小雀斑。5个。要数清凯蒂脸上的雀斑，得花上一天时间，还得用个计算器才行。梅根身材娇小，一双脚小巧玲珑。凯蒂把自己丑陋的跟摩登原始人一样的光脚丫放在梅根的脚旁边，她俩的脚看上去一点儿也不像。

她俩有同样的幽默感，在衣服、音乐和男人方面的品味都相同。梅根比地球上任何人都了解凯蒂。但是，除了比凯蒂天生更漂亮和聪明，而且能像天使一样跳舞外，梅根还比凯蒂要勇敢得多。上中学时，凯蒂非常想演安妮作品中的一个孤儿。她最疯狂的梦想就是戏剧老师选中她扮演安妮。但是她太害怕了，太害羞了，害羞到令人讨厌，害羞到都不敢大声说出自己的想法，更不用提去参加面试。而梅根参加了面试，她扮演了其中一个孤儿的角色。因此凯蒂恨她，而且因为满怀嫉妒，好几个月没有和姐姐说话。她从来没有告诉过梅根原因。

梅根从来不怕和自己喜欢的男孩儿公开打情骂俏，对于不喜欢的男孩儿也同样不会犹豫不决。她从小就知道自己想做一名芭蕾舞演员，然后就去努力，全力以赴。没有优柔寡断，没有怀疑过自己，或认为自己现在不行。没有关于未来的模糊不清的计划。她只是在宣布：这是我想做的事。

梅根的基因检测过程也很果断。她没有因为要去见医生而痛苦或干脆不理会埃里克的电话。结果出来那一天她也没有逃避或拖延。她在当天就去了埃里克的办公室，坐在他对面，身边陪着一位波士顿芭蕾舞团的朋友，她就这样干脆利落地接受了自己的命运。

凯蒂却失去了勇气，淹没在恐惧的浓汤之中，那素食主义者乳脂状的浓汤。

“你是怎么做到的？”凯蒂问，“你什么也不怕。”

“不，我不是什么也不怕。我非常害怕。”

梅根猛吸了一口烟，扭过头去，不让吐出的烟飘到凯蒂脸上。

“但是，不管怎样，我都要坚持下去。我喜欢跳舞。我会一直跳到跳不了那天为止。”

“如果你是我的话你会怎么做？”凯蒂问，想听听姐姐的意见，或者说只是想让勇敢的姐姐替她作出决定。

“关于菲利克斯吗？”

“还有检测结果。”

“等检测结果出来以后就和菲利克斯一起搬去波特兰。”

“如果我是基因阳性怎么办？”

“和菲利克斯一起搬去波特兰。”

凯蒂眨了眨眼，惊呆了。梅根甚至都没有犹豫。“对，但是，那不是太不公平了吗？知道自己会得舞蹈症还和他继续发展下去？”

“上帝，不要做什么烈士。”

“我不是，”凯蒂说，她的声音就像一把烦躁的小提琴发出来的，“我只是觉得不该让他承担那样的未来。”

“为什么你要替他选择未来呢？”

因为。因为。凯蒂想，但是她没办法说下去了，否则会听上去像个被宠坏的孩子或一个十足的傻瓜。她们沉默地坐了一会儿。

“你认为吉杰怎么样？”凯蒂问。

“我认为还不错。”

“你能在他身上看到舞蹈症的症状吗？”

“看不到。”

“我呢？”梅根问。

“什么症状也看不到。”

“你向上帝发誓？”

“对。”

“谢谢。我有点儿担心帕特。我不知道——他的眼睛不对劲儿，看上去眼球好像有些异常。”

“他本来就那样。”

凯蒂一直也是这样想的。每次她想到自己可能看到了什么时，就会把这个念头赶走。不会的。但是梅根也看到了。帕特里克可能已经出现初期症状了。真该死！

“他告诉艾希丽咱们可能会遗传舞蹈症的事儿了吗？”凯蒂问。

“我不知道。”

“你觉得他会和她结婚吗？”

“不会。”梅根边说边抠脚上的死皮，“这样也好。”

“是啊！”凯蒂说，梅根说的话她都同意。她爱哥哥，但即便没有患上舞蹈症的可能性，帕特里克也不是个好丈夫人选。“我呢？你在我身上看到什么症状了吗？”

“没有。”梅根说，然后查看了一下凯蒂的脚、手和眼睛，“你没事儿。”

“每当我上课坚持不住一个姿势时，我就想，这是舞蹈症的症状吗？这说明我的确患病了吗？”

“好了，舞蹈症已经让你神志不清了。之前要是我不能保持足尖站立或没数到8就坚持不住了或别的什么，我就会对自己生气。我有那么一刻很会恐慌，心跳都要停止了，什么也说不出来。那种感觉就好像心脏病发作一样。”

“我整整好几周都害怕得心脏要停止跳动。”凯蒂说。

“你得放下，否则会疯掉的。不管我还剩下多少时间，我都不会让舞蹈症偷走哪怕一秒发病前的时间。我不知道这个病什么时候会发作，但我不会在还没发病时就活得好像已经发病了一样。”

凯蒂点点头。*你要活在当下*。

“我知道大部分职业芭蕾舞演员会在三十五岁前进行巡回演出和商演，然后结束自己的演出生涯。所以我没有理由不在舞蹈症到来之前圆满结束我的舞蹈生涯。”

凯蒂点了点头：“你说得对。”

“我打算秋天搬到伦敦去。”

“什么？”

“马修·伯恩的公司来波士顿时我参加了面试，我被录用了。”

“所以你要去伦敦？”凯蒂问，不敢相信。

“我要去伦敦！”

当凯蒂一直在苦恼要不要和菲利克斯搬去俄勒冈州，想到要离开查尔斯镇和家人，离开她的舒适区她就感到内疚，恐惧和担忧；而梅根居然决定独自搬去另一个国家，太出人意料了。

“我不敢相信你要去伦敦生活。”

“我知道。我太激动了。这家公司名叫‘新冒险’，是个很棒的公司。马修的编舞更现代，也更前卫，我喜欢他用舞蹈讲述故事的方式，还有他把表演和舞蹈结合起来的方式。你一定要看看《剪刀手爱德华》。太让人兴奋了。他们在整个英国巡演。去年他们还去了巴黎和莫斯科演出。”

“天啊，梅根。这听起来太可怕了。你要在那儿待多久？”

“我不知道。至少三年吧。”

凯蒂打量着姐姐，她没有丝毫内疚或犹豫。当然梅根应该去。那为什么凯蒂却觉得自己有义务留下呢？

“你觉得你离开的话爸爸妈妈会难过吗？”

“不会的。他们已经知道了。爸爸表现得很冷静，妈妈也尽力表现得满不在乎。你知道她有多担心。因此，我得告诉你一些事。”梅根说，听语气好像要讲什么重要而又不好的事情。

“什么事？”凯蒂问，双臂紧紧抱住自己。

“我今年夏天要搬到吉杰和科琳的房间去住，我帮他们看孩子，他们免我房租，这样我可以为伦敦之行省下一些钱。”

“好吧。”凯蒂说，这没什么大不了的，她松了口气。

“而且不管你去不去波特兰，你也要搬出去住。”

“什么？”

“爸爸妈妈要把我们的房间租出去。三间卧室的租金比咱们付的那点租金要贵三倍，他们需要钱。”

该死，这可是大事。

“那他们准备什么时候告诉我？”

“两天前才决定的，就在我告诉他们我要去伦敦之后。妈妈不敢告诉你。爸爸把咱们的旧卧室改造成餐厅已经让她很不开心了，现在他们又要把你赶出去。我告诉她你可能会和菲利克斯一起住，但她好像没听到我在说什么。”

“她现在实际上是在逼我走。”

“对。”

“这有点儿像整个宇宙都在告诉我要搬到波特兰去。”

“是的。”

凯蒂突然控制不住地想离开这个台阶，她不能再若无其事地坐在这里了。

“你想去跑跑步吗？”凯蒂问。

“我？除非有人追我们。”

“散散步？我需要运动一下。”

“不，你去吧。我得在晚上到来之前小睡一会儿。”

梅根今晚要跳《茶花女》里的女主人公。她抽完烟，在台阶上摁灭烟头。

“不要告诉妈妈。今晚见？”

“好。”

“你带菲利克斯来吗？”

“对。”

“太好了。瑜伽课是在上午，对吧？”

“对。”

“好啦，稍后见。我爱你。”

“我也爱你。”

凯蒂拥抱姐姐时突然想起一件事。那是周日早晨的一场弥撒，神父在布道，凯蒂当时大概十岁。迈克尔神父在讲一个生病住院的女孩儿的故事。她需要输血，否则就会死。全家人只有她弟弟和她血型相同，她弟弟主动提出来要献血救她。护士抽完血后，弟弟问：“我什么时候会死？”当然，这个孩子理解错了，他不会死，但是他以为只要献出自己的血，他就会代替姐姐死去。

这是一个美丽而感人的故事。但是凯蒂讨厌这个故事，她一直都忘不掉。我永远也不会为哥哥们和梅根做这种事情。她每次想到那个男孩儿都会不舒服，内心充满罪恶感和羞愧感。她的心一定只有葡萄干那么大。她一定是个坏人。她太惭愧了，不敢向神父承认自己的想法。她不配被赦免。她将不得不下地狱。

现在，她站在台阶上拥抱着姐姐，心贴着心，记忆中那个关于男孩儿和姐姐的故事让凯蒂置身于完全不同的场景。她想到了埃里克，想到自己的血六个月之前被抽了出来，现在检测结果在等着她。她的心里生出了一个令人吃惊的勇敢念头。如果她能用自己基因检测结果的阳性换来梅根的阴性，她会这样做的。她真的会。

凯蒂拥抱梅根时稍稍用了些力，忍不住热泪盈眶。可能她比自己想象中的要更勇敢。

凯蒂走到库克街尽头，然后爬上邦克山，再走过康科德大街。她经过那些三层楼房、花坛和油灯，走过窗户上悬挂的爱尔兰旗帜和写有“波士顿坚强”的旗子。她不知道波特兰是什么样子。那儿经常下雨，菲利克斯说哥伦比亚河又宽阔又漂亮，周围环绕着高山和瀑布，还有很多徒步旅行路线。他说哥伦比亚河一点儿也不像神秘河。如果波特兰和这儿一点儿也不像怎么办？

她沿着温思罗普街走着，停在了拐角处，低头看去。两列红砖肩并肩躺在人行道的中间，延伸成一条线跨过街道，自由之路。

她停了下来，想了想脚下的红砖，然后信步走去。她一直想这样做。

她想沿着红色的线走，这红线有时是红砖，有时是红色油漆，她想沿着线穿过城市广场，走到查尔斯镇边缘，保罗·里维尔公园对面。她停了下来，回头看了看，然后继续走了下去。

当然，她经常离开查尔斯镇。她和菲利克斯定期去剑桥和南角吃饭。她今晚还要去歌剧院。但她从来没有真正走过红砖的“自由之路”，她童年走的是“黄砖路”，用自己的双脚，离开家附近。她踏上查尔斯镇大桥，用红线标出的人行道，铺着金属网格。她低头看去，脚下就是查尔斯河的河口，她感觉胃里有些不舒服。她继续走着，没有反光的黑色河水让她恐高。距她站的地方十几厘米以外，汽车和卡车从她右侧嗖嗖地开过去，她脚下的金属地面颤动着，刺激着她的耳朵。她停了下来，忍不住转过身。她感到身边和脚下都有危险，她所知道的一切舒适都在身后，呼唤她回去。

不，她抬眼直视前方，一直向前走去，一次迈一步。

很快她就会通过那座可怕的桥。她穿过大街，踏在自由之路上。站在北角的拐角处，这里是波士顿的意大利人聚集区。她做到了！她已经走出了自己熟悉的环境。

她回头去看查尔斯镇。她仍能看到纪念碑，海军工厂和托宾大桥。实际上她都能看到自家的房子。她笑了。多么可悲啊。

她想到了梅根，带着舞蹈症阳性基因生活，却不以此为借口处处给自己设限。梅根要搬到伦敦去了。吉杰有了孩子。她爸爸在练习瑜伽。菲利克斯要搬到波特兰去了。

凯蒂微笑着，沿着自由之路走进了北角，离家越来越远。她想知道红色的线最终会通向哪里。

你可以的，姑娘。去实现自己的梦想吧。

35

芬威球场，这是四月的一个晴朗夜晚，也是这个赛季的第二周，乔没有在球场外的路上执勤。他终于幸福地坐到了球场内。他和唐尼、汤米、吉杰还有帕特里克沿着三垒线而坐，这里有 14 个座位，正好在客队球员休息区的后面。门票是克里斯托夫·坎尼斯特拉罗给他们买的。要是乔以前知道咨询律师能让他在红袜队的比赛中有个这么好的位子，他早就和罗茜离婚了。当然他是在开玩笑。

比赛还没有开始。唐尼和汤米去买啤酒和食物了。吉杰和帕特里克翻着比赛手册，谈论着球员和投球手，打击率和误差。光是坐在这里倾听就已经令乔心满意足了。

赛场内的草坪像高尔夫球场的草坪一样绿，土地就像肥沃的佐治亚州的黏土。界外球线和垒包就跟汰渍洗衣粉的广告一样白。冷风扑面，空气清新，偶尔飘来热狗和比萨的气味。愉快的管风琴乐让他想到了溜冰场和嘉年华的旋转木马，想起了那些老式的美国娱乐项目。希戈石油公司那些红的、白的、蓝的霓虹灯广告让他感到舒服，从他小时候到现在这些就没变过。当他读到“绿色怪物”——左外野高墙上退休的名人堂数字：9，4，1，8，27，6，14，42 时，他的内心因为骄傲而开始变得柔软。

球员们已经进场了，他们正在热身，穿着红色长袖球衣和白色长及脚踝的裤子、戴着蓝帽子。乔想念他的警察制服，那种显眼的统一，作为团队的一分子，那些家伙中的一员，兄弟情义。就在球员们在他面前接住地滚球时，一种令人眩晕的惊愕淹没了他。他们看上去非同凡响，乔感觉自己在享受一种特别的待遇，好像在见证美国历史上的非凡一刻。就算不是总统就职，甚至连季后赛都不是，但亲临现场仍然很了不起。

唐尼和汤米拿着比萨和米勒啤酒回来了。唐尼把啤酒递给吉杰和帕特里克，然后又把一杯盖着盖子的啤酒和一根吸管递给乔。观众正在入场，人群满怀期待地发出嗡嗡声。播音员庄严的声音在场内回响，要求大家起立感谢那些执法人员、消防员和急救人员所做出的努力，并请他们继续为波士顿这个城市服务。现在距波士顿马拉松爆炸案第二个周年纪念日还有一周时间，波士顿正在重温关于恐怖和英雄主义的回忆。四月那个周一的场景，在媒体公布的那些可憎的数字中复活了，乔心里很难受。但令人鼓舞的是，爆炸案的受害者经过修复手术又能走路、奔跑和跳舞了，去年马拉松的参赛者和观众人数创下了历史纪录。他们决定站出来，就像那天一样。

现场的波士顿执法机构工作人员全副武装，高度警惕，同样决定让这一天在和平中开始、结束。这才是真正光荣的胜利。

起初，他们这一整排都不愿意站起来，但是帕特里克开始发牢骚，引起了大家的注意。唐尼，汤米和吉杰站起来了，在汤米的坚持下，乔也加入了进来。这是在公共场合中对敬意的善意表达，但是这一刻对乔来说却掺杂了沉重的悲哀，因为他知道今年的爱国节不会再和同事们一起执勤了。乔是他们那一排中第一个坐回座位的。

唱国歌时他们又站了几分钟，国歌是来自 CAPE 乐队的一个年轻女人唱的，唱得不是特别好，高音部分总是让乔起鸡皮疙瘩。接着是第一个投球，红袜队在打球。

第一轮发球双方各有 3 次机会。第二轮刚开始，乔瞥了一眼帕特里克，正好看到他手里盛着啤酒的杯子歪了，啤酒洒在他双脚之间的地面上。帕特里克低头看着洒在地上的啤酒，然后又看了看乔。他们四目相视。帕特里克的脸失去了血色，笼罩上了一层苍白的恐惧。

“别瞎想，帕特，这没什么。”乔说。

“看。”吉杰举起啤酒杯给大家看，“这些杯子又湿又滑，我的手指也都冻僵了。”

“不要担心，”乔说。但是帕特很担心，乔知道不管他说什么都不会让他放松。“不用担心”。

乔环视着芬威球场，他敢打赌今晚至少有 100 个人掉了手里的饮品。这说明不了任何问题。没有人撞到帕特里克，他也没有玩杂耍，他甚至还没有喝醉。那又怎样？这说明不了任何问题。汤米叫住一个流动摊贩，又给帕特里克要了一杯啤酒。

帕特里克还是拒绝做基因检测。他无法接受那个最坏的结果，他可能会到处借酒浇愁，再也不回来。尽管他声称会为了孩子做一个负责的爸爸（但没有任何详细计划），不管乔和罗茜怎样威胁或请求，都不能让他改变心意娶了艾希丽。他不会这么做的。乔的第二个孙子将会是个私生子，乔只能祈祷这个小家伙是健康的。

乔在离他们座位不远的地方看到了第三垒的教练。他用大脚趾和脚后跟来来回回滚动着一个棒球，他的膝盖上下晃动，他在碰他的帽子、脸、肚子，向跑在第二名的球员打手势。

接下来，乔开始观察投球手。他走下本垒板，他又走回本垒板。他摘下帽子，擦擦额头，然后又把帽子戴回头上。他扭头吐口水。他斜着眼睛摇了摇头。他点点头投出一个球。击球手没有挥棒。没有击中。

乔在观察击球手。击球的是佩卓亚。他拉了拉左手套，然后是右手套。他走进击球区。他用球棒顶端轻击垒板，然后松开了球棒一次，两次。然后每块肌肉都静止了。球投过来了。佩卓亚挥起球棒。击中了。

佩卓亚走出击球区。他拉了拉左手套，然后是右手套。他走回击球区，球棒轻拍着垒板，又重来了一次。乔觉得打棒球的动作很像舞蹈症。

佩卓亚和投球手都准备好了。投球手扔出了球。然后佩卓亚集中全部力量，凭直觉瞬间做出决定是挥棒还是静止不动。佩卓亚后发制人，挥棒啪的一声把球打进了浅左场，芬威球场爆发出一阵欢呼。

第 6 局上半局，红袜队 3 ： 2 领先。乔看了一下手表，快九点了，但是球场仍然灯火通明，让人有种现在还是白天的错觉。球场外面的城市和天空已经黑了。只有希戈石油公司的霓虹灯广告和波士顿第二高楼保德信大厦的窗户里透出来的黄色灯光。除了“绿色怪物”之外空无一物。

没有原因也毫无征兆，乔像只野兔子一样跳了起来，但由于他动作太猛，脚下地方又太小，很快便摔倒在坐着的一排人前面。他没办法起身，汤米抓住了他外套后面的领子，把他拉回座位。

“谢谢，兄弟。”

“没事儿。”

他的舞蹈症更严重了。像兔子一样跳是他的新症状。他会突然跳起来，通常会吓到房间里的每个人，包括乔自己，然后又跌回椅子上，有时会往后坐过了头。如果他大腿上放着东西的话，肯定会摔坏或洒落。有时他跳了一次又一次，又快又猛，就像疯狂的健美操训练动作一样。他控制不住自己。现在他巴不得用安全带捆住自己。

有几个人在盯着他看，其中几个甚至把身子都转过来了。唐尼瞪着离他们最近的一个看热闹的人。

“你还想拍照吗？他有舞蹈症。转过身去看比赛吧！”

这个家伙转过身去看比赛了。乔猜他坐在那里心里肯定想，什么是舞蹈症？那个家伙怎么了？不管是什么病，希望不会传染给自己。

乔望着看台上散乱的各种颜色，他知道这些颜色是人，但是他看不到他们的脸。实际上，除了离他最近的人以外，他谁的脸都看不见。如果他看着“绿色怪物”上巨大的电视屏幕的话，他只能辨认出球员的脸。一个坐满了无脸人的球场。

芬威球场有 37,000 多个座位，大致相当于整个美国舞蹈症患者的人数。37,000，仍然是很小的一个数字。整个美国患有阿尔兹海默症的人有 500 多万。患乳腺癌的女性将近 300 万。而只有 37,000 人患有舞蹈症。医药公司可以治疗阿尔兹海默症或乳腺癌，但他们不愿意费尽心力地去为这 37,000 人寻找治疗方法。药物开发的风险和成本都太高了。

乔想到了所有那些正在和疾病搏斗的人们。有患了乳腺癌的女人，得了白血病的孩子，患前列腺癌的男人，还有患痴呆症的人，这些人会在今年年底之前离开这个世界。乔可能是这里唯一一个得了舞蹈症的人。

乔身体里那个疲惫不堪、愤世嫉俗的警察看着周围这 37,000 个陌生人，从统计学来看，这里有一个杀人犯。有打老婆的丈夫，有逃税的人，有犯下各种不得体的罪行的人。然后乔向右边看去，目光越过帕特里克，盯着他能看到的一张张脸。他注意到有个父亲带着一个十岁左右的男孩子。这个男孩子脸颊上长着点点雀斑，头上红袜队的帽子向后翻着，他举着一只手套，准备去接界外球。在他们前面，乔看到几个老人，他们彼此认识可能都有六十多年了，六十多年前就来这儿看比赛。他周围围绕着丈夫和妻子，男朋友和女朋友，儿子和女儿，孙子孙女和最好的朋友，拥有正当工作和真实生活的人。

现在有两次出局，是第 8 局的下半场了。大帕皮上场了。比分是 3 比 2。

“红袜队加油！”拍手。拍手。拍手。

大帕皮用力朝中外野全垒打墙击出了一个高飞球。全场观众都倒吸一口气，屏住呼吸。球从墙上弹了出来，角度刁钻，大帕皮现在已经安全站到了二垒。整个芬威球场的观众都站起来了，大家都爱大帕皮。

乔看向帕特里克，他也在欢呼庆祝，手里稳稳抓着他的第四杯啤酒，一点儿事都没有。看。这不能说明什么问题。他很好。他没出生的孩子也会很好。

露天看台上掀起了一阵骚动，乔跟着大家一起欢呼，咆哮声声动全场，声浪就像是一个活的生物，一个有脉搏的水母。他听到它越来越近，越来越近，然后他举起双臂，融入其中，整个芬威球场就像一股强大的电流从他身上经过，一遍又一遍。37,000 名美国人患有舞蹈症。可是在芬威球场，37,000 只是一个简单的数字而已，这个深刻的领悟让他全身都起了鸡皮疙瘩。

没有办法治愈，每一个得了舞蹈症的人都会死去。乔想象着芬威球场变得空荡荡静悄悄，比赛还在进行，但是没有一个球迷在观看，乔一想到这里的一个个空座位就心碎。这种想法无法阻止又挥之不去。

现在是第 9 局上半场了，投球手投出了 1，2，3 个球。红袜队赢了，5 ∶ 2。吉杰在吹口哨，帕特里克在欢呼拍手。

汤米凑过来，手里拿着卷起来的比赛手册，“比赛真棒！”

“真不赖。”乔附和道。

“我都不记得我打离婚官司时律师送过我红袜队比赛的门票。”唐尼说，“坎尼斯特拉罗欠我的，我们再去要几张票。”

乔笑着表示赞同，然后希望自己身体够好活得够长好不断回到芬威球场看比赛。

“你准备好了吗？”汤米问。

“稍等一下。”乔说。

他暂停了一下，想记住这些，胜利的喜悦，啤酒和比萨，和他最好的朋友和两个儿子在芬威球场度过的一个夜晚。他的座位还没有空。今晚，他享受着这可怕又美妙的每一秒。

“准备好了。”

他们向过道走去，唐尼和汤米走在乔两侧，吉杰走在他身后。乔扭头看了球场最后一眼。

晚安，甜心，我该走了。

36

他们在基因咨询门诊的等候室里等待着。所有人都在。凯蒂，吉杰，科琳和孩子，帕特里克，梅根，她爸妈，还有菲利克斯。所有人都来了。

他们已经在这儿坐了有十五分钟了，每一分钟都很漫长。没有一个人说话，也没有人看杂志，他们甚至谁都不看谁，只是茫然地看着自己的脚或者墙。她妈妈摩挲着手里的玫瑰念珠，闭着眼睛在祈祷。凯蒂紧紧握着菲利克斯的手，用力之大以致手指上的血液都无法流通了，可她就是不肯放手。凯蒂咽了一口口水，她有些恶心反胃。

他们都很难受，昨晚几乎都没怎么睡觉。帕特里克昨天晚上没去上班，他认为在凯蒂接受末日审判的前夜需要的是酒。凯蒂没有反对。吉杰，帕特，梅根，凯蒂和菲利克斯早早去了苏利文酒吧，一直待到打烊。吉杰用一圈龙舌兰酒开了场，后来又喝了很多啤酒，凯蒂隐约记得自己喝了很多野格酒。

“真是又难受又有趣。”帕特里克说，“我知道你们为什么都要来做检查了。”

没有人说话。

“既然我们都在这儿了，我们应该都去大厅那边做结肠镜。”

“你想让大管子插你屁眼，是吗，帕特？”吉杰煽风点火。

“太粗鲁了。”梅根说。

“你们男孩子都给我住嘴。”她妈妈闭着眼睛批评他们。

“实际上，我确实得去拉泡屎。”帕特里克说。

“这就是我不让你跟我去看病的原因。”梅根说。

“附近有厕所吗？”

“出门，左拐。”吉杰说。

凯蒂看着妈妈祈祷。谢谢你，妈妈。她爸爸突然跳了起来，大家都被吓到了。他迅速做了一个舞蹈动作，然后又坐回了椅子上。几分钟后，等候室的门开了，帕特里克进来了。

然后另外一扇门开了，就像断头台的铡刀抬起来劈开了空气一样，埃里克·克拉克森站到了他们面前。他一脸凝重。看到奥布莱恩家来了这么多人，他笑了。他还在笑。如果他带来的是坏消息的话就不会再笑了，否则也太变态了。

凯蒂的精神振奋了起来，宿醉也消失了，有那么一刻在她好像失重一样漂浮在空中。然后她又回到了地面。他并不知道她的检查结果。他的微笑跟她的诊断结果没有关系，他只是因为见到他们而高兴。

“嗨，大家好，”埃里克说，“嘿，乔，我喜欢你的 T 恤。”

她爸爸微笑着点点头，他为自己的 T 恤感到骄傲。

“我们可以开始了吗？”埃里克说着打开了门。

凯蒂先站了起来，她还握着菲利克斯的手。她跟着埃里克沿着大厅走去，身后是排成一列的家人。他们好像是支送葬队伍，又好像是开赴前线的部队。他们挤进埃里克的办公室，人太多了，办公室又太小。凯蒂坐到一把椅子上，她妈妈坐在另一把椅子上。其余的人都靠着墙站在那里。

“我本来还担心你会一个人来。”埃里克说。

他的办公室看上去和她记忆中的一模一样。他的毕业证书、“希望”招贴画还有兰花，她看向白板。

染色体。基因。DNA。ATCG。CAG。

早前上过的一节基因课的内容还没有被擦掉，舞蹈症简单而又残忍的机理又被正式介绍给了另一个无辜的灵魂。一切看上去都还是老样子，除了一个显眼的变化——多了一个相框，里面是埃里克和他的狗还有一个漂亮女孩儿的合影。这个女孩儿很可爱，长得有点像凯蒂。他们的照片旁边是凯蒂去年送给他的礼物。

希望，长着羽毛，
栖息在灵魂里，
它唱着无字的歌，
一刻，都不停息。

——艾米莉·狄金森

她把T恤的领口拉下来一点，在心脏上方的位置那里有一个新文身，那块皮肤又红又痒，她的手指抚过文身，那是一个白色的羽毛，象征着希望。她低头看着右脚踝的外侧，那里有一朵粉色的莲花，这是她的另一个文身。出淤泥而不染，象征着丑陋之物也能生出美丽和优雅来，就和舞蹈症一样。她当时计划只纹一个羽毛，但是纹的时候没有她想象中那么疼，所以又纹了个莲花。她的预感比实际要糟糕得多。可能就跟现在一样。

她过去常常想基因如果是阳性的话会改变一切，会影响到她的未来。但是未来是个幻觉。当下才是一切。今天，就在这一刻，如果她知道自己的基因是阳性的话，她仍然会爱这个房间里的人，他们也仍会爱她。她下周还是会和菲利克斯搬到波特兰去，她都收拾好行李了。一切都不会改变。

那么为什么她现在需要知道结果呢？

每个人都会死。就像她爸爸说的，这就是玩扑克牌的代价。可能是一场事故或他们体内潜伏的致命之物——癌症，心脏病，阿尔茨海默病。凯蒂看着照片里的埃里克和他的女朋友，他们很开心，希望他不会在三十五岁被公交车撞到。但是谁知道呢？谁知道埃里克、她妈妈还有菲利克斯体内潜藏了什么样的遗传命运呢？

舞蹈症可能会让她在某天死去。她受够了“将来有一天”这个借口。她决定要关注活在当下的理由。她爱她的家人。她爱菲利克斯。她热爱通过教授瑜伽激发自身的健康和平和。她爱自己。爱是她活着的理由，这跟舞蹈症没有什么关系。

那么她为什么还要知道自己将来会不会得舞蹈症呢？

她看到了埃里克桌子中央放着的白色信封。有 50% 的概率舞蹈症基因是阳性的。跟抛硬币的概率是一样的。但是生活中每件事情都有风险。搬到波特兰去，开一家瑜伽馆，爱菲利克斯。每次呼吸都有风险。她想到了昨天他们去苏利文酒吧之前她在墙上写的那句话，知道过不了一周那些话就会被油漆盖住，新的租户会搬进来。

每次呼吸都有风险，而爱是我们呼吸的理由。

——凯蒂·奥布莱恩

她抬头看到埃里克在看她。这是他们的第三次也是最后一次见面。她可以像婚礼上的新娘一样胆怯。她可以礼貌地说“不，谢谢你”。她可以选择不知道结果，走出这座大楼，和菲利克斯搬到波特兰去。她可以是一个不知道自己的 DNA 是什么状况的二十二岁女孩儿。

或者她可以选择直面结果。

如果那张纸上显示她的基因是阴性的，那么她就不会得舞蹈症了。每次掉了勺子也不会提心吊胆了。每次在座位上坐立不安时也不会惶恐不安了。她的孩子将来也不会得舞蹈症。

过去只要一想到她的基因是阳性的就会让她害怕。这种想法变成了一种恐惧，折磨着她的身心。但是只有她选择害怕时才会被吓到。她的心情完全取决于她选择去想什么。现实取决于你注意到了什么。不管她的基因是阴性还是阳性，她都得关注活着本身而不是想着不可避免的死亡。

凯蒂仍然抓着菲利克斯的手，她转身看着爸爸。他的眼睛瞪得大大的，他的眉毛挑起来了，挂在那里。这是舞蹈症患者的表情。她将来可能就会是这样。她读着他 T 恤上的字，“我是一位舞蹈症患者”。然后他的眉毛放松了，他眼里有一种让人安心的光芒。虽然他什么都没说，但她知道爸爸在告诉她“我和你在一起，亲爱的”。

“凯蒂，这是你的基因筛查结果。你准备好了吗？”埃里克手拿信封问道，那个信封里装着她的命运。

她握紧菲利克斯的手，直直地看着埃里克的眼睛，深吸一口气，又呼了一口气。“*每次呼吸都有风险，而爱是我们呼吸的理由。*”

“准备好了。”

莉萨的呼吁

亲爱的读者：

感谢你阅读《拥抱时间的人》这本书。我希望你能够通过奥布莱恩一家人的故事，了解到舞蹈症患者的生活，也希望大家为帮助舞蹈症患者们早日找到科学医疗方法而出一份力。

请花一点时间打开 www.LisaGenova.com 网站，点击 Readers in Action-Huntington's，就可以给舞蹈症研究献出一份爱心了。你会进入动画版的芬威球场，通过有趣的互动方式看到你的一次慷慨捐赠会带来什么样的影响。你还可以查看计数器，既可以看到捐款的读者数量，还可以看到捐款的总额。

感谢你的参与，感谢你把同情和帮助转化为行动。

让我们拭目以待。

Namaste

莉萨·吉诺瓦

致 谢

首先，我非常感谢那些受到舞蹈症影响的家庭，他们无私地和我分享他们的一切，把他们最私密的经历告诉我。我和舞蹈症早期、中期、晚期的人都交流过，和基因是阳性的但还没有出现症状的人交流过，和基因是阴性的但有患病风险的人也交流过。他们中很多人都成了我的好朋友。也正是他们帮助我更深刻地了解到舞蹈症这种疾病的复杂性。

谢谢你们，谢丽尔·苏利文·斯坦维利，梅根·苏利文，杰里·加西亚，卡利·海格勒·威尔逊，兰斯·马洛，凯西·马洛，罗宾·任森，玛丽·施雷伯，爱丽丝·施雷伯，艾伦·阿里纳，莉兹白·克林顿·格兰菲尔德，露丝玛丽·亚当森，马克·威赛尔，凯瑟琳·海耶斯，吉纳维芙·麦克雷，盖尔·兰伯特，杰夫·卡罗尔医生，马修·埃里森（HDYO.org 的创建者）以及米歇尔·穆勒，是你们让我看到了临床医学教科书中看不到的人性。

谢谢你们，凯伦·贝克，LICSW，MSW，特别感谢谢丽尔。谢丽尔，非常感谢你教给我的关于舞蹈症的一切，谢谢你和我在一起的日子，谢谢你带我去见你的家人。也谢谢你的慷慨和慈爱，感谢我们的友谊。我很庆幸自己能有机会认识你美丽的女儿梅根。

梅根于 2014 年 5 月 12 日凌晨因为舞蹈症离开这个世界，年仅二十六岁。她生前一直在呼吁大家关注舞蹈症，她积极勇敢，一直微笑面对病痛的折磨。她让我们懂得，即便是处于绝望的境地，仍可以心怀爱和感激。梅根，谢谢你，你对待生活的态度改变了我和无数人的生活。

我每天都很想念你。

我还要感谢那些医疗专业人员，他们花费大量时间来帮我更加清楚地了解舞蹈症患者的神经、遗传、科学和治疗的方方面面。谢谢你们，安妮·扬医生（神经学家），史蒂文·赫尔施医生（神经学家），鲁迪·坦济（神经科学家），艾丽西亚·瑟玛卡，PhD，CCGC（加拿大持证基因顾问），朱迪·辛希默（临床社会学家），苏珊娜·埃姆布瑞格里奥（理疗师），大卫·班克斯（行为专家）以及艾伦·托宾（CHDI 基因会前高级科学顾问）。

还有那些帮助我了解他们日常工作的警察，我在这里要说一声由衷的谢谢。我写这本书的最初目的是让读者更加了解舞蹈症。但在我了解了警察的日常工作之后，我同时希望这本书能让读者对执法人员的工作有更多了解，也让更多的读者能够理解他们，并感激他们为我们所做出的贡献。在这里我要感谢以下警官：丹尼尔·华莱士，里奇·瓦伊塔尔，约翰·柯兰图，退休警官弗兰克·德沙里奥，还要感谢梅丽莎·马歇尔侦探。

此外，我得特别感谢一位与我没有任何关系的波士顿警察，正是因为他我才认识了丹尼尔·华莱士警官，华莱士警官成了我的日常警官顾问，我的“推动者”，我的灵感来源，以及我亲爱的朋友。丹尼，你给我的远比我想要的还要多，因为你的付出，这本书才能写得更好。谢谢你在查尔斯镇和科德角和我会面，谢谢你那么多次独自开车、去车站乘火车和我见面，谢谢你不厌其烦地反复解释，谢谢你每次和我聊天，谢谢每张照片，谢谢每封邮件和每条短信，谢谢你读了书稿，要感谢的实在太多了。我想说：丹尼，认识你很幸运，能跟你成为朋友也很幸运。

感谢以下本地人士：杰米·凯利，杰克·苏利文和弗兰克还有卡罗尔·唐兰。卡罗尔经过了和癌症漫长而英勇的搏斗之后还是离开了我们。卡罗尔，谢谢你和我分享你童年的故事，谢谢你告诉我你的邻居和你爱的人。

感谢外地人艾莉森·斯隆，她是公共图书馆的资深馆员。感谢她花了一天时间带我走遍整个地区——穿过查尔斯镇，给我介绍她的邻居们，和我分享很多有趣的事情。

为了更好地了解凯蒂的瑜伽教练生活，在写这本书时，我特意报名参加了科德角的吉尔·亚伯拉罕力量瑜伽两百个小时训练课程。并在结束课程之后的那一周完成了这本书的初稿。瑜伽造就了凯蒂的性格，也从很多方面丰富了我的生活，我会永远感激瑜伽班的同学和老师们：吉尔·亚伯拉罕，利·艾伯蒂，杰德·阿穆尔，凯蒂·布瑞蒂，柯温尼·卡罗尔，瑞尔·卡塔尔多，埃里克·克拉克，维多利亚·戴蒙德，安德里亚·霍华德，希瑟·亨特，艾德·雅各布，维克多·约翰逊，克丽丝汀·卡洛珀，米歇尔·凯利，哈利·金，卡德里·科古，艾米·莱瑟姆，艾丽西亚·马修森，特里·麦卡利斯特，劳伦点米勒－琼斯，杰西卡·莱利·诺顿，安德里亚·奥兹沃尔斯基，凯利·菲尔德·皮尔斯，希瑟·皮尔斯顿以及约翰·佩龙。

感谢苏珊娜·维纳贝克，前波士顿芭蕾舞团舞蹈演员，感谢詹妮弗·马卡姆，波士顿芭蕾舞团的老师，感谢西尔维娅·迪顿，波士顿芭蕾舞团的伴舞，感谢我美丽的堂姐莉兹·格林，她曾是波士顿芭蕾学校的学生。

感谢我亲爱的朋友格雷格·奥布莱恩，他和我分享了自己对于爱尔兰传统文化的热爱，还和我分享了很多与此有关的图书。感谢罗斯·萨默斯，她分享给我很多有关爱尔兰的伟大故事以及作为一名爱尔兰天主教徒的成长故事。感谢贝斯·施华弗斯，我相识三十年的爱尔兰朋友，她帮我解答了各种关于爱尔兰歌曲、新教徒和啤酒的问题。也感谢你的父亲，是他让我创造出了迈克尔·墨菲这个人物。

感谢我出色的助理凯特·拉奇特，是她陪我去了查尔斯镇，是她让每次查尔斯镇之行富有成效、顺利并充满乐趣，是她帮助我调查了各种事实和数据，是她帮我平衡了生活与写作之间的冲突。

感谢我亲爱的哥哥汤姆·吉诺瓦，他解答了我所有关于波士顿体育队的问题。再次感谢我的哥哥和我亲爱的朋友丹尼尔·迈特森，感谢他们和我分享他们心爱的狗狗的故事。

感谢拉里·鲁奇诺，他解答了很多关于波士顿红袜队和芬威球场的问题，还解释了棒球场和体育场之间的区别。感谢史黛丝·鲁奇诺，她在得知我为舞蹈症研究筹资的紧迫性时义无反顾地伸出援手，非常感谢戴夫和林恩·沃勒，感谢他们的慷慨参与，感谢他们为这一事业贡献出了自己杰出的才能。

感谢雷格代给我提供了体验医院实习医生工作的机会，感谢我在那里接触到的每一个人——杰弗里·梅乌森，雷金·伊格洛丽亚，杰克·丹奇，辛西娅·奎克和琳达·威廉姆斯。我对慷慨的“永恒瑜伽馆”和“湖泊森林社团”深表感激，感谢桑德拉·德罗梅迪，布莱恩·弗洛里安尼，阿雷塔·科霍特和吉娜·帕克。

感谢我才华横溢的朋友迈克尔·威尔第，他给了我很多灵感。我在印第安纳州布卢明顿的藏传蒙古佛教徒文化中心的“记忆桥”度假村（memorybridge.org）写作时，他给了我充分的时间和空间。

维琪·贝奇尔和凯伦·凯斯托伦以克对书稿提出了很多富有见解的意见，在此深表感谢。同时感谢卡洛琳·里德，路易斯·波尔克，珍·伯格斯特龙，珍·安妮·罗斯，珍妮弗·罗宾逊，马西·英格曼，利兹·帕萨提斯，利兹·珀尔，迈克尔·赛莱克，温蒂·申宁，丽萨·利特沃克以及贝基·普拉格，感谢他们对本书的大力支持。

衷心感谢亲爱的初稿读者们：安妮·凯里，玛丽·麦格雷戈，劳雷尔·戴利，吉姆·霍兰德，凯特·拉奇特以及丹·华莱士，还有谢丽尔·苏利文和杰里·加西亚。感谢你们阅读我的书稿，感谢你们的鼓励，感谢你们的反馈、喜爱和支持。谢丽尔和杰里，感谢你们有勇气读这个故事，感谢你们对我的信任，感谢你们给我提出的意见。

我爱你们。